幻獸志異

9 龍神覺醒 大結局

龍人 策劃 雨魔◎著

如同**魔獸世界**一般，馭獸齋擁有許多不同寵獸的角色，有的凶猛殘暴，有的純真可愛，有的忠心護主，有的見利忘友。擁有不同功能的寵獸，就像量身打造的個性裝備，寵獸們將與主人共同冒險犯難、打擊罪惡，探索未知的世界。

故事背景

三十世紀，地球上所有的國家和民族都統一在聯邦政府的大旗下，
幾個世紀後，人類成功在地球以外的方舟、夢幻、后羿三個星球定居下來。
由於地球經過三十個世紀的開採，資源遠遠少於其他三個星球，
聯邦政府也移居到后羿星。
人類對外界物質的研究彷彿到了盡頭，轉而致力於開發人類自身的潛能。
人類的身體非常脆弱，
雖然通過一些古老的功夫修煉，來達到強身的目的，但是並非每一個人都適合修煉，
要想達到一定的程度，動輒就是幾十年，實在是太久遠了。
於是，科學家們想利用一種簡單有效的方法，來取代按部就班的修煉，
幾十年過去了，終於讓他們研究出來利用其他生物來彌補自身缺陷的不足，
而且瞬間合體後DNA的組合，可以讓人類擁有該生物所獨有的本領，強化肉體。
在以後的幾個世紀裏，培養寵獸蔚然成風，
不只是聯邦政府每年投資大量資金在該研究上，

四大星球的各大財團也每年投入大量的人力物力，

就連有興趣的個人也會在家弄個實驗室來研究。

身體素質的提高將能更好的和寵獸合體，發揮出更強的實力，

因此武術武道武館再一次的興起。

然而好景不常，自身本領的極大提高，使人類的好勝心再一次顯現，

聯邦政府在巨大的衝擊下宣佈垮台，四大星球各自獨立分為四個星球聯邦政府。

據傳說，聯邦政府在垮台前，把每年研究寵獸的失敗品封鎖到一個秘密的地方，

而更在垮台後，將尚未成功的高等獸的實驗品統統封鎖在那個秘密地方，

後世之人將這個秘密的地方稱為——力量之源。

據說，只要能夠達到那裏，你就掌握了全世界，

因為只要從這裏隨便得到一隻高等獸，你就可以縱橫四大星球，唯你獨尊了。

聯邦政府有鑒於高等獸和人類合體後所發揮出來的駭人力量，

在垮台前將所有關於寵獸的寶貴資料付之一炬，

從而直接導致人類在這方面的研究倒退到最原始的地步，研究也停滯不前。

在大戰中倖存下來為數不多的幾隻七級護體獸，也就成了現今人類所知的最高級寵獸。

而威力強大的神獸，只有在夢中尋找，主人公的傳奇也就在夢中開始了……

四大星球

地球：人類的母星，是人類最早居住的地方。雖然地球的經濟與政治地位均低於其他星球，但是總有一些擁有強大力量的修煉武道之人隱於地球。更何況，地球有兩座聞名四大星球的高級武道學府：北斗武道、紫城書院，武道人才充沛促使地球可與其他星球分庭抗禮。

后羿星：地球外最先被發現適合人居的星球，地質地貌與地球無二，同樣是個蔚藍的星球。由於聯邦政府將總部從地球移到后羿星，后羿星一躍成為四大星球的政治中心，並發展迅速。

四大星球中最有名的崑崙武道就在后羿星。而四大星球首屈一指的產藥集團「洗武堂」也設有頗具一定規模的附屬學校，培養了大量的醫藥人才。

夢幻星：夢幻星地勢平坦，多平原、丘陵，物產豐富，能源充沛，為各財團所看重，經過數十年的治理，很快成為四大星球經濟最發達的。此時習武成風，冷兵器與熱兵器同樣重要，夢幻星的「煉器坊」便是以此聞名，煉器坊的附屬學校每年為各個星球輸送了大量冷熱兵器方面的人才。

方舟星：最後一個被發現的星球，有著大面積的海洋湖泊，是一個以水為主的星球，少陸地。但是資源豐富，經濟發達。由於開發得不夠，這個星球比其他星球都充斥著未知的秘密和危險。

寵獸等級

寵獸分為一到九級，而每一級又分為上、中、下三品。

一到三級稱之為寵獸，較為常見，寵獸店能夠輕易地買到，但攻擊力不強，主要用來作一些輔助的用途，又被人稱之為奴隸獸。

四級到七級稱之為護體獸，四級和五級的護體獸較常見，寵獸店的搶手貨，不過越是高級的寵獸越脆弱，在未長大之前很容易死亡，四級以上的護體獸能夠大幅度增強主人的攻擊力，級別越高增強的幅度越大。

六級的護體獸就比較罕見了，千金難求，在寵獸店也很難見到，但仍可以在某些大型寵獸店買到，一般六級護體獸都會作為一個寵獸店的鎮店之寶。

七級的護體獸非常罕見，可以說是無價之寶，從百年前到現在四大星系數百億的人口中，據說能擁有七級護體獸的不超過十個，而在上個世紀大戰中倖存下來為數不多的七級護體獸，也不知散落在四大星球的哪個角落裏。

七級以上的稱之為神獸，力量之強大無與倫比，合體後力量更是非人力所能達，這種超強的力量一直為人所津津樂道，也因此有人把七級以上的神獸稱為高等獸，而七級以下的稱為低等獸。

七級獸處在中間，關係就比較曖昧，七級獸是最有可能升級躋身到神獸行列的寵獸。

但是由於到現在還沒有七級以上神獸出世的傳說，所以擁有一隻七級護體獸就成為了天下習武之人的夢想！

聯邦政府在毀滅前將所有資料付之一炬，仍有流落在民間的寶貴資料被保存下來，一些有心人在暗中默默地繼續研究。

那些在大戰中逃散的各級寵獸，有很多沒有被戰後的人類捕捉到，就和普通獸類在另一個世界中悄悄衍生自己的後代，也因此，人類世界不再寂寞，更有千奇百怪的獸類充斥在星球中人類痕跡不及的地方。

第一章 結義・11
第二章 魅惑迷情・41
第三章 寶藏出世・55
第四章 形勢逆轉・83
第五章 風清月明・97
第六章 開啟神殿・125
第七章 力量覺醒・153
第八章 火鴉樹・167
第九章 真相大白・195

馭獸齋傳說

卷九 龍神回歸

CONTENTS

目錄

第十章 花落誰家・209

第十一章 龍魂戰衣・237

第十二章 回歸・265

結局外的結局・295

【同場加映】出場寵獸特色簡介・311

【同場加映】出場人物簡介・315

第一章 結義

龍淵大帝一番話聽來頗有幾分道理，似真似假，聽著他向我大吐苦水，我有種哭笑不得的感覺。不過現今的情況確實和他所說極為相似。他願意說出這些話，恐怕是有些喝醉了，我偷偷瞥了他一眼，滿臉赤紅，顯然是喝了不少。

我陡然心生一念，趁著他自暴弱點的時候，正好遊說他答應藍泰與虞美兒的事。

我嘆了口氣，舉起酒杯敬他道：「為大帝的苦衷乾一杯。」我放下杯子道：「難道大帝就沒想過尋求援助嗎？大帝四面楚歌，動輒可能就是滅頂之災啊，十萬水族的性命都捏在大帝手中。」

龍淵大帝好像有點喝多了，瞪了我一眼，道：「強援？天下幾大勢力都為了『龍宮寶藏』蠢蠢欲動，無不視我為強敵，誰肯幫我！」

我娓娓道來：「孔聖先放著不說，狼帝與樹帝和大帝同列一后四帝，應該有些交情，如果大帝向他們透露一點共用寶藏的意思，我想他們一定願意與大帝聯手的。」

龍淵大帝橫了我一眼道：「兄弟，你以爲我喝醉了，想套我的話嗎，不過我不怕告訴你，狼帝與樹帝乃是奸詐小人，尤其樹帝寡情薄恩，與他們合作不是與虎謀皮嗎？」

我不動聲色的接著道：「聖王呢？聖王一向仁義，如果你向聖王表示忠誠，我想聖王會幫助你度過難關。」

「嘿嘿！」龍淵大帝道，「聖王剛登基，又有叛亂在先，豈肯這麼容易相信我，我坐擁十萬水兵，聖王能不疑心嗎？」

我道：「人族又如何？」

「非我族類，其心必異，與虎謀皮爾。」龍淵大帝不以爲然。

龍淵大帝醉眼朦朧地望著我，嘿嘿一笑道：「老弟，你說說看，老哥哥我的處境是不是很危險！」

我淡淡道：「只是大帝看來仍是頗爲悠閒，似乎並不將危險放在眼中，或者大帝已然胸有成竹，勝劵在握吧。」

龍淵大帝苦笑道：「就算我如臨大敵，將整個東海戒備起來又能如何，對那些真正超凡入聖的高手來說，這種戒備形同虛設，而且此舉更會引起別人的猜疑，真的以爲我獨吞寶藏，豈不弄巧成拙。」

我望了他一眼，沒有說話，心中迅速判斷他說這些話的真假、用意。事實以我瞭解的情況，誠則與他所說相似，但他向我自暴短處又是爲何？這點頗值得玩味。

我單刀直入道：「大帝向我說這麼多，不只是向我訴苦這麼簡單而已。」

龍淵大帝半醉半醒地瞄了我一眼，道：「老弟，老哥哥我也是借酒消愁，過過嘴癮罷了，你不要往心裏記，只當老哥哥說醉話。」

我嘿嘿一笑道：「眾生皆醉你獨醒，大帝的心裏跟明鏡似的。大帝說了半天，我雖然駑鈍，但也知道大帝的心意。聖王的心思我很清楚，值此非常時期，就算聖王對大帝有什麼不滿，也不會在這個時候對大帝有何不利的舉動，更不會拒絕大帝。」

大帝大有深意地望了我一眼，忽然哈哈大笑道：「酒席上不談正事，來喝酒。」我倆舉杯而飲，笑談風月，品嘗美食，觀賞歌舞。

過了一會兒，酒過三旬，大帝湊近我，道：「老哥哥有女十數，每一個都貌若天仙，人間絕色。老弟年輕有爲，又是聖王的新貴，老哥哥十分有意與你結爲親家，我家那隻母老虎走時，也曾向老哥哥放言，一定要你做女婿，你看……」

我望了龍淵大帝一眼，他始終還是不能相信我，只是看我年輕氣盛，想用感情來拴住我，令我全心全意爲他海人族辦事。這種人確實堪稱一代奸雄，爲了自己的霸業，寧願放棄女兒的幸福。

我沒有立即答他，沉吟了一會兒，徐徐道：「家中有悍妻，確實不敢另娶。如蒙大帝不棄，我願意與大帝結爲兄弟。不知大帝貴爲一方霸主，能不能看得上小弟。」

龍淵大帝愕然地望著我，沒想到我主動提出要和他結義。神色隨即恢復正常，欣然道：「什麼看得上看不上的，老哥哥早就不想幹這一方霸主了，哪有兄弟這樣來得逍遙。能和兄弟這樣的倜儻人物結爲兄弟，那是老哥哥我的榮幸才是。」

龍淵大帝說完，頓時停了歌舞，把海人族的所有頭面人物全叫到場，爲我倆的結義作證明，儀式雖然簡單，場面卻萬分隆重。看這個情形，只怕我還沒出東海，我和他結義的消息就已經傳遍整個星球了。

我心中暗罵老狐狸狡猾，我本來也只是打算敷衍他而已，不知道他是不是洞悉我的心思，竟然搞出這麼大的動靜。

我代表的是聖王，這樣一來，在別人的心中，都會以爲他和聖王結盟，他的壓力將會大大減輕，而我這個關鍵的中間人物，只怕以後將會代替他成爲焦點。他這一招實在高明，簡單的一下子，就將我由暗處推到明處，而他自己則從幕前隱藏到幕後。

我感歎不已，他不愧是活了千年的老狐狸，我防了半天還是著了他的道。居然木已成舟，我也不用感歎下去，該是想想這個身分能夠我帶來什麼好處，否則豈不白白便宜了那個老狐狸。

完成了所有的儀式，龍淵大帝哈哈大笑抱了我一下道：「從此以後，你我就是兄弟，有福同享，有難同當，誰要是敢欺負你，老哥哥我一定幫你出氣，今天起，你就是東海的半個主人，除了東海水兵外，其他人任你調遣，這是老哥哥的令牌，送給兄弟了。」

他要送我東西，我自然不會拒絕，不占他的便宜，豈不是便宜了他嗎。我謝了一聲，接過令牌，令牌入手傳出淡淡的冷意，正面雕著一隻意態舒展的龍，張牙舞爪，形態威猛。反面則有一個大大的「帝」字，霸氣十足。

龍淵大帝拉著我再入酒席，杯來盞去，我道：「大哥，小弟此來實上奉聖王之命，其一是追查聖后，務必將其抓回聖域，以正聖威；其二便是爲了這『龍宮寶藏』而來，聖王確實不大放心大哥，怕在妖精族的混亂時期，大哥擁兵自重，更怕大哥獨霸『龍宮寶藏』，以兵謀反。」

「哦！」龍淵大帝故作驚訝地道，「聖王就這麼不相信本帝嗎？兄弟，你可要在聖王面前爲老哥哥我說幾句好話，還我一個清白啊。本帝對聖族一向敬如日月，從來沒有謀反之心！」

我呵呵一笑，安慰他道：「那是自然，請大哥放心，小弟一定會在聖王面前表明大哥的心意，但是小弟也不能空口白話不是，大哥最好還是做一些能讓聖王高興的事……」

龍淵大帝哈哈大笑道：「那是當然，老哥哥自然不能讓兄弟爲難。來人呢，將水將軍叫來。」

很快水魅藤便被人招來，龍淵大帝肅容望著他道：「傳本帝之命，十萬海族日夜監察東海之內行蹤詭秘之人，一旦發現聖后，立即前來通報，這等叛逆之人，人人得而誅之。」

水魅藤領命而去，龍淵大帝轉而向我道：「我在東海布下天羅地網，還怕聖后和那癡情種孔聖飛到天上去，只要他們敢出現在我東海，定然叫他們有來無回，有了聖后，兄弟在聖王面前說的話，自然更加有力度，聖王也會相信兄弟不是因私廢公。」

我表面大為感謝，心中卻很清楚，這一舉動對他來說根本是順帶賣我一個人情而已。他與孔聖本來就是夙敵，以前是顧忌他的實力，現在有我加入，對他來說對付孔聖更加名正言順。

再者，孔聖與聖后明顯是為了即將出世的「龍宮寶藏」而來，是他爭奪寶藏的強敵，現在以聖王的名義收拾了他們，是替他自己厘清了通往「龍宮寶藏」的障礙，不論基於哪點，他都會出全力對付聖后兩人。

我道：「大哥，小弟我先前跟你說的美兒那件事，你是不是再考慮一下，小弟現在也算是美兒的長輩，自然不會害了她。那個人族的年輕人確實對她很好，兩人彼此深愛著對方……」

龍淵大帝沒有一口拒絕，神色無奈地道：「美兒是本帝的女兒，難道本帝不心疼她嗎？只是對方是人族的人，我們妖精一脈素來與人族不和，這已經持續了上萬年的歷史。就算我有心答應，也怕別人會亂想，他們會認為我用女兒與人族通姻，實則是與人族結盟。更何況，人族會不會敵視美兒，雖然那個小夥子會疼愛美兒，難保其他的人族與他心思一樣啊！」

見他終於鬆口，我不禁大喜，同時也知道，他是想用這件事來討好我，在他看來，區區一個女兒換來自己的雄圖霸業完全是值得的。

我呵呵一笑道：「這點大哥完全放心，人族那邊的事，就讓小弟替大哥來解決，我會親自走一趟人族，如果他們敢對美兒不好，不用大哥說話，小弟也帶人踏平藍家，讓他們一族永遠消失。」

龍淵大帝勉為其難地道：「既然兄弟一力保證，我就放心的將美兒的幸福交給兄弟你了，你一定不能讓人族欺負我的寶貝女兒。」

兩個時辰後，酒宴終於結束。

我向龍淵大帝告辭，準備去藍家，把這個好消息儘快告訴藍泰，同時也要在短時間內把李石頭兄妹給找著，我沒有太多的時間去忙自己的私事，「龍宮寶藏」更是關係大局的頭等大事。

龍淵大帝挽留了我幾句，見我一意要走，隨即招來下人，附耳小聲說了幾句，不大會兒，十幾個人帶著數個大金漆箱子走了進來。在之後還有龍淵大帝的一些家眷在他的妻子身後一塊走到廳來。

我心中愕然，莫非這些是彩禮，讓我帶去藍家，心中不敢肯定。

龍淵大帝呵呵笑著從袖中拿出一個碧玉箱，打開來，裏面躺著一個碧色的犀牛角，龍淵大帝道：「大哥沒什麼好送的，這隻犀牛角與普通的頗有不同，可以使水分開，名爲分水犀牛角，送給兄弟了。」

龍淵大帝的妻子也笑吟吟地走過來，手中托著個紅色的琥珀盤，裏面盛著一個大若龍眼的夜明珠。

她道：「大帝今天結識你這位英雄似的兄弟，嫂子也以一顆避塵珠相送，佩戴此珠，灰塵無法近身。」

龍淵大帝喝道：「打開。」

頓時有下人將這些箱子打開，裏面放滿了珠玉綢緞，重重疊疊，光彩奪目，奇珍異寶千奇百怪。

雖然我也見過不少寶貝，但是一下子看到這麼多的珠寶，仍是眼花繚亂，心臟怦怦亂撞。原來這些並非是彩禮，而是送給我的禮物。

龍淵大帝不動聲色地瞧著我，見我一副震驚的模樣，心中頗為得意，道：「第一次見到兄弟，勉強拼湊了些禮物送予兄弟。」

我剛要婉言拒絕，忽然念頭一轉，自己為什麼不收呢，這老狐狸占了我不少便宜，收他點財寶也不為過，當作補償。這些奇珍異寶多數沒有見過，都是極為稀罕之物，恐怕是東海的特產，別處無法可尋。

帶這些東西回去，也算我沒白來異時空一次，以後也可以此作為紀念。

龍淵大帝見我望著一堆財寶說不出話來，悠然道：「不知兄弟住處在哪，我派人給兄弟送去，不然放到大哥這也行，大哥暫為你代管，隨時都可以來拿。」

我聞言愕然，心下大訝，原來這隻老狐狸並沒有打算送我這麼多財寶，只是在向我顯示財富。既然你想收買我，怎麼也得付出點代價吧，我呵呵笑道：「不勞大哥，這些東西雖多，只要我顯示神通，仍然可以輕鬆帶走。」

我隨即召喚出靈龜鼎，同時運用神力，將所有的禮物都送到放大了的鼎中，合上鼎蓋，再將靈龜鼎變小了收回烏金戒指中。

眾人目瞪口呆地望著千百斤珍寶眨眼間在眼前消失了。

我再慢條斯理的將碧玉盒與避塵珠放到懷中，看見龍淵大帝一副肉疼不已的樣子，心中早已笑得打跌。

他怎麼也想不到，我會有辦法將這滿屋子的財寶都給帶走吧！

我駕著血靈獸離開了東海，時值傍晚，回頭望著煙滔飄渺的東海，看了一眼烏金戒指，不禁大歎世事難料，我怎麼也沒想到，自己會與一個活了千年的龍淵大帝結為兄弟。

雖然與他結拜兄弟，讓他占了不少便宜，但事實上，我也並未吃虧。

「搜刮」了這些奇怪、稀罕的寶貝不說，而且幫我了結了一個心願，成全了藍泰與虞美兒。在「龍宮寶藏」一事上，我也變得更為主動，並且得到龍淵大帝令牌一枚，關鍵時刻也多少會發揮一些作用。

有了他幫助我對付聖后和孔聖，還真讓我省心不少。想想孔聖絲毫不傷的將變身後的「鳳凰」給打得那麼慘，這些老傢伙的修為還真是厲害，要真是以一敵四，我還真打不過。

現在與他結盟，不管他心中怎麼想的，萬一真出現一后四帝聯手的情況，我也能減些負擔。

他肯幫助我和聖王，而對付一后三帝還有人族，就是誤以為我和聖王的實力最弱，雖然我修為絕高，他會以為獨木難以成舟，不足成事，故而他絞盡腦汁地拉攏我為他辦事。他覺得一旦與我們聯手收拾了其他的強敵，又得到「龍宮寶藏」，再轉而對付我和聖王則易如反掌。

可惜他不知道，被囚禁上千年的「通臂猿」族已經被聖王釋放出來，並且還有兩個不弱於一后四帝的「通臂猿」長老襄助。「通臂猿」可是萬年前連龍族也懼怕的「百臂猿」一族的後裔。

龍淵大帝如果知道真相，一定後悔得罵娘。

我從聖域出來也有一段時間了，現在聖王即便還未到東海，也應該在路上了。我真心盼望這裏的事可以早一天結束。

日沒天邊，夜色暗了下來，我選了個乾淨的山洞作爲今晚的棲身之所。

第二日清晨，我跨上血靈獸向著三交鎮而去。血靈獸作爲東海十大凶獸之一，在水中自然可踏波御水而行，然而在陸地上，也一點不遜色，速度迅捷，不過卻比不過七小如閃電般的速度。

東海之行，收獲不菲，希望此行藍家依然可以順利。找到李石頭兄妹，將他們安排好，我就可以心無旁騖地等著「龍宮寶藏」出世了。

我早已想過，我走之前，可以將李石頭兄妹託付給殘月主僕的陰陽教。

陰陽教本意是好的，可惜爲宵小所利用，現在肅清了那些奸賊，還給陰陽教一個清白的世界，殘月主僕本性善良，我又對她倆有救命之恩，想必她們會好好照顧李石頭兄妹。

日上三更時，我終於來到了「三交鎮」，天氣很熱，半天下來，血靈獸也累得氣喘吁吁，畢竟是海中之獸，對水分的需求很大。

我熟悉地踏入「三交鎮」的唯一酒肆，小夥計見有客人來，忙跑過來。我道：「將我的血靈獸帶到後院飲水，記住要清水，放一些鹽巴進去。」

小夥計看著我身後凶芒四射的血靈獸，面有懼色，顫抖著不斷咽著口水，說話結結巴巴，上齒打著下齒：「小的，小的，不敢。」

我只好親自引著血靈獸到後院，後院很安靜，有一涼亭，四周圍著幾棵柳樹，不時有風吹過，柳條隨風吹蕩。

我在涼亭中坐下，小夥計拿來一個很大的木盆，放了幾塊鹽巴，盛滿了水。血靈獸大口口地喝了起來，我要了一壺酒和一些小菜，小夥計應聲去了前面端酒菜。

我一邊品著酒菜，一邊在心中思考該怎麼通知藍泰。藍家的大管家那老小子將我列爲追捕對象，弄得我現在無法正大光明地去藍家。

那些聚集在藍家的各門各派，都指望從藍家手中得到一點「龍宮寶藏」的好處，見到我這頭號通緝對象還不個個蜂擁上前。我雖然不怕，卻也不得不考慮此舉會給藍泰帶來一些不利的後果。

必須先想辦法把對我的緝拿給取消了，再慢慢整治藍蟒那個老小子。這種人心胸狹隘，又極爲護短，我要不徹底制服他，他絕對不會對我善罷甘休的，更會對我親近的人下手，我不得不防啊！

正想著辦法，忽然小夥計領著兩個一身素衣、腰間掛著一兵器的人走了進來。自從藍家的老爺子備辦壽宴以來，「三交鎮」的人們就已經習慣隨身攜帶武器的修武之人。

其中一人道：「還是這裏環境好，前面熱得跟豬窩似的，夥計，照規矩給爺上四個菜兩壺酒。」

看來是常客，小夥計很快把酒菜送了上來。兩人坐在我對面，邊吃邊聊，言語中可以知道兩人是藍家的下人，普通武士。好像最近藍老爺子收了個什麼夫人，年輕貌美，很得老爺子歡心。

兩人是藍家派出來在鎮上巡邏的。

血靈獸喝飽了，搖搖晃晃地跑到亭子裏來，趴在我身邊「呼哧，呼哧」的睡著。

兩人初時見到血靈獸大吃一驚，聲音也小了許多，非常懼怕的樣子，漸漸見血靈獸躺在那睡覺，膽子才又大了起來。

兩人吃著酒，不時地瞄我一眼，好像很奇怪，我會是那個大塊頭的怪獸的主人。又過了一會兒，只聽其中一人道：「咱們老爺子過個壽誕可真夠氣派的，三山五嶽的英雄都大老遠地趕來這裏爲老爺子祝壽。」

另一個道：「那是，咱們老爺子名鎮四海，誰不佩服，連帶咱們這些下人也跟著沾光。」

那人又道：「聽說老爺的新夫人這些天正張羅著給老爺子準備禮物呢。咱們夫人看起來才不出二十的妙齡，咱們老爺子都八十了。」

「你懂個屁啊！」另一個人滿臉鄙夷地道，「這叫美女配英雄。咱們老爺子英雄蓋世，哪個女人不想嫁給我們老爺。」

那人接口道：「說也奇怪啊，咱們老爺見過的女人沒有一萬也有八千，偏偏對這位新夫人寵信有加，誰要是能得到新夫人的青睞，一定能平步青雲。」

兩人忽然想到了什麼，不約而同的向趴在地面的血靈獸望了過去。兩人偷偷瞥了我一眼，壓低聲音道：「你見過老爺子那個坐騎嗎？」

「那當然了，咱們老爺子的坐騎威鎮四海，據說是東海十大凶獸之一的飆龍獒，一般的高手還不夠牠塞牙縫的，厲害得很呢！」

先前之人接著道：「我也聽說過，你說要能搞一隻這樣的坐騎送給夫人，夫人一定能對我們另眼相看。」

我心中嘿嘿笑了笑，這兩個小子竟將心思打到我這裏來了。

兩人對視了一眼，其中一人湊過來，道：「這位大哥怎麼稱呼，眼生得很，是不是也來參加咱們老爺子壽誕的？」

我淡淡一笑道：「只是路過的，在此歇歇腳。」

另一人也湊過來道：「這位大哥眼中神采不凡，一看就知道是英雄人物，不知道大英雄這是要去哪啊？」

我心道，老子早就修煉到反璞歸真的境界了，哪裏能從我眼中看出什麼神采！我道：「雲遊天下，訪三山五嶽。」

兩人心中有了底，其中一人試探地道：「這位大哥不愧是英雄人物，連坐騎也這麼神駿，不知道英雄是從哪裏得來的？」

我道：「在東海見此獸肆虐百姓，順便收服。」

「果然是英雄啊！」兩人大拍馬屁，「我們兩位敬英雄一杯，今日能夠見到英雄真是我倆的榮幸啊！」

兩人放下杯子又給我斟滿，連喝了幾杯後，其中一人道：「我們家老爺子過壽誕，我們做下人的也有心爲老爺子送一份賀禮，但一時又找不到讓老爺子看進眼的東西，不知英雄能不能割愛……那個……」

我瞥了他們一眼道：「你們老爺子過壽誕與我何干，此獸深具靈性，又豈是銅臭可以玷污的。」

兩人見我發火，馬上賠笑不已，一人道：「我們下人不會說話，得罪了大英雄，請英雄千萬不要往心裏去，咱哥倆就用這杯水酒向英雄賠罪，請英雄只當我哥倆從未說過那混話。」

兩人以極快的手法將一些不知道有什麼作用的藥粉灑到了酒中。

我端起那杯放了藥的酒一飲而盡，兩人面有喜色地望著我，半晌後，見我仍沒有什麼不良的反應，不禁有點惴惴不安起來。

我拿起筷子吃了口菜，微笑望著他們道：「你們向酒中下了什麼料，比起原先的味道要好多了。」我望著他倆道：「你留下，另一個人回去，叫你們藍家的大公子來見我，否則我就把你們今天做的勾當給公佈出去，天下英雄此刻不都在藍家嗎？就讓大家都看看，你們藍家究竟都是些什麼樣的人，你說，藍老爺子憤怒之下會對你們怎樣……」

兩人面龐充滿了驚訝、惶恐與殺意，其中一人陡然抽出肋邊的大刀，使出全身的力氣向我猛地劈下去。

我看也不看他，悠閒的將菜夾往口中，直到刀已經來到我的面門時，我才將筷子伸了出去。

那人嘴唇哆嗦著發現自己全力一擊，竟被對方一雙不起眼的筷子給夾住，看對方氣定神閑的模樣，好似並沒有盡全力，這份鎮定和這種強大的力量凝聚成一股令人心驚膽顫的氣勢。

我望著他悠悠地道：「你又多添了一項罪名——奪命謀財。」

另一人眼見自己的同伴毫無還手之力，極度震懾時，突然轉身就跑。

我望了那個逃走的人一眼，對持刀之人道：「你看，你的同伴就比你聰明。」

那人望著逃走的同伴，眼神閃過一絲惡毒的神色，想拚命的將刀抽回，卻怎麼也動不了，想棄刀而逃，卻驚駭地發現自己的手已經被牢牢地黏在刀把上，令自己無法將手撤回來。

逃走之人正逃的時候，忽然發現前面有一隻不大的小熊攔住了去路，他來不及去想這裏怎麼會出現一隻小熊，動作迅速地抽出了佩刀，刀法利索地在身前打出三道刀花。

大地之熊憤怒地盯著敢於向自己的主人挑戰的人，兩隻爪子突然伸出向著地面重重的一震，一根石柱陡然從地面鑽了出來，毫無徵兆的向著那人擊了過去。逃走的那人緊急中突然躍了起來，刀子快速地在身邊舞動起來，借著這股氣流，在空中艱難地改變了方向與石柱擦了個邊躲了過去。

我嘿嘿一笑，這小子倒也有些機靈，可惜你遇到兩小，再怎麼機靈也逃不脫的。就在那人在心中暗自慶幸的時候，突然發現迎面出現一個物體，隨即被一團火花打在臉上。在昏過去的瞬間，只看到一隻奇怪的猴子正對他露出「奸詐」的微笑。

小火猴一落在地上，即站在那人身上，又蹦又跳，表示逮住這人是牠的功勞。小熊一言不發的上前咬起那人拖到我身前。

被我用筷子夾住的人見自己的同伴又被抓了回來，眼中轉過一絲譏笑，反而對自己的同伴怎麼會被兩個小動物給打敗不大關心。我不禁心中歎息人性，都落到這等地步不但不知道團結而且還在幸災樂禍對方的失敗。這些人又怎麼會是妖精一脈的對手！

我鬆開了筷子，接著吃著眼前的菜肴。那人詫異地望著我，將刀收了回去，趁我低頭夾菜時，陡然轉身就要逃，卻沒想到一轉身，眼前就出現一對大而凶的眼睛正盯著自己，自己完全可以感覺到牠鼻中噴出的熱氣。

一直趴在我身邊的血靈獸不知何時已經擋在那人身後了，那人一轉身剛好與牠碰個正著，那人望著血靈獸尖利的牙齒，連退幾步，轉過身來，對我訕訕一笑，站在原地，再也不敢動。

我望也不望他，只是淡淡地道：「不再跑了嗎，那好，他留在這裏，你回去將藍泰給我找來，就說我是他東海故人。你走吧。」

那人一臉的不相信，不相信我會這麼簡單的就放他走，他見我並沒有開玩笑的意思，頓時欣喜若狂，一點點從血靈獸邊挪開，撒腿就想往前跑，我開口道：「等一下。」

那人大愕，面色陰晴不定地望著我，甚至手已經悄悄地摸在刀把上。

我似笑非笑地望著他道：「你覺得用刀子就可以從我身邊逃走嗎？不用緊張，我只想再囑咐你一句，不是改變主意想要殺你。」

那人尷尬地鬆開手來，一臉緊張地望著我，我徐徐道：「如果你一去不回，你覺得你的同伴會不會因此恨你，這個答案不用我說了吧。」

那人望著昏厥過去的同伴，情不自禁地點了點頭。我道：「如果你在一個時辰內不回來，我就會把你的同伴完好無恙地送回去，後果會如何，我不太清楚，你自己去想吧。另外我會親自去藍家一趟，將今天發生的事說明，我想他們會很樂意清除你這種敗壞藍家名聲的一個區區小人吧。」

那人身體一震，說不出話來。

我瞥了他一眼道：「走吧，記得一個時辰之內，否則後果……」

那人艱難地轉過身，一踩腳跑了出去。

我悠然地自斟自飲，等著那個倒楣的笨蛋將藍泰叫來。藍泰一定知道所謂的「東海故人」就是我了。我倒不怕那個傢伙給我耍什麼花樣，一般像他這樣的人膽子都很小，又有把柄攥在我手中，除了乖乖聽話，很難想像他還能做出什麼來。

何況我的條件並不難，只不過帶句話給藍泰而已，這種事情應該很容易吧，對他也沒什麼不利。我安心地等著藍泰出現。

過了一會兒，突然我聽到一陣噪亂的聲音，小熊也陡然機警地望著四周。聽聲音的分佈，我好像已經包圍了，很顯然我被那個混蛋給出賣了，我暗暗皺眉不已，實在想不出自己哪裏有什麼破綻。

陡然一個跋扈的聲音從堂前傳來，「看你這個混蛋今天還有那麼好運，能逃得出去，四周已經布下了天羅地網，我實在沒想到，竟然還有你這種笨蛋，敢自投羅網。」

我一聽這聲音，頓時知道自己的破綻露在何處，那個被我放走的傢伙一定認出了我正是藍家要追捕的頭號人物。所以通知了藍家的管家父子，發聲之人正是藍蛇，不知道他父親藍蟒來了沒有。

我搖搖頭，心中感歎冤家路窄，該來的始終要來，只是來得有些早了，這是我不願看到的，如果等我找到李石頭兄妹，他不來找我，我還要去找他們父子，只是現在不知李石頭兄妹會不會在他們手中。

如果李石頭兄妹在他們手中，我不得不有所顧忌，投鼠忌器。

我大剌剌地坐在亭中，望著他淡淡笑道：「如果只有你這種級別的廢物，我勸你還是趕快走吧，不然等會想走也走不了！」我忽然瞥見被我放走之人，正在人群中縮頭縮腦的向我看過來。

我指著人群中的那人道：「不過那個人我要留下來。」那人見我指著他，頓時臉色刷白，藏在人後面不敢露面。

藍蛇見我不將他放在眼中，心中十分氣憤，感覺在下人面前大丟面子，惱羞成怒地道：「有本公子在，還輪不到你指手畫腳。」話一說完，人已經急速向我投來，手中的摺扇直點我的面門，出手異常狠辣。

等他臨近時，我迅速出手，一雙筷子，夾住他的摺扇。本想兩分內息對付他這種小角色已經足夠，卻不想，士隔三日當刮目相看，他的修爲比起以前突飛猛進，竟然突破我的筷子繼續向我的面門點來。

我反手一掌，將他給震飛出去，我冷哼道：「學會了一點伎倆，就自以爲天下無敵了嗎？」

藍蛇被我一掌震得吐血，心中翻起滔天巨浪，本來學會了新的功法，自己的修爲一日千里，自以爲與對方相差不大了。這次下人來報在鎮中發現此人，自己更是拒絕了其他門派的支援，只帶了一些藍家的人來，以爲能穩穩將對方抓住，沒料到只是一招的功夫自己就受了不輕的內傷，對方的修爲究竟到了何種程度，真是無法揣測。

我瞥了一眼狠毒地望著我的藍蛇，出其不意的驟然躍進人群中，在一片驚呼中，我將被我放走的那人給抓了出來。

那人肝膽俱裂地望著我，我將他放下來，歎道：「我早說過你沒有你的同伴聰明，只不過讓你帶一句話，爲何非要搞得這麼麻煩。你看看你的同伴，他就知道躺在這裏裝死，你卻要自尋死路。」

那人聞言向地上昏厥的同伴看去，果然發現自己的同伴睫毛在微微顫抖，於是求饒地望著我。

「太遲了啊！對你們這些小人來說，手軟只會給我造成無窮無盡的麻煩，我要早殺了你們，自己去藍家，也不會有這麼多事。」

在他的絕望眼神中，我將他送給血靈獸作了食物，身爲東海十大凶獸，凡是無法降伏牠們的人，在牠眼中都只是食物而已。

我大步向藍蛇走過去，邊走邊道：「我本來想讓你多活一段時間的，不過既然你來了，就別走了，我要用你這條小命和你卑鄙的父親談個條件。」

藍蛇兇狠地望著我道：「我還有一搏之力！」

我微微笑道：「那就搏一下來試試吧。」

藍蛇憤怒地狂吼一聲，手中的摺扇揮舞出一片扇影。比起上一次，他的武功不論在招式還是內息上都有長足的進步。我很好奇這段時間他究竟有什麼奇遇，竟能有這種進步。

以他的資質和他的脾性來說，想要有今天的進步沒有三年是絕對不可能的，而且要有高手指點，他才能三年內有此進步。而現在不過短短數月的時間，他能進步若斯，實在令人不敢相信，也難怪他在自信心極度膨脹下，敢於一個人前來抓我。

我屈指彈出一縷指風，直擊他的手腕，無論他的招式多麼奇妙，如果手腕受到攻擊，一切攻擊都將變爲徒勞。迫他變招的同時，我倏地踢出一腿，擋住他的後招。

這小子確實進步挺大，但離我的距離仍遠的很，收拾他，我只用三成內息足矣。幾招下來，他基本上已經處於技窮的階段，狼狽地在我手下躲避著。覷准一個機會，我一掌拍在他的肩膀。

他中我一掌頓時臉色一震，吐出口血，卻拼著一股狠勁，強壓住心中翻湧的氣血，突然將我單手給鎖住。

我微微一怔，不知道他此舉有何用意。以他的內力來說，根本沒有能力將我鎖住，我隨時都能將他震開。藍蛇的臉上忽然升起一種古怪的笑容，笑容中充滿了得意和譏笑。我手掌一震，手心處突然傳來一股奇怪的力量，竟然能夠引導著我的力量向他體內傳去。

我大訝，這小子何時學會這種狠毒的功法，竟能夠強行吸收別人體內的能量轉爲己用，心中靈光一閃，頓時明白爲何他能夠在極短的時間內將自己的修爲大幅度提升，答案自然是他掠奪別人的內息。

他的修爲提升這麼多，不知道遭到他毒手的已經有多少人了？

這個混蛋行爲越發的狠毒，想到這，我陡然提起另一隻手要將他立斃於掌下，可是轉念一想，我還要用他的命來和他父親做交易。我望著他森然道：「讓你多活幾天。」

我倏地切斷他的能量與我的聯繫，在他驚駭的目光下，我一掌拍下去，就要將他給廢了武功。他可能做夢也想不到，我在這種情況下仍然自由活動，頓時雙目緊閉，魂飛魄喪。

就在我要拍中他的時候，陡然身後傳來一聲刺空的尖銳聲。我心中一顫，來人的修爲竟是極高，我若是一掌拍下去，固然可以將藍蛇給廢了，但是我怕自己也要受到重創，心中不敢怠慢，立即轉身，一指劍氣刺了出去。

劍氣與來人的攻擊撞在一起，發出金屬般的脆鳴。我轉身望去，究竟在人族中有誰竟有這等身手，連我都不得不認真對付。在我的印象中，人族中根本沒有此等高手，就連公認的天下第一高手藍老爺子也比來人的修爲差了些許。

我暫時無暇管藍蛇，轉過身，望著來人，意外的偷襲的我竟是個花季少女，長相極美，臉上罩著一層薄薄的面紗，只能看到模糊輪廓。

一雙似若秋水的眼睛留在外面，此刻瞪著我，竟欲噴出火來，好像與我有深仇大恨，她身材高挑，凹凸有致，身上的衣服頗爲暴露，圓潤的腰部完全落在外面，絲毫沒有贅肉，充滿力感。

藍蛇望見來人，大喜道：「夫人！快來救我。」

我聞言才知來人就是傳說中的非常得到藍老爺子寵愛的新夫人。果然聞名不如見面，豔而不妖，嬌媚無比。半遮的面紗更透出一股神秘感，星眸殺機畢露，卻自然地流露出不遜英豪的颯爽英姿。我心中暗贊，如此嬌物，難怪能得到寵幸，又有如此高強的修爲，當可被藍老爺子依爲左膀右臂。

只是我與她並不熟悉，爲何她好像一副對我恨之入骨的模樣。無暇思考她對我的異常態度，向她淡淡道：「原來這位就是夫人，在下本是路過此地，奈何貴夫人的屬下見到在下有一神駿的坐騎，想要……」

我還沒說完便被她生生打斷，我暗暗皺眉，這位新夫人美則美矣，可惜不懂禮貌。

她柳眉倒豎，道：「你這小賊人人得而誅之，今日竟敢露面，本夫人定然叫你有去無回，本夫人要讓你知道，我們藍家不是好惹的。」

我心道：「就以你的修爲，還不配讓我留下來。」

她倏地向我襲來，隨即我的眼前陡然出現幾道虛影，隱隱的破空聲，撕裂了空氣的氣勁更讓我的臉頰感到火辣辣的痛感。

這個女人有令人不可小覷的修爲，我也以掌化刀，刀罡將眼前一片虛影破去，我才發現原來她手中的武器是剛剛繫在腰間的腰帶，柔若柳枝，卻被她使得剛柔並濟，出神入化。

由此推測她的內息頗爲可觀，可以用如此脆弱的腰帶擋住我之前發出的劍氣，她的修爲已經達到「一后四帝」的境界。念頭剛起，我忽然想到她會不會就是一直隱藏在東海的聖后。

不過看她的長相與聖后相差很大，氣質也頗爲懸殊。不過卻仍然不能肯定她就一定不是聖后假扮。畢竟我在這個星球認識的女人中，有她這種修爲，又對我恨之入骨的就只有聖后一人了。

我救出聖王，並協助聖王奪回聖殿重登王位，將孔雀族趕出聖域，甚至連孔雀族遮天大帝的兒子也被我給抓住，這一切足以使她恨我入骨。只是我不相信，一個極爲癡情的女人，會甘願假扮一個異族老頭子的夫人，她會甘願受此侮辱嗎？

在我不斷轉著念頭的時候，她已經向我發動了如同春潮般的進攻，綿綿不休，招式極爲凌厲，殺意蘊藏在劍氣中，勁氣四溢，每一招都恨不得將我斬成兩斷，我心中暗道：「看來她對把人砍爲兩半的劍法有著強烈的偏愛。」

在和她過了幾招後，我確定她應該不是聖后，原因在於我發現她空有一身強大的修爲，卻無法適當地發揮出來，辛辣的劍法無法駕馭渾厚的能量，同時每次進攻都會浪費一些本不該浪費的力量。

修為有近千年的聖后絕對不會出現如此幼稚的錯誤。她只是空有與「一后四帝」相媲美的力量罷了，卻無法如「一后四帝」那樣出神入化地使用。好像她的內息運轉很生硬，無法與自身水乳交融，達到如臂使指的高級境界。

一條普通的腰帶在她手中彷彿活過來的靈蛇，專向我的要害部位攻擊。我施展開御風的身法，隨著她的鞭影在半空中晃蕩。我無法想像，一個看起來如此年輕的女孩子的修為竟然強大若斯。

我在她這麼大的時候要比她差遠了。而且我憑著一些努力、奇遇和僥倖才修到今天這等地步，這個看來雙十年華的女孩子又是有什麼樣的奇蹟發生呢？

在她彷若拚命的情形下，我也無法在不傷害她的情況下將其擊退，更別提趁機抓了藍蛇。遠處不時傳來一聲尖嘯，顯示不斷有人向這邊增援而來。她是藍老爺子的新夫人，那些住在藍家吃在藍家的英雄們自然要賣力幫忙。

我暗歎一聲，今天就只能這樣甘休了。我還不想也不能與人族正面衝突，畢竟我還需要他們配合我的計畫，我留在這個星球，一半原因也是為了人類的幸福，我要使他們平安地度過「龍宮寶藏」的大劫。

然後再與聖王簽訂人族與妖精族的和平協議。

人類積弱已久，我在見過海人族的水下洞府之後，這個念頭更爲強烈，要是現在人類與妖精族發生衝突，人類一定會被滅族。這一點是毋庸置疑的，今天的妖精族實在太強大了。

「一后四帝」中，拿出任何一人的實力都足與全人類抗衡。

我飛身落在殺氣騰騰的血靈獸背上，狠狠地盯了藍蛇一眼，突圍而去。

吆呼聲在後面遠遠地傳來，直到血靈獸跑出百里外，追在後面的人群才漸漸變少，我心中感歎這些人真是有毅力，追了這麼遠才放棄。

自己也夠倒楣的，本想偷偷摸摸地見了藍泰，再讓他想辦法幫我救出李石頭兄妹，澄清我的誤會，扳倒藍蟒父子。誰想到事情會演變成這樣，眼看著「龍宮寶藏」出世的日子就在眼前，偏偏事情卻一團糟。

這藍蟒父子，我得儘快將他們解決，否則將會耽誤我的大事。

夜幕降臨，我潛行到藍家。

來到藍家之外，我召出變色龍寵合體，將自己隱藏在夜幕裏。

雖然別人看不見我，但我仍得小心謹慎，尤其是白天遇到的那位新夫人，誰會知道住在藍家的這些天下修武之人的代表中，會不會有更高強的人，只憑氣味和呼吸聲就可以發現我。

當初我在「鎖龍谷」的時候，隱身的我就被孫老等人給輕易發現了。

雖然是因爲聖族的人天生異稟，難保人族中沒有這等人啊！

燈火一盞盞地亮起，又一盞盞地熄滅。我仍沒有找到藍泰的住處。

小心地抓了一個丁僕，問明了藍泰的住處，然後將其打昏，我向著藍泰的住處摸去。

第二章　魅惑迷情

藍家的房舍規劃得很好，我很容易就找到了藍泰的住處，隱身在一棵大樹上，向裏看去，燈光已經熄滅，沒有聲音，估計僕役也都休息去了，展開自己的靈覺，確定四處沒有人，我輕手輕腳地進了屋子。

推開屋門，我小心地走了進去，湊著月光，我逕自來到了藍泰的床前。

探頭向床上看去，頓時嚇了一跳，要不是我從他的眉宇中確認他確實是藍泰，實在難以相信，眼前這個長頭垢髮、面容憔悴沒有一絲朝氣的中年人，會是我認識的那個生龍活虎的藍泰。

我現出身來，不禁爲這個樣子的藍泰大爲惋惜。

假若是以前的藍泰，絕對不可能我在他身邊待了半天都還沒發覺我的存在。睡夢中的藍泰驟然睜開眼來，眼中的精光一閃而過，給黑暗的屋中帶來一絲短暫的光明。

我心中慶幸他仍沒有放棄修煉，修為比起以前略勝一籌。他睜開眼的剎那，身體也跟著迅速地動起來，瞬間已經擺出了攻擊的姿勢，待發現是我，才愕然地住手，驚訝地望著我。

我詢問他道：「藍兄樣子十分頹廢，不知發生了什麼事情？」

藍泰站起身，向我瑟楚苦笑，笑容中頗多無奈，歎了口氣，才徐徐道：「唉，家醜啊，依天兄弟怎麼會這種時候找來的，兄弟先坐下，我去叫下人準備些酒菜，咱們兄弟好好地聊一聊。」

我忙阻止他，他錯愕地望著我，我微微一笑道：「恐怕你們藍家和那些各門各派的人不大樂意在這裏看到我。」說完我就將白天發生的事情一五一十地告訴了他。

藍泰憤怒地道：「又是這個女人！」旋即歎道：「被關了這麼久，都忘了兄弟還在被我藍家通緝中，藍蟒父子現在越來越猖狂了。」

我愕然道：「你被關！你不是藍家的大公子嗎，等於藍家的一半都是你的，什麼人這麼大膽，連你都敢禁錮！」

藍泰苦笑道：「唉，這都拜那個女人所賜。」頓了一下，向我微微笑道：「我有個好消息要告訴兄弟。」

我一怔，隨即想到是李石頭兄妹的事，這是我之前拜託他的事，想來他已經找到他們了。藍泰道：「李石頭和他妹妹珍珠我已經找到了。他們確實被藍蛇那個混蛋給抓起來了。」見我面露憂色，打消我的疑慮道：「放心吧，藍蛇確實折磨過他們，但是李家兄妹都很有骨氣，沒有向他求饒，所以珍珠仍能幸運的沒被他欺負。」

聽藍泰說他們兄妹沒事，我終於舒出一口氣，一直擔心的事情終於沒有發生，我不禁心中輕鬆不少，我欣然道：「藍兄一定是將他們兄妹給救出來了，我代表藍家兄妹謝謝藍兄。」

藍泰臉上忽然有些尷尬，道：「真是對不起，我沒能將他們給救出來。」

見他這麼一說，我本已放鬆的心突然又揪了起來，納悶道：「藍蛇不過一個區區管家的兒子，他難道敢大膽忤逆你的意思嗎？」

面對我的詢問，藍泰道：「換作平常，他自然不敢對我不敬，只是他們父子仗著那個女人撐腰，硬說李石頭兄妹是你的同黨。父親被那個女人迷得暈頭轉向，極寵愛她。在她的說項下，我也無能爲力。」

我若有所覺，望著他道：「藍兄如今的落魄，想來都是因爲我的關係吧。」

藍泰不置可否地道：「你我既是兄弟，還談這個作什麼。」

我長歎了口氣，自己實在太樂觀了，情況遠比我想像的要複雜，我道：「李石頭兄妹現在是否還在藍蛇的手中？」

藍泰道：「這倒沒有，由於我的堅持，父親雖然很寵愛那個女人，但對我這個兒子還是有感情的，他將李石頭兄妹從藍蛇父子手中要走，現在恐怕應該在父親那兒，應該不會有什麼危險。」

沉默了會，他喃喃道：「這個女人不知從哪來的，突然出現在『三交鎮』中，要向我父親挑戰，結果連敗十幾個高手，父親出來應戰，也僅以一招險勝，後來這個女人不知道用什麼法子，竟讓父親深深迷戀上比他小了幾十歲的女人，對她的話基本上是言聽計從！」

「壞了！」我道。

藍泰搖搖頭道：「是壞了，父親再這麼沉溺女色下去，藍家將會徹底完蛋！」

我歎道：「既然你父親這麼寵愛她，如果她向你父親要李石頭兄妹，你說你父親會不會答應她？理由是爲了對付我。」

藍泰怔了怔，明白過來我在擔心的事情，面色難看地道：「以那個女人所受到的寵愛，如果她真的以誘捕你爲理由來向父親要李石頭兄妹，幾乎可以肯定，父親一定答應她。李石頭兄妹危險了。」

我點了點頭，沉思了片刻道：「藍兄，只能再麻煩你了，現在我們立即趕去你父親那，在那個女人將李石頭兄妹帶走前，把他們給救出來了，現在只有這個法子了。」

藍泰面有難色，道：「要想暗中將李石頭兄妹帶走實在不可能，只有硬搶一途！」

我愕然道：「我們不需要弄出多大聲勢，只要將李石頭兄妹偷偷帶走就好了，不需要和她們硬拚。」

藍泰道：「難道你進來的時候沒有感覺到外面有人嗎？要是沒人看守我，我早就逃出去了，何必生生待在這裏弄得自己這麼狼狽。父親將我禁錮在此，還聽從那個狠毒女人的話，派了十二個人守在這裏，嚴禁有人跟我接觸，更不許我外出。父親更放出話來，讓我絕了與美兒的心思，唉，父親以前不是這樣的，這都是因爲那個女人的出現，他才會有這麼大的轉變。」

我心中苦笑，本以爲已經能夠解決的事情，卻一變再變。本來我想借著藍泰和虞美兒這層婚姻關係，很容易就能促進兩族之間的聯盟，現在看來，自己想得太簡單了。那個女人究竟是什麼人，好像專門出來與我作對似的，我實在想像不出自己得罪過什麼女人！

我歎了口氣，無奈道：「兄弟我本來有個喜訊給你，不過現在好像還有些困難啊！」

「啊！」藍泰難掩心中的激動，顯然他是想到了我話中所指。

我道：「我剛從東海回來，與海人族之王龍淵大帝見了面，並且說服了他，同意了你和虞美兒的事情，可惜你這邊又出了事情。」

藍泰狂喜道：「真的嗎！我真不敢相信，虞美兒的父親竟然會同意我和她的事，美兒告訴我，她父親幾乎是個暴君，我簡直不敢相信你竟然做到了，我，我，我太，謝謝你，以後有什麼事，我赴湯蹈火……」

我拍了拍他道：「都說是兄弟了，何必說這些呢，何況這事還沒成！」

藍泰興奮地道：「只要美兒的父親答應，我和美兒就沒什麼好怕的了。就算父親不答應，我大可以和美兒找一處沒有人去過的地方過只屬於我們倆人的生活。海人族勢力太大，凡是有水的地方幾乎就有海人族，美兒的父親如果不同意，就算我和美兒跑到天之崖海之角，也一樣無法逃得了海人族的掌握！事實上我們一直擔憂的就是海人族，現在兄弟你幫我把海人族那邊的問題給解決了，你說我怎麼能不高興呢。」

我點點頭，原來他有這層顧慮，心中也同意他的說法。藍家的實力雖大，卻不能遍及整個星球，何況在「龍宮寶藏」這一場爭奪戰中，人族幾乎可以百分百的肯定會元氣大傷，又豈能顧慮到兩個私奔的人！

想通這點，我不禁心中為兩人有個好結果而開心！

不過我仍希望，他能在此關鍵時刻留下來，幫我一下，為人類的未來想想，人族一旦攪進奪寶之戰中，可以預見的，在「一后四帝」還有聖王強大的實力面前，他們自以為強大的力量只會束手待斃。

人類從此越來越弱，直至滅亡。

我必須盡力勸他們從奪寶之爭中抽身而出，儘量保留實力。我想只要在「龍宮寶藏」的爭奪中是聖王成爲最後的受益者，就可保證在數百年內妖精一脈不會大舉侵犯人類。

藍泰顯然精神好多了，神采熠熠，道：「咱們這就去將李石頭兄妹給救出來，我也再不回這個家了。有了依天兄弟的幫忙，外面那十二個人根本不是我們的對手。我早受夠了他們的鳥氣！」

我一把拉住他道：「藍兄不要衝動，我還有事和你商量！」

藍泰心情極好，欣然道：「兄弟有什麼事，只管吩咐。除了要我這條命，其他事我絕對不推辭。」

看他有說有笑的樣子，和剛才的頹廢樣簡直是換了個人。我淡淡一笑，拉他在一邊坐下來，將人族目前的形勢給他詳細地說了一遍，同時也向他說出我在妖精族中的身分。

他皺了皺眉頭，有點消化不了我說的事實，道：「你是人類，卻成了妖精一脈的聖使，妖精族在上千年前就沒有了他們消息，最近也只有一鱗半爪的傳聞，『一后四帝』真有你說的那麼強大嗎！」

我知道，他一時間難以接受我說的事實，瞬間的優越感被打碎，確實令人難以接受，或者說不願接受，他不願意相信妖精族竟強大到這地步，看似很強的人類還禁不住妖精族的一個指頭。

過了一會兒，我道：「事實情況確實如此，我身為人類的一員，自然也不願意見到這種情況，可是你只要看看海人族就可以推想出來，妖精族有多強大，海人族只不過是『一后四帝』中的一支罷了，你可以想像，另外四人既然能與他齊名，自然有相匹敵的實力！」

藍泰沉吟道：「原來海人族是妖精族的一支，我們一直以為海人族是人類的分支呢，卻原來……」

我道：「現在人類確實很危險，一次行差已足以令人類滅族，你不忍心看到人類全部被妖精族給滅絕吧。我實在需要人幫助。」

沉默！沉默！

我可以肯定，此時他心中一定在激烈的掙扎，在自己的幸福與飄渺的人類幸福中掙扎。我一直關注著他，直到看見他緊皺的眉頭忽然舒展開，我知道自己沒有看錯他。

藍泰向我道：「兄弟，需要我幫什麼忙，只管說吧，我能做什麼！」

我向他簡單敘述了我的計畫，最後總結道：「為今之計，只有儘量將人類的實力從『龍宮寶藏』的爭奪中給撤出來。保全人類的實力，才能休養生息，生出足以與妖精一脈抗衡的力量。」

藍泰道：「你的意思我明白，可是我能幫你做什麼？」

我道：「幫助我儘量說服你父親和海人族結盟，撤出對寶藏的爭奪。」

「如果父親不同意呢！何況父親現在身邊多了個狠毒的女人，她一定不會讓我們如意的。」藍泰憂慮道。

想到藍蛇和藍蟒之流，我眼中不自覺地閃過一絲狠厲，我悠然道：「殺了她！人類絕對不能毀在他們手中，如果你父親最終不能同意，就取而代之！」也許是我經過太多的事，說起這種事情，決斷的語音中也多了一分不容置疑的狠辣！

藍泰駭然地望著我，可能他萬萬想不到，我會說出來讓他奪權的話。我苦笑道：「人類的幸福可以說就在我倆的一念之間，正所謂一念為善一念為惡，如果我們有一絲的心軟，最終倒楣的是人類自己！何況我並非要殺了你父親，我們同樣可以將他禁錮起來，等到大勢已定，再將他放出來安享晚年！」

藍泰沉吟了一下，道：「希望父親會理解我們的苦心。」

我道：「既然我們已經決定了，事不宜遲，首要將李石頭兄妹給救出來，再想辦法向你父親轉告我們的意思，儘量能取得他的支持。不到萬不得已，不能輕易取而代之，畢竟名不正言不順，且以你現在的資格，很難令那些各門各派的首領們服從你的指導。」

藍泰聽我這麼說，知道我確實沒有害他父親之心，歎道：「希望父親可以理解我們吧。」

我道：「我總感覺那個女人認識我，並且好像與我有某種深仇大恨，你最好能查查她的底細，摸清楚她的真實身分，爲什麼會在這裏出現。而且在這種關鍵時刻出現在這裏，無法不令人懷疑。」

藍泰道：「這個恐怕有些困難，我現在還是在被父親軟禁期，無法自由活動，而且現在那個女人受父親寵愛，我怕沒有人會願意幫我查她的底細，不過我會儘量想辦法的。」

我道：「這個事情一定要抓緊，畢竟『龍宮寶藏』出世的日子已經非常近了，如果她一直阻撓我們的計畫，就算她是無辜的，也只能把她……」我比了個殺人的姿勢，關鍵時刻，婦人之仁只能害人不能救人。

藍泰沉重地點了點頭，然後道：「我們現在就去父親的寢宮，不過外面有十二個守衛，是父親專門派來監視我的，修爲很高，我勉強能對付六個人，其餘六個由你負責。」

我呵呵笑道：「不用這麼麻煩，你先在這等著，讓我先去解決了他們。」

不等藍泰質疑，我已經召喚出變色龍寵再次隱身於黑暗中，雖然我仍站在原地，卻好像突然消失了一樣。

進來之前，我就已經感覺到四周有人監視，我原先以爲這些人是藍家派出，專門守夜用的。卻不想是用來監視藍泰。

我在屋外繞了一圈，也就片刻的工夫，再回來時，雙手托著十二個人壘成小山似的。

將這些人放在地上，我向藍泰道：「看，解決他們，並不難，明天早上醒來，他們也不會知道今天發生的事，只會以為太疲勞而不小心睡著了。」

藍泰驚訝地道：「依天，我越是接近你，越是發現你身上總會有許多令我驚奇的事情發生。」

我們依靠夜色的掩護，有藍泰這個熟悉這裏的人的帶路，我們並沒有遇到多少麻煩就來到了藍老爺子的住處，庭院很大，藍泰帶著我繞過守衛巡自來到了藍老爺子的窗外。

屋裏的燈火還亮著，這打消了我們直接偷摸進去將李石頭兄妹給救出來的想法，據藍泰說，藍老爺子的臥室中下面有個秘室，李石頭兄妹十有八九就藏在那裏。我與藍泰驚訝的對視一眼，靜靜的在窗邊伏了下來，猜不出在眾人都已經進入睡夢的時候，藍老爺子為何還沒睡。

屋裏傳出一聲極為嬌媚的聲音，「謝謝夫君，就算我們藍家的人有什麼錯，也輪不到一個外人來說三道四，他敢一而再，再而三地出現在『三交鎮』，分明是不把我們藍家看在眼裏，更不曾將夫君放在眼中，我夫君乃是眾人皆知的大英雄。不論他是一派之主，還是一個普通的雜役，誰見到夫君不恭恭敬敬地稱一聲老爺子，唯獨那個混混，不將夫君的威嚴放在心上，再三挑釁夫君的虎威，現在天下英雄都在這『三交鎮』，咱們要是不把那個混混給抓住，五馬分屍扔到東海餵王八，還不被那些人笑話死。人家這麼做可都是為了夫君您啊！」

沉默了片刻，一個蒼老卻中氣十足的聲音傳出，「夫人，你的苦心，我自然能體會到。不過那兩兄妹確實只是普通的漁民，我也派人去查了，祖孫三代都是東海邊的漁民，你看那個大塊頭，老實巴交的，這件事確實是藍蟒管教不嚴，致使藍蛇仗勢欺人，我是給夫人面子，才放過藍蛇那混小子。現在如果要用這兩人做誘餌，難免會在打鬥中出現死傷，這裏的漁民對我藍家貢獻不小，這麼做，我怎麼能忍心！」

屋中忽然傳來摩擦與低聲的喘息，我大概猜到，那個女人正在使用自己最厲害的武器來媚惑藍老爺子。

「夫君，人家可都是爲了你的名聲著想，嫁雞隨雞，嫁狗隨狗，人家這麼做是爲了什麼？好！既然夫君以爲我別有所圖，那人家就什麼都不管了，省得有人會以爲我不守婦道。」

「夫人，夫人！我沒有那個意思，只是我覺得這麼做未免對那兄妹不大公平，我沒有別的意思。夫人，夫人！」

過了一會兒，可能藍老爺子見她仍一副生氣不理自己的樣，不由得低聲求饒道：「夫人，我真的沒有傷害你的意思，這，這都是誤會……這樣，我答應你就是，那兩兄妹讓你帶走。」

藍老爺子也算是一代人王，此刻卻對一個小小的女子語無倫次、低聲下氣，我倒沒什麼感覺，藍泰卻聽得有些不自然起來。

「哈！」那個女人忽然頑皮地笑了起來，「人家就知道夫君疼我。其實人家這麼做還不是爲了你著想，就算以後有人提起此事，也只會說我是個狠毒的女人，卻不會說夫君。」

藍老爺子賠笑道：「是，是，還是我的夫人懂得爲我著想。」

我暗暗搖了搖頭，這藍老爺子也許名動天下，卻被這妖女一直牽著鼻子走，完全不是她的對手。

她又道：「夫君，現在是非常時刻，最近同盟即將成立，正是夫君立威的時候，到時候成爲天下的盟主，搶得寶藏，天下誰不歸附。這個時候不能有婦人之仁，否則怎能成大事。」

藍老爺子道：「對，夫人說得是，唉，也許我老了，沒有年輕時的霸氣，夫人你真不介意我是一個八旬老翁嗎？」

她嬌嗔道：「誰說夫君老了，夫君是寶刀未老，正是成大事的時候！」

這等閨房之語，如若在一對新婚的年輕夫婦屋外聽來，自然覺得小倆口親切、恩愛。

但一想到女方是一個不知有何目的的歹毒女人，另一個是臉上佈滿皺紋、雙眼渾濁、皮膚乾裂、進入暮年的老翁，總覺得讓人覺得那麼不搭調。

不大會兒，屋裏又傳出輕微的低喝聲，接著又多出兩個陌生人的聲音，藍老爺子道：「夫人，你早去早回，爲夫在這裏等你。」

她嬌笑道：「夫君放心，人家很快就回來，人家一時不見你，就會覺得心裏不安穩，在你身邊，我好像靠著一座大山什麼都不怕了。」

她與幾人押著李石頭兄妹走了出去。

等她們走遠，我招呼藍泰一塊兒跟過去，藍泰與我視線相遇，想起自己父親剛才與那個女人噁心的對話都被我聽來，不由得尷尬的勉強一笑，先向前跟蹤而去。

第三章　寶藏出世

我倆跟在她們身後，伺機將李石頭兄妹給救出來。

由於那個女人一直沒有離開，我們也找不到動手的恰當時機。一直等到幾人來到藍蟒居住的地方，藍蛇出來迎接，嬉皮笑臉的將新夫人迎了進去，同時派著幾個手下將李石頭兄妹收下。

只要那個女人不在，我就有信心在不驚動別人的情況下將李石頭兄妹給救下來。我正要跟著那幾人，藍泰拉住我，朝我比劃了一下，意思讓我去救李石頭兄妹，而他自己則留下來觀察那個女人。

我點了點頭，隱身跟在幾人身後，幾人明顯沒有意識到身後有人敢跟蹤他們，在一個隱蔽的地方，我利索的將幾人給解決了。爲防止他們被人發現，將他們移到陰暗的角落中，等到他們醒來已是明天的事了。

李石頭兄妹驚訝地看著幾個人突然像是中風一樣倒在地上。我悠然的在他兩兄妹前現了身，兩人驚訝地望著我，不敢相信一直杳無音訊的師父會突然出現在自己兩兄妹前。

喜極而泣，連李石頭這個大漢子也嗚咽起來，珍珠更撲在我懷中不停地抽噎著，在經過了太多苦難後見到親人的感覺是無法抑制的委屈，我摸著珍珠的腦袋，低聲安慰道：「丫頭不哭，都怪師父不好，讓你們這麼多天受委屈了，你們放心，那個混蛋，我遲早讓他們把欠咱們的都還來。」

珍珠在我懷中低泣著搖著頭。我知道她之所以不再想我找藍蛇報仇，那是因爲她受過太多苦，怕現在得之不易的幸福會隨時丟掉。我拍拍她道：「放心，師父不是一個人孤軍作戰，有很多人幫咱們，找那小子算帳乃是輕而易舉的事，就是端了他的窩也不難。這一筆帳，一定要好好跟他們算清楚。」

我拍拍李石頭的肩膀，道：「你又結實了不少。」

李石頭向我憨厚一笑道：「我和妹妹平常都沒有丟掉師父教給我們的功法。」

其實我早看出，兩人比起幾個月前內息增長了不少，尤其是珍珠，由原先一個不會一點功夫的人，現在已經略有小成了。我給他們的是由我自己總結的一些築基的簡單功法。我當初之所以願意教他們功法，一是因爲兩人對我很好，二是見他兩人資質不錯。

事實證明我的眼光並沒有錯，兩人現在已略有小成。雖然比起一流高手要差很多，但在短短的時間內有此成就，已經非常不容易了。

我帶著兩人又走回到藍蛇的住處，見藍泰還隱藏在一角向屋裏窺視。

我悄悄地來到他身邊，拍了拍他，剛要說話，忽然發覺他鐵青著臉，神色頗爲難看。我大訝，向著屋內望去，剛好看到一男一女在屋中抱在一塊，男人的一雙手不安分的在女人身上游走，而那個女人看起來十分享受，瞇著雙眼喘息著，發出陣陣令人銷魂噬骨的呻吟。

這對偷情男女正是藍老爺子的新夫人，另一個就是藍蛇。原來這個混蛋跟她搞上了，難怪白天我發現兩人的眼神有些怪異呢，原來是曖昧的眼神。隨著藍蛇的一雙手不斷深入她的禁區，藍泰的神色愈發難看，她不斷的「咯咯」浪聲浪氣的嬉笑著，雖然聲音不人，卻足以直接撞擊藍泰那脆弱的神經。

眼看藍泰就要忍不住動手闖進去，我連忙在他耳邊低聲道：「想想你未來的幸福，想想人族的未來，眼下不是打草驚蛇的時候，一定要忍住，姦夫淫婦遲早難逃我們掌握。」

藍泰好不容易將視線從屋中那對狗男女身上移了回來，臉色難看，嘶啞著嗓子向我詢問道：「那兄妹倆你救出來了嗎？」

我點點頭道：「一切按計劃行事，千萬不要衝動，等我消息，待我將他們兩兄妹安排好，就回來和你會合，這兩天你儘量將那女人的底細給查清楚。」

藍泰朝我一點頭，我們兩人正要分開，忽然四周陸續亮起了幾支火把，我立刻意識到我們暴露了，我無所謂，最主要是藍泰不能暴露，他是在藍家中最好的棋子，他暴露了，則在人族的一整盤棋都輸了。

我護在李石頭兄妹前，四周突然出現了十幾條大漢，藍蟒哈哈大笑的從一邊走了出來，藍蛇和那女人也施施然走了出來。她見我們幾人被圍在當中，「咯咯」嬌笑，花枝亂顫，狠毒的眼神望著我道：「我就猜到你會來救這對兄妹的。」

火光中我向藍泰望去，發現他不知何時用一塊布將自己的臉給遮住了，此時見我向他望來，給了我一個逃走的眼神。我微微點了點頭。

我望著這個擁有可怕心機的女人，真是想破腦袋也想不出自己何時得罪這樣一個可怕的女人。她擁有很深的心機，剛才她和藍蛇纏綿的情景是故意演給我們看的，還是確切兩人有姦情？

藍蟒嘿嘿笑道：「當我們藍家無人嗎，膽敢夜闖我們藍家，老夫今天就將你擒住當作獻給老爺子大壽的禮物。」

我瞥了他一眼，抓了抓耳垂道：「憑你也配！」

藍蟒並未因為我輕視他而暴跳如雷，向我一步步走來，邊走邊道：「配不配，那得動過手才能知道。」

藍蟒氣勢不斷凝升，等來到我身前時，氣勢已經達到不吐不快的程度，我可以感應到體內澎湃撞動的能量。他的能量比起幾個月前和我爭鬥的那次要高過許多。藍蛇如此，藍蟒也是如此。我不禁大爲驚訝。

要知道，人修煉到他這種級別想要再進一步都很困難，並且以他的年齡來說，限於資質很難再有寸進，奇怪他在短短時間內竟有此進步，不得不讓我想要一探其中的究竟。

不及走到我身邊，藍蟒雙掌倏地向我拍來，內息源源不絕，一波接著一波，彷彿是海浪拍擊岩石，一浪高過一浪，兇猛不停歇地撞擊，直到將眼前的一切化爲虛無才肯甘休。這正是藍老爺子獨門的功法——「海浪搏岩」功法。

只是沒想到他竟然修煉到如斯地步，從他的眼神中，也可看出他對於自己的攻擊頗爲得意，這一招盡得「海浪搏岩」的真髓，就算藍老爺子來施展，也不會強過他多少。

這老小子幾月未見，倒是長進了不少。我淡淡一笑，倏地一掌擊出，動手用上了八成的力量，源源撲向我的海浪頓時被我從中一劈兩半，在眾人驚訝的目光下，我不見任何動作卻在眨眼工夫來到他面前，一掌印向他的胸膛。

老小子驚駭地望著我，眼中已不見了剛才的得意，他無論如何難以想像，修爲大進的自己在我面前竟然沒走過一招，就要被對手給劈死！

一道猶如毒蛇的力量直向我後腦勺擊來，我不用看也知道，招式使得這麼狠毒的除了那個女人，這裏再無其他人能辦到。

我沒有回頭，逕自一腳將藍蟒踢飛出去，這一腳夠他修養一段時間了。

同時另一隻手在極危險的情況下將她用來攻擊我的鞭子抓個正著。

我故意一副要殺死藍蟒的樣子正是逼她來救，這樣沒有她的干擾，藍泰不被揭穿而逃出去的機率將大大增加。

我這一動手，其他人也頓時動起手來，沒有人敢來找我，都叫嚷著向著藍泰和李石頭兄妹衝去，藍泰怕暴露自己的身分，不敢使出藍家的獨傳功法，頓時使他的攻擊大打折扣，又需要護住武功低微的李石頭兄妹，立即陷入難堪的境地。

我望著她道：「我想不出在哪裏見過你，更不可能得罪過你，爲何你總是一副與我勢不兩立的樣子。」

「你這心狠手辣的奸賊殺人無數，自然不記得，不過奴家是永遠不會忘的，」她惡狠狠地道，「今天我就要爲我的弟弟報仇！」

鞭子上陡然傳來一股極強的力量，我也只好發出一股力量將她給擋住，這個莫名其妙的女人，要爲自己的弟弟報仇，自己來這星球根本沒有殺過人族的人。看她的樣子又不像在說假話，她那憤恨的神情是不可能裝出來的。

她想憑著自己深厚的力量將我給殺死，爲了拖住她，我也勉強地應付著她攻來的力量。我偷眼望了一下藍泰三人，正在陷入苦戰。

我當機立斷，將小火猴和大地之熊放了出來，兩小一出來立即加入戰圈，兩小雖然個小，但都是一等一強大的神獸，自從與「煙霞」合爲一體後，更是受了不少好處。普通的人已很難是牠們的對手，有了兩小的加入，藍泰輕鬆多了。

我傳音給他讓他先走，他點了點頭，突然破圍而去，沒有人會想到，他會突然放棄自己的同伴逃跑，眼看著他跑了，沒有人能追得上。

這時候四周聚來的人越來越多，畢竟人族的高手都在此地，我不便久留，揮指如刀將鞭子給切成兩半，同時連環踢出數腳將她給逼退。

我飛速地來到李石頭兄妹身邊，一把將兩人給抱住騰空而去。

小火猴與大地之熊各自施展自己的絕技，將來人給擋在後面，然後化作兩道光芒被我召喚回來。

眾人恍如大夢初醒，眼睜睜地看著我帶著李石頭兄妹轉眼消失在天邊。藍蛇恨恨的向著我飛走的方向道：「算你跑得快！」

我帶著李石頭兄妹回到我暫時藏身的山洞中，留在洞中的血靈獸見到李石頭兄妹頓時發出警告的吼聲，我拍拍牠示意牠安靜下來。我向著一臉驚懼的兄妹倆道：「這是我的坐騎，不用怕。」

經過一夜的心驚膽戰，兩人這刻才真正地放鬆下來，過了一會兒珍珠忽然怯怯地望著我道：「師父，你不會再離開我和哥哥吧。」

石頭也一臉認真地看著我。我向兩兄妹道：「我也不想啊，可是師父身上還有事，而且是非常要緊的事，所以我打算將你和你哥哥暫時送到我一個朋友那兒，安全問題不用擔心，她們會好好地照顧你們。」

珍珠滿臉失望，卻懂事的沒有開口再要求。李石頭也失望地道：「我還想請師父指教我的武功呢！」

我微微笑道：「這很好辦，我朋友那兒也有很多武功很好的人，我會拜託他們指點你武功的，我再傳你一些功法，你要勤加修煉。」

過了一會兒，珍珠又希冀地道：「師父，什麼時候你把那件重要的事情解決了，是不是就不會離開我們了？」

聽她這麼一問，我頓時怔住了，我一直以來都忘了，等我走了後，這對兄妹會如何，畢竟我名義上是他們師父，他們也是我收的第一個徒弟，難道我就這麼狠心的將他們留在這裏。

我不是絕情絕義的人，以前的想法太荒謬了，這裏的世界是如此的不安定，自己無法真正放心的將他們留在這裏。

但是將他們帶回到我的時空恐怕也不合適，第一他們未必會願意離開自己熟悉的環境，第二他們未必能夠適應另一個時空的生活環境。我想了想，最終決定把選擇權放在他們手中，我應該尊重他倆的選擇。我望著兩人，微微笑道：「想不想知道關於師父的事？」

「好啊。」珍珠雙手抱著腿，聚精會神的準備聽故事。

我整理了下思路，將自己從另一個時空流浪到此的事情簡略地告訴兩人。望著兩人驚訝到無法置信的表情，我淡淡笑道：「你們的師父就是從遙遠的另一個時空過來的，最終我是要離開這裏，回到屬於我的地方，現在你們就可以選擇是留在這裏，還是跟我去一個陌生的環境。」

兩人乍一聽如此奇怪、誇張的事情，頓時傻了眼，一時也無法決定究竟該怎麼辦。

我瞭解兩人的心情，笑笑道：「不要急著作決定，如果我們一起離開這裏，很有可能永遠也不回來了，所以我需要你們想清楚了，否則是無法後悔的，你們還有很多時間想，不急在這一刻。」

我取出些食物，又將靈丹取出一些，分給兩人，我望著兩人道：「你們現在正處於築基的關鍵階段，功法的修煉不可有一日懈怠，這些靈藥主要是補充你們體內匱乏的靈氣，靈丹雖好，但是最主要的還是你們個人的修煉，切記。」

兩人點點頭，將靈丹和食物接了過去。等到兩人吃飽後，我道：「快些休息吧，明天一早，我就將你們送到一個安全的地方，等我此間事了，就會去接你們，無論做什麼樣的決定，我都會尊重你們的選擇。」

女孩子心細，見我沒有睡覺的意思，發問道：「師父，你怎麼不睡？」

我微微笑道：「師父修爲很高，不需要睡覺，你們快睡吧。」

自從我修煉到現在的這一境界後，內息雄厚，生生不息，精神力也更是百尺竿頭再進一步，基本上十來天不休息都可以撐得下去。

兩人很快就睡著了，我走出洞去，野風颼颼，夜色朗然。我望著天邊無數顆星星，我喃呢道：「藍薇，我們很快就能相見了。」

想著手中還有幾根靈犀角，如果此地安全的話，真想馬上用它來暫時領我回去，和藍薇見上一面，撫慰她受傷的心靈。

一夜很快過去了，兩人騎在血靈獸上，我則在一旁御空而行，向著陰陽教的總部行去。很長時間沒見到「似鳳」和七小，不知道牠們相處得如何。「似鳳」與「遮天大帝」的一戰中所受的傷應該好了吧。

鳳凰有不死鳥之說，原因在於只要牠願意，大可以聚集方圓百里內的靈氣，不管受了什麼傷都能很快地痊癒。

我們一行三人行了一上午，等到中午時，才到達目的地，李石頭和珍珠一路風塵僕僕，已經筋疲力盡。

剛到總部，就看到一大群人從裏面湧出來，領頭的正是殘月主僕。

我訝異道：「你們怎麼會知道我今天會來？」

少主，現在已經是名副其實的教主了，嬌笑道：「是牠們剛才一直蠢蠢欲動的樣子，所以我在想是不是你來了，所以牠們才一副心神不守的樣子。這兩位是……？」

原來是七小感應到了我，我蹲下來，抱著一個個大腦袋，七小很親昵的舔著我。我望著教主道：「這兩兄妹是我收的徒弟，在藍家吃盡了苦頭，昨天我把他們救了出來，我想將他們暫時放在你這。不知……」

殘月嘻嘻笑道：「既然是您的徒弟，我們當然要熱忱招待了。」

這小妮子還是一樣的機靈，隨著原來伺候的少主坐上了教主之位，與她情同姐妹的殘月現在地位也增高了很多吧。殘月笑嘻嘻地招呼手下人將滿臉疲憊的兄妹先一步領到教內休息。

我道：「不知道鳳凰的傷好了嗎？」

教主邊領我向裏走，邊道：「我也不太清楚，不過看牠的樣子倒是不像受傷的，你知道嗎，真是奇怪，自從你那天來了之後，我們總教內的靈氣越來越充足，真是讓人奇怪。我們都大受好處，修爲精進了不少。」

我呵呵笑道：「那可真是要恭喜你們了。」

教主回頭看了一眼，道：「你那隻很凶的怪獸，以前怎麼沒見過？」

我道：「是我剛剛在東海收伏的，對我很忠心，可惜就是有一股戾氣，太兇狠，是凶獸，希望可以慢慢的將牠轉化吧。」

我回頭望了一眼，卻看到血靈獸跟在七小的後面，看牠的樣子，對七小十分驚懼。

七小對我十分忠心，對外人則完全是一副睥睨的雄姿。也難怪，連鳳凰這種強大的神獸也要對七小禮讓三分，其他的獸類就更別說了。

說著話，我們已經到了陰陽教的總部，一段時間不見，教內又多了不少人，而且看到許多普通人在裏面勞作，種植著穀物之類的糧食。

教主見我望著那些人，笑笑道：「這次大亂，教派需要補充鮮血，這些人都是各地的難民，反正我們這裏的地方很大，就是再來兩三千人也完全住得下。他們在這裏安心生活，但是生下的孩子要加入我陰陽教，他們種植的糧食我們也會向他們買或者用東西換。」

雖然她做的這些事情在我看來頗有強迫的意味，不過，畢竟在這麼亂的世道中，有一個強大的教派庇護，總好過一個人孤單的在亂世中飄蕩。

只要教派不欺侮他們，這裏應該是他們最好的棲息地。她此舉卻有深謀遠慮之意，當這些人長期在此居住下來，就會把陰陽教當做家一樣來看，生出來的孩子也都是忠心的子弟兵。陰陽教的實力會穩步增長。

我望著她道：「你是個合格的教主。」

她望著我道：「我發誓要將老教主留下的陰陽教，弄成人族中最強大的教派。」

她是個幹練的女人，巾幗不讓鬚眉，只要她有心，我相信未來會像她說的那樣變化。

我道：「我走後，教派裏有沒有人對你不服？」

「自然有的，」她淡淡道，「他們是畏懼你的武力，所以你在的時候不敢拿我怎麼樣，你一走，就馬上要逼我讓出教主之位。我真是要多謝你把自己的寵獸留下來，幫了我的大忙。牠們真是很厲害，簡單的幾下子就把逼我讓位的幾個老頭子給打翻在地。」

我心中暗道，那是當然的，你們教內的那些長老又怎麼會是七小與鳳凰的對手。

教主接著道：「我把反對我的那些元老們全殺了，然後從教內選一些忠於我的年輕人代替了他們的位子，幾次之後，再也沒人敢逼我讓位了。」

她說來輕描淡寫，但是我知道她今天穩固的位子不知道流了多少人的血，只是這也是沒辦法的事，她不殺人便要被人殺，好在她做教主比其他人做教主要好很多。

殘月早備好了酒宴，席間，教主奇怪地望了我幾眼，然後道：「我看你皺著眉頭，是不是有什麼煩心的事，不如說出來。」

原來她以女性心理的細膩觀察到我有心事，我歎氣道：「確實有麻煩事，不過你也幫不上忙。你們幫我照顧那兩個徒弟已經是幫我的忙了，剩下的事都得我自己想辦法了。」

教主並沒有因爲我直言她幫不上忙而生氣，微笑道：「說來聽聽也好，總比你悶在心裏強。」

略一思考，我便把藍泰和虞美兒之間的戀情告訴了她，其他則略去不說，陰陽教大病初癒，實在不適合在摻雜到其他爭端中去。

時值深夜，驟然一道亮光從東海中射出，直破雲霄，沖天而上。

接著便是另一道刺眼的亮光尾隨而去，三道、四道……所有的光芒漸漸彙聚在一起，形成一道巨大的光柱，將半個東海照得如同白晝。

一座金碧輝煌的宮殿搖搖晃晃從東海中破水而出，帶著駭人的海嘯，驚人的狂風，東海爲之震盪，大地爲之動搖，彷彿是地震一般敲打著人們貪婪而驚駭的心！

一個時辰後，動靜才漸漸小下來，只是光芒如昔，彩光遐邇。這種異相就算是瞎子也知道是「龍宮寶藏」已經出世了。

陰陽教上下也同時受到震撼，紛紛出來觀望，我和教主觀望著東海，耀眼的光芒，我們都心知肚明，這是「龍宮寶藏」！我皺眉不已，不是說「龍宮寶藏」出世還有很多天嗎，怎麼提前這麼長時間就出世了！

這可大大不妙啊，原先計畫好的事情都全被打亂了。我現在無暇顧及人族的事情了，必須得先去看看「龍宮寶藏」。雖然是深夜出世，但是對「龍宮寶藏」虎視眈眈的人們肯定已經前往東海了。

「龍宮寶藏」關係著我能否回到我的時空，我無法再鎖定如昔。囑託了教主一聲讓她幫我照顧珍珠兄妹，我迅速向著東海的「龍宮寶藏」飛去。

正如我所猜測的一樣，各種妖精都向著「龍宮寶藏」蜂擁而去，有在天上飛的，有在水中游的，千奇百怪，仿若趕集。

我不想被人看見，隱去身形，加速向著「龍宮寶藏」飛去，我並不怕這些小妖精搶先進了「龍宮寶藏」。按照聖王所說，「龍宮寶藏」中有各種險要把關，普通人根本連寶藏的影都沒看到就死在機關之下。

我只怕「一后四帝」先我進入，那我就陷入劣勢了。這幾人個個奸狡如狐，老奸巨滑，又深悉「龍宮寶藏」歷史背景，說不定他們會有「龍宮寶藏」的地圖。聖祖妖精王留在寶藏中的「定海神針」乃是最強大的神器，進入寶藏中的人恐怕都以此寶爲第一目標。

我全力飛行，確實疾若流星，很快就來到了東海，「龍宮寶藏」在望。面對朝思暮想的「龍宮寶藏」，我反而鎮定下來，收拾了下心情，我放慢速度向著「龍宮寶藏」飛去。

等到我飛近，才發現「龍宮寶藏」並非只是一個宮殿那麼簡單，「龍宮寶藏」建在一大片陸地上，陸地托著「龍宮寶藏」也一塊從海底升了上來。

淅淅瀝瀝的水流正不斷從土地上流回到海水中。四周佈滿了海人族的守衛，配以東海十萬水族，當真是聲勢浩大，占地上百畝的「龍宮寶藏」竟被東海水族圍了個密不透風。

我暗歎龍淵大帝動作真是快啊，寶藏出世恐怕他是第一個知道的。

在海底沉沒了上千萬年的「龍宮寶藏」嶄新如初，沒有留下一點歲月的痕跡。「龍宮寶藏」面向東的一面，有數根擎天大柱，分列兩邊，正殿之前立了兩排雕像。

雕像怪異，以鳥獸蟲魚爲主，卻大多面目兇悍，體格龐大，利牙鋒齒，望之若活，栩栩如生。近之使人心驚膽戰。我望著這些獸類，心中揣測莫非這些是守護「龍宮寶藏」的神獸？

一面望之似門的東西，金光燦燦，倒像是一塊完整的金板，上面兩米處，橫著一塊碩大的匾額，上書兩個大字「龍宮」！這裏應該是龍宮的正殿了，只是爲何不見門，讓我費解。

我沿著「龍宮寶藏」徐徐飛行著，「龍宮寶藏」被一圈彩光包圍在內，熠熠生輝，神光流轉，令人有種不可侵犯之感！

順著「龍宮寶藏」轉了一圈，卻納罕地發現堂堂龍宮竟然沒有一個入口。

望著彩光環繞，瑞氣條條的龍宮，心中忖度，難道龍宮與普通建築不同，入口是在被彩光包圍中的某個地方？我心中拿捏不定，最終決定最好把整塊浮起來的島嶼都搜查個遍。

我正要下去，忽然身後呼嘯生風，我閃身向後望去，一隻大有三四米的羽翼族的妖精衝了過來，眨眼就撞進彩光中。陡然天空一道極亮的光芒在眼前一閃而過，接著就聽到「霹靂」巨響，那個羽翼族幾乎在瞬間被雷殛打中，接著在天空炸開，血肉飛濺！

我看得心驚膽戰，暗暗慶幸自己剛才沒來得及魯莽地闖進去，否則我無法想像自己會不會也落得那個羽翼族的下場。雖然我有護體真氣，卻不知道能不能擋得住這種雷殛！

就在我思考的當兒，又有很多會飛的妖精步了那個羽翼族的下場，這種場面彷彿是飛蛾撲火，雷聲不絕於耳，當大部分人都明白闖進彩光中的下場後，下面已經落了一堆冒著煙的血肉。

由海中而來的妖精們全被海人族擋在「龍宮寶藏」之外，任憑他們怎麼叫罵，海人族與水族的士兵們都不為所動，顯然之前龍淵大帝有交代過，任何人不得靠近「龍宮寶藏」。

望著寶藏在前卻無法靠近，口角的摩擦過後，就產生了暴亂，激動的妖精們好像忘記了這裏是東海，乃是龍淵大帝的勢力範圍，與把守在此的水族們打了起來。

戰勢很快波及至每一個此地的妖精。很快廝殺中就體現了水族的戰力，無論趕來此地的妖精們如何衝擊，都無法破開海人族布下的防線。

我居高臨下望著狀若瘋狂的妖精們，這些都是被「龍宮寶藏」迷失了心靈的可憐妖精們。我舒了口氣，我知道一后四帝也一定沒有進入「龍宮寶藏」中。「龍宮寶藏」由彩光所護，任何一個企圖靠近彩光的生物都會給雷無情地擊成粉末。

恐怕這些老傢伙們，根本就知道「龍宮寶藏」出世時有彩光防護。我心中暗忖，自己要趁早與聖王聯繫上，「龍宮寶藏」出世乃是大事中的大事，一定要讓聖王知道，讓他及時想辦法，他也許知道彩光何時消失，怎樣才可進入寶藏中。

我又停了會兒，始終未見到「一后四帝」任何一人露面，倒是不斷有妖精跑來送死，靠近「龍宮寶藏」的附近海面已經變成了紅色，四周飄著各種妖精的屍體。水魅藤鎮定地指揮著水軍將四周零散的妖精們給打退。

盤旋在空中的妖精們也不敢過分靠近。水族中有專門對付天空的妖精的部隊，一旦靠近必定被擊落下來。

聖后與孔雀族的孔聖也未曾露面，如果由孔聖指揮羽翼族攻擊這些海人族的士兵，他們將會壓力大增，很難再守得住「龍宮寶藏」。

「一后四帝」不出現，一定是在等彩光消失的一刻出現。

我想了想，向著陰陽教總部飛回去。守株待兔是沒用的，現在正好可利用彩光未消失的間隙，再去「三交鎮」勸說人族退出寶藏爭奪。

等我回到陰陽教，天已濛濛放亮，教主與殘月等人都已經起來了，正在商議著什麼。「龍宮寶藏」出世，鬧了一夜，誰還能睡得著。

見我回來，眾人都迎上來問我東海的情況。我將當時的慘相敘述了一遍，然後勸說教主一定不要去東海和妖精族爭奪「龍宮寶藏」。

教主笑道：「這個我當然知道，『龍宮寶藏』看似個糖塊，其實卻是毒藥，我會約束手下不去碰寶藏。」

我點點頭道：「天下英豪還沒有你一個女孩子想得清楚，真是麻煩，我現在要去『三交鎮』，真怕那群貪婪的傢伙頭腦發熱都衝到了東海。」

教主忽然低語道：「我們的機會來了。」

我歎了口氣道：「是啊，正是你們休養生息的機會到了。」

告別了眾人，我向著「三交鎮」飛去，我仍是將七小和「似鳳」留在此地，在這種混亂的局面下，有牠們幫我守護在此，讓我省了不少心。傷癒後的「似鳳」比以前更為強大，現在再與遮天大帝相遇的話，相信不會敗得那麼慘了。

等我趕到「三交鎮」，發現「三交鎮」雖然比往日混亂些，卻並沒有大舉出動的情形發生。我偷偷潛入藍家來到藍泰的住處。

藍泰見到我劈頭就問：「你知道『龍宮寶藏』出世了嗎？」

我道：「現在就算是個瞎子都知道了，『龍宮寶藏』那麼大的動靜，又是風又是雨還有地震，誰會不知道。」

藍泰呵呵笑道：「還以為你帶著兩個小徒弟不會注意到呢，只是一個晚上的工夫，現在已經是滿城風雨了。唉，有幾個門派不聽父親的勸，跑去了東海，剛剛才鎩羽而歸，死傷無數啊。」

「哦！」我微微一怔，沒想到藍泰的父親會在這緊要關頭讓所有人按兵不動，我倒有點小看了他。

我追問藍泰，藍泰道：「父親說，『龍宮寶藏』出來的時間太蹊蹺，要大家暫時保持觀望的態度，不可前去！可有幾個門派偏說父親有私心，半夜帶著門人奔去了東海，結果剛才回來門人死傷慘重。」

我心中暗歎，薑還是老的辣。

既然他能夠想到這點，我暫時可鬆了口氣，我又問道：「藍兄，那晚你回來後，沒人懷疑到你吧？」

藍泰笑道：「又沒人看到我，誰敢把這件事懷疑到我身上。好歹我是藍家的大公子，威嚴還積攢了一些的。」

我道：「那個女人的背景查得怎麼樣了？」

藍泰歎道：「只一天的工夫，我又能查到什麼！」

我無奈地道：「那就是什麼也沒查到了，這個神秘的女人究竟是什麼來頭呢，不知道她現在在幹什麼？」

此刻，藍老爺子的新夫人正在把玩著一個紙條，上面是她的主子給她的留言：「晚上三刻，老地方見。」

現在「龍宮寶藏」既然出世，是不是和海人族結盟已經沒有意義了。

海人族現在守護著「龍宮寶藏」，面對著從四面八方趕來的妖精們，自己尚應接不暇，根本無法顧及到人族，未來幾天恐怕妖精們會越聚越多。

現在唯一的願望就是希望人族不要攪入奪寶的戰爭中。但是恐怕不一定會讓我如願，這些人族的高手們聚集在此，時間長的已經有幾個月，現在就憑我一句話，就讓他們放棄了寶藏，很難啊！

那個神秘的女人究竟是什麼來頭，爲何偏要與我作對呢，她和藍蛇的姦情難道真的是因爲貪戀男歡女愛嗎？還是爲了收買藍蛇與他的父親藍蟒？藍蟒跟隨老爺子已久，在藍家有很大的勢力。

如果藍蟒幫助她的話，再憑藉她比藍老爺子還要強的修爲，真的有可能鳩占鵲巢，將藍家的勢力占爲己有。這個女人隱藏在藍家究竟有什麼陰謀和目的嗎？

我身邊的瑣事已經全部解決，接下來就是等待「龍宮寶藏」真正開啓了。爲了解開心中之謎，我決定徹日跟蹤她，看她究竟藏有什麼不可告人的目的。以我的修爲再用變色龍寵合體，她絕對無法覺察到周圍有人跟蹤她的。

夜已深，藍老爺子與各門派的首腦們仍在研究對策，「龍宮寶藏」出世已經是公開的秘密。而今天鎩羽而歸的幾個門派也帶回了「龍宮寶藏」附近的情況，這些人卻很難相信數百、千年都不見的妖精們，現在卻如同螞蟻一樣不斷從各地湧現。

本來以爲強大的眾人，至今淪爲劣勢，著實難以接受這麼大的反差。

寶藏出世，情況愈發嚴峻起來，各門派如同一盤散沙，現在最重要的是選出一個大家都臣服的領導人，暫時在此關鍵階段領導大家與妖精族們搶奪寶藏。

所以在此深夜時分，眾人仍未睡去，都在激烈地爭奪這最高的領導之位。我監視在藍夫人附近，卻奇怪地發現，這位新夫人在和各位領導人告辭後，卻換了一身夜行裝，出了藍家，直奔某地而去。

我大訝之下，不疾不徐跟在她身後。心中忖度這麼晚了，她仍要出去，不知道是見誰？難道是她的情郎，我心中閃過藍蛇的模樣。心中罵了一聲，便宜了這小子，現在大事要緊，無暇顧及他，否則先把他的腦袋給揪下來，爲珍珠出一口氣。

藍夫人看起來輕車熟路，沒有絲毫猶豫一直向前奔走。

月華傾瀉大地，彷彿因爲「龍宮寶藏」出世，連月光也變得更亮了。她在山中奔了一陣子終於停了下來，站在那裏，四下觀望，好像在看自己等的人是否已經到了。

我隱身在暗處，默默地觀察著她，我可以肯定她來此地一定是爲了見某人。突然在明亮的月光中，一幕古怪的畫面陡然發生。一棵枝葉招展的不大的樹，忽然在月光下，奇異地扭曲起來。彷彿人在伸懶腰，樹枝和枝葉發生了奇怪的變化。

樹皮脫落，一個活生生的人出現在我的視野中，那人一襲青衫，雙手負在後面，背對著我們，好像知道身後有人一般，他並沒有回頭，淡淡道：「沒人知道你來見我吧！」

「是！」藍夫人顯然對來人非常尊重。

我望著他的背影，否決了他是藍夫人的情郎的念頭。

那人又道：「你做得很好！現在『龍宮寶藏』出世，你要抓緊時間，不要只顧著私人恩怨，趕快將那個藍小子給弄死，將人族的權力全抓到手中，你爲我出力，我不會虧待你的，等我坐上王座時，你也會成爲全人族的王！」

那人邊說邊轉過頭來，我赫然發現他竟是樹帝，沒想到是他暗中操縱著這個女人來改變人族勢力。我心中暗道，樹帝果然是狼子野心。

「是，我一定會努力的，」藍夫人恭敬地應道，「只是現在『龍宮寶藏』已經出世，還要人族實力有何用？」

樹帝冷哼了一聲道：「不該你問的就不要問，我既然能賜給你一身修爲，就有能力隨時收回，你只管盡心替我做事，我自然不會虧待你的。你還有幾天的時間，這些天，你一定要努力把人族的實力抓在手中。」

樹帝說完，轉身而去，很快就消失在山中的樹林裏，藍夫人一直默默地低著頭，直到樹帝遠去了，才抬起頭來，向著遠處望了一眼，轉身向回路奔去。等她走遠了，我也從藏身的地方走出來。

今晚可謂收獲頗豐，知道了這個女人的真正目的，下一步，她一定是按照樹帝的命令想辦法將人族的實力納為己有，有藍蟒幫忙，她應該很容易就能竊取藍老爺子的一切。

如果藍老爺子獲得了人族聯盟的最高領導位置，這時候藍老爺子一死，這位藍夫人將會名正言順地登上寶座。藍老爺子辛苦努力的一切都變成為她人作嫁衣裳。

樹帝之前曾提到「私人恩怨」應該指的是我，我始終還不知道我到底和她有什麼恩怨。自己好像從來都未曾見過那個女人，何來恩怨之說。

我要把這件事儘快通知藍泰，商量一下該怎麼揭露她的真面目，讓藍老爺子相信，那個女人接近他是別有用心的。

我正要離開，忽然發現對面樹帝消失的地方出現三個人，細看之下頓時大喜，竟然是聖王與兩位「通臂猿」族的長老。

看來他們應該早已到「三交鎮」中，他們想必是跟蹤樹帝而來，他們既然跟蹤樹帝，莫非已對樹帝的陰謀瞭若指掌，我胡思亂想著，現出真身。

三人見到我突然出現嚇了一跳，等到看清是我，聖王呵呵笑著熱情的向我走來，我也向著他走過去，聖王給了我一個熱情擁抱，微笑著道：「咱兄弟倆倒是想到一塊了。」

我也笑著道：「是啊，樹帝看來是挺積極的想把你從聖王的寶座上拉下來呢，只是沒想到，他連人族這塊也插手，不是成心跟你我過不去嗎，實在該死。」

聖王冷哼了一聲道：「憑他也配聖王之位！只是個狡詐的小人罷了。殺他倒是一了百了，不過他太狡猾，想要在萬千樹木中把他找出來，並殺死他，不是一件容易的事。」

我道：「『龍宮寶藏』出世了，聖王有什麼打算？」

聖王道：「這暫時不急，『龍宮寶藏』也不是只露面一天兩天，要等待時機，先任憑那些心急的人去損耗東海那隻老狐狸的實力吧。我可聽你和龍淵大帝結爲兄弟了。」

我看得出聖王只是在調侃我，並非不信任我，我呵呵笑道：「權宜之計罷了，爲了我一個人族兄弟的婚姻，不得不與他虛與委蛇，作不得數的，不過我倒是得了老狐狸不少好東西，都是東海的寶貝哩。倒是你這個兄弟，可從來沒給我什麼好處啊。」

聖王哈哈大笑道：「這還不好說，我的便是你的，等此事一了，隨便你要什麼，我要讓你知道我這個兄弟比你東海的假兄弟要闊綽的多！」

笑了一陣，我正經地問道：「昨天『寶藏出世』，我去看了一趟，發現『龍宮寶藏』被一圈古怪的彩光包圍，無法進入，凡是碰到彩光的人都被一道驚雷給劈成粉末，這是怎麼回事！」

聖王笑道：「否則你以爲『龍宮寶藏』是隨便一個人想進去都可以的嗎，凡是修爲低下的人，都會被一道雷殛打成粉末，像是兄弟你的修爲進去就不會有事。」

我恍然大悟，問道：「那究竟需要多高的修爲才能夠進去呢？」

聖王想了想道：「以我的修爲勉強可以進去。」

我道：「這樣就不怕到時有亂成一鍋粥的情況發生，畢竟能修到你這等級別的是少數中的少數啊。還有別人知道這個秘密嗎？」

聖王道：「『一后四帝』中恐怕只有聖后有可能從父親處知道這個秘密，如果其他幾位大帝敢於嘗試的話，也會知道這個秘密。不過就怕他們沒這個膽子！不過就算進入彩光也沒用。」

我納悶道：「爲什麼進去也沒用？」

聖王笑道：「你既然去看過了，自然看到現在的龍宮四處並沒有出現入口，試問沒有入口又怎麼進，就算用強的都沒用，龍宮的力量不是一兩個人憑蠻力可以打破的，必須等到時間到了後，龍宮自動打開，否則誰也別想進去！」

我又問道：「龍宮會在什麼時候自動開啓？」

聖王道：「當然是我之前告訴你『龍宮寶藏』出世的日子！寶藏在真正開啓後，彩光會在四個時辰內，逐漸變淡，然後完全消失。到那時，所有的人都可以進入寶藏中，不過寶藏中還另有更厲害的禁制。」

我道：「聖王，咱們還是兵分兩路，你關注『一后四帝』的動態，我則負責人族部分。」

聖王呵呵笑道：「這樣你可占了大便宜了！」

第四章　形勢逆轉

回到藍家，見到藍泰，我將事情全盤托出。藍泰咬牙切齒地道：「我就知道這個女人對父親不安好心，我這就去找父親，把真相告訴他。」

我一把拉住他道：「你父親對她的寵愛日隆，我們又拿不出證據證明她的叵測之心，全憑一面之辭，小心被她倒打一耙，被她誣陷。」

藍泰想了一會兒，想不到什麼好主意，問我道：「兄弟，你說我們該怎麼辦，我不能眼看著這個狠毒的女人來害我父親。」

我道：「只有等，除此以外我想不到更好的辦法了。」

「等！」藍泰叫道，「你讓我眼看著她去害父親，卻無動於衷嗎，不行！我做不到，拚了這條命，我也要告訴父親。」

我道：「你先冷靜點，聽我給你分析一下。你想想看，她的主子只給她幾天的時間讓她把人族的勢力給弄到手，在時間這麼急迫時，她必定有所行動，我們只要在暗中看她演戲，等她露出馬腳，再把她抓住。」

藍泰道：「那我父親怎麼辦，難道你要我看著他被害嗎？」

我非常瞭解藍泰的心情，為他解釋道：「既然我們在暗中等她露出馬腳，自然也會在暗中保護你父親的安全，一旦她有了殺人之意，我們正好在你父親面前將她拿下，到時候你父親就算是有祖護她的心，恐怕也不會繼續錯下去了。」

藍泰不死心，道：「難道只有這個辦法嗎？」

我道：「莫非你能想到更好的方法？」

藍泰道：「那個女人的修為雖然很強，卻不是你的對手，咱們倆找個機會趁她左右沒人，然後把她抓住，殺也好，不論怎麼都好，反正就是不讓她再有機會靠近父親！」

我歎道：「我雖然可以將她殺了，可是你想想你父親在痛失所愛之下，會不會一不理智，或者出於另外的想法，原本可以冷靜地靜觀寶藏的事態發展，現在反而會衝動的主動攪進這蹚渾水裏，到時候別說你父親，就是人類恐怕都會受到嚴重的打擊。」

藍泰喃喃道：「就沒有更好的方法了嗎？」

我拍拍他肩膀道：「我知道你很擔心你父親，但是以目前情況來說，既要顧及到全人類的未來，又要顧及到你父親的安全，只有走我說的那條路，何況你父親修為極高，想害他哪那麼容易啊。」

藍泰歎了口氣道：「也只有如此了，希望父親可平安度過此劫。」

我呵呵笑道：「只要我們兄弟通力合作，一定可以辦到的。」

我與藍泰分頭行動，「龍宮寶藏」的出世，讓藍家的氣氛頓時變得緊張起來，而老爺子對藍泰的看守則變得不是那麼一絲不苟了，也許老爺子還是顧及父子骨肉之情。

因此藍泰也有了更多的機會與外界接觸，他積極的與他的舊部下聯繫，使他們早日做好準備，以備萬一。我隱身在藍夫人左右，一天二十四小時監視著她的動靜。

果然不出我所料，藍夫人在樹帝給予的壓力下，頻頻與藍蟒父子見面，而藍蟒的勢力也好像聞到點什麼，開始騷動不安起來。

藍老爺子完全不知道自己寵愛的女人正在籌畫怎麼殺死自己，奪得自己辛苦打下的天下。這幾天都是在與天下英雄商討關於「龍宮寶藏」的事，代表了人族六成以上實力的人族聯盟，也初見雛形，可以預見，藍老爺子擔任聯盟最高領導人是必然趨勢。

東海的海面最近卻突然平靜下來，但是卻讓人感覺一種暴風雨來之前的威壓，令人心底惴惴，大氣也不敢喘。「三交鎮」附近的妖精們逐漸在增多，卻意外的沒有騷擾人類的生活。

其實這也是意料之中的事情，各族首領都虎視眈眈地盯著「龍宮寶藏」，一旦開啓，馬上蜂擁而至，誰還有餘暇去管人類的事。何況人類在此的實力也並不弱，不是任人隨便宰割的。

形勢危險，一觸即發。「龍宮寶藏」開啓的時候將會爆發一場全面、激烈的血腥戰爭，人類的實力能不能在這場戰爭中得到保存，就得看這兩天的情況發展了。

時間一晃就過了三天，每個人好像都很壓抑，所有人都行色匆匆，緊張的節奏讓人喘不過氣來。我見到藍泰給我留下的暗號，於是來到藍泰的住處。

我一進屋，正看到藍泰在焦急地走來走去，這幾天每個人都憂心忡忡的模樣，我已經見怪不怪了。藍泰見到我，劈頭就問道：「妖婦那邊行動了嗎？」

我搖搖頭道：「還沒行動，不過這幾天藍蟒父子都在積極地活動，恐怕這兩天就要動手了。」

藍泰道：「如果她要動手的話，手中所掌握的實力必定超過一半，否則她是一定不敢動手的，你說我們能有多少勝算？」

我呵呵笑道：「那可不一定，就算實力不超過一半，時機緊迫他們也會動手的，他們會賭你父親死了後，剩下的實力在群龍無首的情況下會倒向她那邊，時間已經不允許她進行周密的謀劃了。」

藍泰被我說得安心了些，道：「這兩天父親忙著聯盟中的事，沒有精力再來管我，我已經聯繫了我的所有的人，不過只占藍家實力的三成，我敢保證這三成實力是不會背叛藍家的。」

我道：「這就成了，我們現在大可以等妖婦現形了。」

藍泰急道：「三成的實力怎麼可能是她的對手！」

我悠然道：「我們也可賭賭投靠妖婦的人看見妖婦死了，會不會向我們懺悔。」我一直擔心的不是她有多少實力，而是想讓藍老爺子悔悟，讓他明白，妖婦是來害他的，現今的形勢有多麼嚴峻。這樣他才會想到明哲保身的道理，我也可安心的功成身退啊！

藍泰道：「你知道嗎，最近『三交鎮』出來一些奇怪的人，專門和我們藍家的人作對，我們藍家放在『三交鎮』巡邏的人已經被打傷了十幾個，連一些其他門派的人也被打了，據說這些人功夫很古怪。」

我歎了口氣，真是越是亂越是有人添亂。我詢問道：「對方是什麼人，你們查清楚了嗎？」

藍泰道：「父親曾派出幾個長老輩的人，修爲都不低，結果竟然被人給打成重傷，丟到我們藍家的門前，真是丟人！據其中一個長老所說對方有幾十個人，其中一個領頭模樣的年輕人身上帶著一隻模樣奇怪的鳥，特別厲害，速度很快像閃電一樣……」

我心中「咯登」一震，聽他的描述，這人十有八九是陰陽教的人！

我暗暗皺眉，她們怎麼來了呢，我已經告誡她們不要過來攪這趟渾水。

我歎了口氣，這兩個女孩子雖然已經是教主了，但仍是小孩子心性。爲了防止她們惹出更大的亂子，我決定去鎮上走一趟。

我一來到鎮上，馬上感應到「似鳳」的存在，我心中暗歎，果然是這兩個小女孩在惹是生非，心內有些氣憤，這兩個女孩太不懂事了，現在是非常時期，她們還出來惹事添亂，不懂得顧全大局。

我循著對「似鳳」的感應一直來到了她們藏身的地方，一進院落，就看到兩個女孩正一臉欣喜的從屋內走出來迎我，「似鳳」更似箭一樣衝出來，落在我肩上，以牠獨特的方式和我打招呼，用牠的翅膀拍打著我的臉頰。

來到屋內坐下，殘月喜滋滋的給我泡了一杯香茶，然後立在一邊，教主也笑容滿面地坐在我對面凝望著我。看來這兩女一點也沒有感應到大戰前的那種凝重的壓力，一副樂天的樣子。

我想了想，決定婉轉一點跟她們說，我道：「你們難道不知道這裏有多危險嗎？天下間最強大的人都聚集在這裏，你們兩個女孩子會有危險的。」

殘月樂道：「我們不怕，我家教主帶了三十個教中的高手和我們一起來的，再說還有您這隻厲害的鳥，我們還有什麼好怕的。」

原來是「似鳳」給她們壯了膽，我轉頭狠狠瞪了「似鳳」一眼，牠卻恍若未覺，反而對我賊笑兩聲，以之爲功。

我覺得有必要讓她們看清眼前的形勢，道：「我曾經告訴過你們『龍宮寶藏』出世後，這裏會出現什麼樣的情況吧，想想看，只是東海就有十萬水族，天下的妖精齊聚在此，會有多少！人類一旦被捲進去，唯一的結局是不但沒有什麼好處可撈，反而要命喪於此，最後的結果是實力最大的妖精族獲得寶藏，那時候實力微弱的人族不是任人宰割嗎？」

殘月道：「我們很聽您的話，絕對不會攪進去的，更不會去搶那個什麼『龍宮寶藏』，您就放心吧。」

我歎了口氣，這兩女一個不說話，一個裝糊塗，我神色肅穆地道：「太不懂事了你們，人類存亡的關鍵時刻，你們還在這裏搗亂！我要你們今天就離開這裏！」

教主眨也不眨地望著我道：「我們能有今天都是您的幫助，我們對您感恩不盡，但是這件事我們做不到。」

我不知道她為什麼要這麼堅持，望著她們，不知要說些什麼。

忽然她低聲啜泣起來，殘月幽幽地道：「老教主在的時候，就被他們看不起，指責我們是邪教，幾個月前老教主來給他祝壽，還被趕了出來，所以少主她，她才不願意聽您的話。」

我恍然大悟，望著兩個啜泣的女孩，心中不是滋味。這兩個聰明的女孩是機智的，可是有時候牽扯到老教主的事，就變得偏執起來。殘月口中的他們，想來應該是以藍家為首一群人了。

我這才想起來，幾天前就在「龍宮寶藏」出世的時候，我曾說人類的形勢變得岌岌可危起來。她當時還說了一句「我們的機會來了」。現在我才明白她說這句話是什麼意思，實在是渾水摸魚的機會來了。

如果只站在她們的角度來看，她們做的確實沒有錯，可是我的立場、我的角度要大很多，所以我雖然知道她們的苦心，但卻不能讓她們繼續這樣下去。

正想苦口婆心地勸說他們，忽然我敏銳地感覺到空中傳來強烈的能量波動，我凝神細聽之下發覺有很多人正向我們這邊而來。我倏地起身道：「有人將我們包圍起來了，不知道是為你們來的，還是為我來的。」

兩女一聽，馬上擦乾眼淚，恢復了堅強的模樣，一聲命令，三十多個陰陽教的高手都掣出了自己的武器，嚴陣以待。

片刻，四周傳來刀劍出鞘的聲音，腳步聲的分佈顯示，這座院落前後都被人給嚴密地包圍起來了。不過兩女卻沒有一絲懼色，她們知道有我在，她們不會受到任何傷害的。

又過了一會兒，好像是外面的人都已經埋伏好了，忽然一個人落在院子中，悠然的向我們走來，「搗亂的小傢伙們，難道不敢出來和我見一面嗎？」

來人竟然是藍夫人，真是冤家路窄，沒想到在這裏也能見到她。她甫一見是我，悠然的神情頓時緊張起來，手腕微動，一條皮鞭已經握在手裏，神情凝重地盯著我道：「你怎麼會在這裏？」

我呵呵笑道：「我也不想看到你，誰知道你會來這裏呢，下次來之前，最好通知我一聲，我會避開的，不知道這次是不是又是來抓我的？」

藍夫人哼了一聲道：「這些陰陽教的餘孽，教主都死了竟然還敢出來搗亂，今天一個也別想走，至於你，不要仗著修爲高，我就不能將你怎麼樣，這次你是插翅也難飛！」

「他就是前幾天劫走那對兄妹的賊人？」一個蒼老的聲音隨著一個魁偉的身體出現在我面前而傳過來。

老人雙眸炯炯有神，虎步龍行，說話時自有一股威嚴，一隻形似巨犬的怪物蹲坐在老人身邊。不用問，此人一定是藍家的老爺子了！這次行動竟然連藍老爺子也親自出馬了，可見殘月主僕的行爲使他極爲震驚，不然以他的地位不會親自來抓她們的。

望著藍老爺子有神的目光，我淡淡笑道：「怎麼能說劫走，他們兩兄妹本是我的徒弟，卻被你家管家給搶走，之後不但不將人還我，還將我通緝，想置我於死地，呵呵，幸虧我修爲還不錯，不然豈不做了個冤死鬼，你說我是不是要問你個管教不嚴之罪啊。」

被我當眾質問，藍老爺子臉上有些掛不住，氣氛一下緊張起來，我瞥了藍夫人一眼，歎了口氣悠然道：「其實我還是理解你的，你的屬下很多，不可能一個個看得過來，有一兩個做了錯事，恐怕你也未必能夠知道，所以我並不怪你，你看，現在事實清楚了，你是不是應該把對我的通緝給撤了呢，畢竟那上面都是子虛烏有的事。」

藍老爺子看了看我，又看了看我身後的人，肅容道：「你的事我略有耳聞，如果你和你身後的那群人沒有任何瓜葛，我想我會撤銷對你的通緝，如果你要是和她們是一夥的，今天就把你們全抓回去。」

藍夫人道：「我家老爺對你夠仁慈的了，識相的快滾蛋，不然讓你連後悔都來不及。」

我奇怪地望了她一眼，藍老爺子也奇怪地看了她一眼。藍老爺子話中的意思明顯是不想讓我插手此事，他看得出我修爲很高，如果我插手的話，他們的行動將會變得很棘手。而她卻主動的拿話來撩撥我。

她這麼做，明顯有她的依恃，或者有她的目的。也許埋伏在外邊的人，都是各門各派的精英，所以她才如此傲慢。也許她是想借我的手將藍老爺子給幹掉。

不過不論怎麼樣，我是沒有選擇的，我不可能眼睜睜地看著兩個救過我的小女孩在我眼前被他們抓走，落在她手中，是沒有活路的。

我正要開口拒絕，忽然教主表情古怪地指著藍夫人道：「你是陰陽法王！你不是死了嗎，怎麼會出現在這裏！」

藍夫人表情瞬間凝固，隨即掩面嬌笑道：「陰陽法王？你在說我嗎，我從沒見過什麼陰陽法王，真是好笑！」

我也被她的話嚇了一跳，陰陽法王是被我一刀斬成兩半，我絕對有信心將他給殺死了，而且我當時用的武器是「煙霞」，光是透體而入的刀氣已經足以粉碎他體內的器官，絕對不可能有人在「煙霞」下逃生。何況當時我見到的陰陽法王明明是個男人。

我問道：「你確定她是陰陽法王？」

教主堅定地點了下頭，殘月也恍然大悟的樣子道：「沒錯，她就是陰陽法王，曾經有一次，我看見她在和一個男人行陰陽大法時就是這副面孔，可是她怎麼會死而復生！」

兩女都如是說，我雖然詫異，卻也不由得信了幾分。如果她真是陰陽法王，那麼就可以解釋爲什麼她對我恨之入骨，我曾經殺過他，她當然恨我！我仔細地打量著她，忽然看到她眼中閃過的一絲濃烈殺機！

藍老爺子也下意識地看了她一眼，藍夫人見老爺子好像也在懷疑她，頓時有些緊張起來。

手中的鞭子像一道閃電直向教主襲來，口中喝罵道：「小賤人！敢誣陷本夫人，看我不打爛你的嘴。」

氣勁破空，排浪而來，如果這一鞭真讓她打中，何止是打爛嘴那麼簡單，恐怕連命也要丟了。教主萬萬不是她的對手，我倏地橫移到她身前，一指點在鞭尖上，鞭子一震，陡然彈起。

我嘿嘿笑道：「本來我是不信你是那個被我殺死的陰陽法王，不過你這麼急著殺人滅口，現在卻有點相信了。」

她也知道自己失態了，忙掩飾道：「我只不過氣她血口噴人，想教訓她一下而已，並沒想過要殺她。你以爲我夫君會相信你們的話，中你們挑撥離間之計嗎，你們把我夫君也看得太簡單了吧！」

我一副若無其事的樣子，悠然道：「你剛才的力道，恐怕就是一塊岩石也會被你劈成兩塊啊！」

她急道：「我剛才是氣憤之下，不覺得多用了幾分力道，並不是有意……」

我聳聳肩道：「不用著急解釋，沒有人懷疑你是故意的。」

兩女發現自己的大仇人竟然沒有死，不但沒有死，反而改名換姓做了藍家的夫人，還派人來捉她們，兩女一聲嬌叱，手持兵器就要衝上去。

我一把將兩女拉住，現在主要是看藍老爺子的反應。沒想到她是陰陽法王，雖然我不知道他是如何活過來的，還以女兒身混進了藍家，但是我知道機會來了。只要藍老爺子相信她是陰陽法王，她的陰謀就很難再得逞。

陰陽法王表現得太失常了，以至於藍老爺子也猶豫不定。半晌後，藍老爺子忽然望著我道：「明天之前我不想再看到你們。從『三交鎮』離開，否則你將永遠成為藍家的敵人！」

說完話，一聲不響地跨上自己的坐騎飆龍獒拂袖遠去。藍夫人怔在當場，臉上陰晴不定，忽然一咬牙轉頭躍過房頂離開。

兩女見自己的仇人要走，嬌喝著想將她抓住，奈何她去勢很快，一轉眼就將兩女遠遠拋在後面，片刻後，埋伏在院落四面的人都如潮水一般迅速離開。

我忽然想起她曾經去見過樹帝，而且對樹帝一副畢恭畢敬的模樣。心中已經明白了個大概，以前沒想通的事情也恍然了！這一切想必都是樹帝的陰謀，不論是之前海狗精的事，還是現在要謀篡藍家的實力，這一切都出自樹帝之手。

樹帝曾經在赤霞山暗中對我下手，妄圖吸取我的能量，這也說明了，陰陽法王如何會有吸取別人能量的功法。真沒想到，樹帝只是隱藏在幕後，就差點將妖精族和人類弄得天翻地覆。

幸虧我誤打誤撞，解決了這幾次的危機。現在樹帝有聖王和「通臂猿」族的長老在監視著，我不怕他能搞出什麼花樣來。只要我解決了人類的事，我剩下唯一的任務就是找到回家的路回去和藍薇團聚。

現在機會出現了，陰陽法王感覺到藍老爺子對她產生了懷疑，一定會有所行動的，她的時間不多了！

想到這，我不禁有一種勝券在握的感覺。

第五章　風清月明

我本想勸慰這兩個小丫頭回去，但是轉念一想，她們也是一股助力，而且由於陰陽法王的突然出現，使她們對藍家的怨恨轉移到陰陽法王身上，如果再讓她們看陰陽法王再死一次，我想她們的怨氣也也該消了吧。

迅速地想了一下，商量好計畫，讓她們留在這裏。我立即轉身去了藍家，和藍泰見了面。今天藍老爺子和藍夫人勞師動眾地出去，他多少也有些耳聞，我將詳細的情況說了一遍，他不禁也面生喜容。

藍泰道：「這麼說來，那個妖婦有很大機率在最近動手！」

我欣然道：「如果我估料沒錯，她今夜就會動手。」

「今夜？」藍泰有些懷疑，「今夜難道不是太倉促了！」

我呵呵笑了笑道：「老爺子今天已經對她產生了懷疑，一旦你父親認清她的真面目，憑老爺子的號召力，她連一點機會都沒有。所以她最大的機會就在今夜，在你父親剛開始懷疑她，但仍沒有防備的時候動手，她的勝算最大，所以我感覺她會選擇今夜動手！」

藍泰沉吟了下道：「你推測的十分有道理，我們應該怎麼做呢？」

我胸有成竹地道：「這點我已經想好了，保證讓她一敗塗地。」接著附耳將我的計畫一一道來。

藍泰興奮地道：「這個好辦，一切都按照兄弟計畫。」接著誠摯地感激我道：「兄弟，我真要好好感謝你，你不計藍家對你和你的徒弟做的事，還為我和我藍家做了這麼多事，我……」

我拍了拍他肩膀微笑道：「這是我的使命，我必須要完成它！」

黑夜籠罩大地，烏雲濃重，連月色也難以穿透厚厚的雲層。

我一個人隱身觀察著陰陽法王的一舉一動，她對藍老爺子表現得十分乖巧，不斷地試圖使老爺子相信她。她的這種舉動正好證明我的推測，她要使藍老爺子失去戒心，好方便她晚上動手。

藍老爺子並不是蠢蛋，肯輕易相信她的話，對她表現得不冷不淡。

我靜靜守在藍老爺子屋外，兩人都已經躺在床上，默默的誰也沒有開口，又過了一會兒，陰陽法王開始施展渾身解數討好藍老爺子。

我心中暗忖，難道她不是今夜動手嗎？爲何還在這裏討好藍老爺子？

又過了一會兒，屋中漸漸傳來低微的喘息聲，我感慨地歎了口氣，英雄難過美人關，藍老爺子還是對她心存愛意，否則不會在對她有所懷疑的情況下還受不了她的誘惑和她做愛。

想起陰陽法王曾經是個男人，我不禁打了個冷顫，要是藍老爺子知道正在和自己發生最親密關係的人竟然是個男人，不知他會有什麼反應。

風越來越大，我用一層薄薄的護罩將自己套住，這樣就不虞衣服被風吹動的聲音被陰陽法王給發現。屋內不時傳來陰陽法王的淫聲浪語，兩人的動作也逐漸變大。藍老爺了顯然也是動了情，主動地開始向陰陽法王調情。

我搖了搖頭，暗歎倒楣，難道自己要一晚聽兩人的叫床聲嗎！

時光推移，不知不覺已經是深夜了。

我忽然發現裏面沒有了聲音，莫非兩人親熱後耗費了大量的體力睡著了嗎，我仔細向屋內聆聽。仍然沒有一絲聲音，我警覺地聽著屋內的動靜，我當然不相信，陰陽法王可以在不發生一絲動靜的情況下，將藍老爺子給制住。

「嗯！」就在我感到無比無聊的時候，屋內陡然傳來老爺子一聲悶哼。

我迅速警覺起來，注意著屋內的動靜。藍老爺子震怒的聲音隨即傳了出來，「你為何要制住我，快將我放開！」

我點了點頭，陰陽法王果然動手了。陰陽法王咯咯嬌笑道：「我親愛的夫君啊，奴家只是和你開個玩笑罷了，不要那麼生氣地盯著人家，我會害怕的，夫君你只要忍耐一會兒，等我吸乾了你全部能量，我就放了你，呷呷！」

我這才醍醐灌頂，明白了她勾引藍老爺子的用意。原來是看中了他一身不凡的修為，如果把他的能量全部吸收，陰陽法王的修為就會再增加一倍有餘，果然打的好算盤啊。

我嘿嘿低笑，她雖然精明卻沒想到，螳螂捕蟬，黃雀在後。藍老爺子驚怒道：「你真的是陰陽法王？我真看錯了你！」

到了這一步，他仍然不願意相信她就是陰陽法王。我不禁為他感到悲哀，還有什麼比如藍老爺子這樣的縱橫四海般的英雄人物晚節不保更慘嗎！可惜到了這刻，他卻還不願意幡然悔悟。

陰陽法王「呷呷」尖笑，道：「嚴格算來，我只是一半的陰陽法王，我弟弟先一步離開了我，不過不要緊，我會為他報仇的。」

「啊！」藍老爺子發出憤怒的吼叫。

陰陽法王像是哄孩子般道：「乖一點，等你的能量被我吸乾了，血液逐漸從你身體離開，你變冷的時候，就不會覺得疼痛了。」

我想她是正在吸收藍老爺子的能量吧，我心中道：「努力的去吸吧，再等一會，你將會從獵人變回獵物。」

陰陽法王忽然奚落道：「看看你的下面竟然翹了起來，真硬啊。難道這樣你也會有快感嗎，哈哈你真是個變態的老頭子。」

我猜藍老爺子定被她譏諷得羞愧難當。藍老爺子忽然大聲喊道：「來人啊！將這個女人給殺了！快來人啊！」

一聲清脆的巴掌聲從屋內傳到我耳中，陰陽法王尖聲喝道：「老實點！」接著哀愁地道：「你不是曾經說過願意爲我付出一切，包括你的生命嗎，我現在並不是要殺你，只是要你一點點能量而已，唉，你真是個虛僞的老頭啊，爲什麼每個人都要欺負我這個可憐的女人。」

「你這個妖婦，你不得好死！你殺了我吧，會有人幫我報仇的。」

陰陽法王咯咯笑道：「還會有誰來幫你報仇呢，如果你沒失憶的話，應該能想到你唯一一個有能耐的兒子已經被你禁錮起來了，現在恐怕已經下地獄了，不過不要緊，你馬上就能見到他的。」

四周傳來一陣緊密的腳步聲，藍蟒在外面高聲喊道：「夫人，成了嗎？」

藍蟒的出現，讓藍老爺子不得不相信了陰陽法王的話，追隨了自己一輩子的兄弟竟然也背叛了自己，可以相信在藍蟒的幫助下，他的屬下多半已經投靠了這個狠毒的女人。

如果我在屋中的話，一定能看到藍老爺子老淚縱橫，藍老爺子哽咽道：「你為什麼要這麼對我，連我的孩子也不放過……」

陰陽法王淡淡道：「唉，我真是太高估你了，我真不知道你是怎麼混到現在的成就，難道你不知道弱肉強食的道理嗎？」

陰陽法王頓了一下，隨即得意地道：「你放心的去地下和你的家人相聚吧，你的事業我會幫你完成的。」

我歎了聲，戲已經演得差不多了，該我出場了。我屈指一彈，一道勁氣破開窗戶直奔陰陽法王的臉頰而去。

陰陽法王百忙之中側身躲開，驚怒道：「是誰？」說話間，她已經從藍老爺子身上下來，極快的將衣服穿上，一鞭向我藏身的地方襲來，窗櫺瞬間被攪成碎末。我一揮手，又是兩道勁氣向她襲去。

她迫不得已撤鞭回防，我仍然隱著身，站在外面向她道：「我不著急，你可以多穿兩件衣服，不然外面那群叛徒進來，就讓他們看光了。」

陰陽法王兩眼精光閃爍四處搜查我的藏身之所，卻始終無法看到我。她咯咯嬌笑道：

「我就喜歡你這種憐香惜玉的主。」同時一邊媚笑著，一邊把穿在身上的外套拉開，讓白嫩的皮膚若隱若現。

我暗罵一聲騷狐狸，躺在床上的藍老爺子忽然喝罵道：「不要臉的賤人！」陰陽法王抬手一鞭向他抽去，同時罵道：「糟老頭，你嫉妒了嗎，姑奶奶就是願意給人看！沒用的東西！」

這一鞭要是打著藍老爺子，非得讓他皮開肉綻不可。我霍地一拳打出，命向她露出的空門，口中笑道：「要是女人，我自然要好好疼惜，可惜我沒嗜好和一個男人做那種事，要做還是找你的姘頭藍蛇吧。」

藍老爺子望著她道：「你竟然背著我和藍蛇……我早該知道你不安好心的。」陰陽法王不屑地哼道：「要怪就怪你自己太笨！老娘如果不和那麼多男人睡過，怎麼會有這麼好的床上功夫，又怎麼能使你捨不得我！」

藍老爺子又氣又恨，指著她，半天說不出話來。

陰陽法王笑吟吟道：「這位爺，你喜不喜歡奴家的這副身體。」口中說著溫柔的話，卻倏地如一隻毒蛇一樣猛的向我發動了凌厲的攻擊。

我暗歎這女人的厲害，僅憑幾句話的時間就能察覺到我的氣，並將我給鎖住，令我無法逃脫。

這時候外面的人聽到屋裏的打鬥聲，感覺到非比尋常，藍蟒帶著人破門衝了進來。

忽然看到藍老爺子赤身裸體下體高高的翹著躺在床上，而藍夫人套著一件薄紗好像瘋了一樣在和空氣打鬥，玲瓏的身體也是若隱若現，勾人魂魄。

陰陽法王邊打邊道：「都滾出去！」

藍蟒立即帶著衝進來的手下們灰溜溜的又退了出去。藍老爺子見自己最不堪的一面被屬下看見，頓時羞愧難當，恨不得找個地縫鑽進去，望著陰陽法王道：「你殺了我吧，快殺了我吧！我這副樣子還有何面目統領天下英雄。」

我感受著藍老爺子心中羞憤欲絕的那股情緒，我知道自己的目的已經達到了。我忽然現出身形，陰陽法王見到隱身人是我，爲之一愣。我蹂身欺進，劈手奪下她手中的鞭子，一掌將她給震飛出去。

同時用鞭子捲著她的衣服一起扔了出去，口中喝道：「把你的衣服穿上吧。」我上前將藍老爺子扶了起來，解開他身上的禁制。

老爺子一恢復自由，一掌就向自己的頭頂拍去，求死的意識十分強烈。

我道：「事情並沒有她說的那麼糟，藍泰仍然還活著。」

老爺子一聽自己的兒子還活著，一把抓著我的手道：「藍泰在哪？」

我望著他呵呵笑道：「雖然你糊塗，還好你兒子並不糊塗，我想現在他已經派人把叛徒們給包圍起來了吧。」

老爺子臉上閃過一絲後悔與羞愧的神色，我不理他，我心中很清楚，在他知道自己兒子未死，而大局並未失控的情況下，報仇的意識會占得上風，不會再輕易尋死。

我悠然地走出屋子，我剛一出門，空氣中頓時傳來「嗖嗖」勁氣破空的聲音，幾十根勁弩向著我射來，看情形是想把我射成刺蝟。

我陡然在面前輕輕一揮，所有的箭矢都被定住了一樣，在我面前停下，我微一發力，所有的箭矢都在空中爆炸開。我微微笑著望著眼前一個個虎視眈眈地注視著我的眾人，心中沒有一絲驚慌。

陰陽法王此刻衣服已經穿好了，柳眉倒豎地盯著我，怒道：「就算你神功蓋世，今天也休想踏出藍家一步，弓箭手準備！」四面八方手持箭弩的人們都將箭弩指向了我，只等她一聲令下，就將我射殺。

陰陽法王得意地望著我道：「就算三頭六臂也沒法接住每一支箭。」

我哈哈大笑道：「爲什麼我要接住你的箭。你還是先照顧好自己吧！」

四周傳來急促的腳步聲，這是藍泰按照與我的約定，帶著人來了。

藍泰的人很快將週邊給圍了個水泄不通。追隨陰陽法王的人頓時爲之色變，有些不安起來。陰陽法王發現是藍泰帶著人來了，冷哼道：「原來你還沒有死！」

藍泰躍進場中，厭惡地打量了她一眼，冷冷地道：「該死的是你！」

陰陽法王道：「你帶來的人還不及我一半多，既然你不怕死地闖進來，就讓你和你的家人今天在地下團聚。」

藍泰望了我一眼，我點了點頭。藍泰朗聲向著跟隨陰陽法王的那些各門各派的人道：「這是我藍家的私事，請非藍家的人迴避一下。」

陰陽法王的人至少有三分之一是各門各派的人，失去了他們的支持，我們的人數就與她相差無幾了。人群中一陣竊竊私語，卻沒有人站出來說話，不知道陰陽法王給他們吃了什麼迷魂藥，竟然執迷不悟地跟著她。

我掃了眾人一眼，道：「你們既然如此死心塌地跟隨著她，那就讓你們看看她的本質吧。」藍泰向外高聲喊道：「把人帶上來。」

陰陽教眾人帶著十幾個看起來病奄奄的年輕人走了過來。站在陰陽法王那邊的各門派的首領看到這幾個人頓時臉色大變。這十幾個人是他們的徒弟，他們自然不會不認識，卻不知道我們將他們失蹤很久的徒弟帶上來是什麼意思。

藍泰與我會心一笑，走上兩步道：「想必這十幾個人你們有很多人都認識吧，他們是在我藍家消失的，而且消失了一段時間。難道你們不想知道，這些人我是在哪找到的嗎？」頓了一下，隨即望著站在陰陽法王身邊的藍蛇道：「或許你來告訴這些首領們，我是在哪找到的。」

原本神氣活現的藍蛇頓時神色不自然起來，裝作沒聽到向著陰陽法王身後躲了躲。

藍泰哈哈大笑道：「既然你不願意說，就讓我替你說吧。這幾個人是我從藍蟒父子的住處給找出來的。」

藍蟒站出來裝作一副義憤填膺的模樣道：「黃口小兒，不要血口噴人，老夫要他們何用，一定是你串通了他們，來誣陷老夫。」他轉身向著眾人道：「老夫一向清清白白，你們千萬不要相信這小兒對老夫的誣陷，這是他們挑撥離間之計，各位首領千萬不要中計啊。」

藍泰哼道：「老匹夫，家父待你一向不薄，你卻要夥同別人來陷害他老人家，今天我第一個不放過你！既然你不承認，我就替你把真相告訴諸位一直被你蒙蔽的人。」

藍泰鎮定地道：「這個狠毒的女人爲了收買你們，教會了你們一種功法，這種功法歹毒無比，專門損人利己，吸收別人辛苦修煉的能量而轉爲己有，這就說明了爲什麼這一段時間來，不斷有人消失，卻始終沒法查出是何人所爲，而你和藍蛇的修爲卻因爲吸收了這些可憐人的能量而一日千里……」

看著藍泰指揮若定的神情，已經有了一派家主的威風。在我的餘光中，可看到藍老爺子正在我們身後看著這一幕。

藍蟒父子百般狡辯，藍泰命這些被帶來的人親自將事實說了出來。各派首領並不是瞎子更不是蠢蛋，自然可看出其中的蹊蹺。

見各派首領都有了動搖的神色，我道：「諸位想必還不知道這個女人的真實身分。」掃了他們一眼，不顧陰陽法王歹毒的神色，我徐徐道：「這個女人原來是陰陽教的人，暗中與妖精族木系一脈的樹帝勾結，從樹帝那學會了汲取別人能量的功法，因此暗中殘害人類和妖精而修爲大進。更毒害了自己的恩師，陰陽教的教主，自號是陰陽法王。我在機緣巧合之下，撞到了她的陰謀，我最痛恨就是背叛恩師的人，義不容辭，將她給斬殺。她本是陰陽同體，一身具有陰陽兩性。在被我殺死後，不知道被樹帝以什麼妖法給救活，變成了個女人混到藍家。

「其實她不過是樹帝的走狗罷了，按照樹帝的吩咐，她要將人類的力量拿到手中，幫助樹帝在『龍宮寶藏』爭奪中獲得有利位置。換句話說就是送死的打前鋒的小卒。」

陰陽法王盯著我的眼睛中彷彿要噴出火花來，怒喝一聲，向我襲來。

我揮掌如刀，在漫天飛舞的鞭影中，穿插進去，精準地切在她手腕上，她吃痛下，連鞭子也拿不穩，我趁勢逼近，一掌拍在她胸口，她被我擊得倒飛出去，我如影隨形，跟著她倒飛的身體，隨手破去她用來阻擋我的氣勁將她的經脈給封住。

我提著她，將她給扔在地上，望著眾人道：「你們還要跟隨她嗎？」

從陰陽法王攻擊我，直到被我控制，只不過幾息的工夫，眾人還沒有反應過來，陰陽法王已經成了我的階下囚。

眾人臉色大變，誰也不曾想到，在他們眼中厲害無比的陰陽法王，竟然連我的衣角也沒碰著就被我給擒住，狼狽不堪！

本已動搖的各派首領都借著台階紛紛向我們走過來。眨眼間，就只剩下藍蟒父子和他的親密黨羽。

他們之所以沒過來，不是他們很有種，而是他們心知肚明，就算是要投靠我們，我們也一定不會饒過他們的。

藍蟒父子等人圍在一塊，臉色發白地望著我們。

我望著眾人道：「我要告訴大家一個好消息，德高望重的藍老爺子並沒有被這個妖女給害死，我們就請藍老爺子來發落這些人吧！」

眾人頓時一陣議論紛紛，他們之所以敢附和陰陽法王來造反，就是陰陽法王向他們保證一定會將藍老爺子給害死。這時見我宣布藍老爺子並沒死，心中不由生出一陣僥倖。

顯然藍老爺子此刻的心境實在不願意見任何人，可是我當眾宣布，他又不能不出來，磨蹭了一會兒，藍老爺子才走出來，身上的衣服光鮮得很，臉色卻很難看，一步步地走過來。

藍蟒見藍老爺子走出來，頓時把他當作救星一樣，喊道：「老爺子，救救我們啊，我一輩子跟隨老爺子，沒有功勞也有苦勞啊，我是被她給蒙蔽了，你一定要相信我啊，我一直都忠心耿耿啊……」

藍老爺子看了看像死狗一樣的藍蟒父子，又把視線停在陰陽法王身上，目光中充滿了複雜的神色。

全場鴉雀無聲，都緊緊地望著老爺子，等著老爺子發話。

過了一會兒，老爺子無奈地道：「我累了，今天當著眾位的面，我將藍家交給我的大兒子藍泰，以後他就是藍家的家主，怎麼處置叛徒就聽他的吧……」

說完這句話，老爺子彷彿老了數十歲，背影佝僂，轉身離去。

藍泰望著藍蟒父子，重重的一揮手，四周飛起一陣箭雨，藍蟒父子及他的黨羽連哼一聲都來不及就被射成了刺蝟。

多行不義必自斃！

望著藍老爺子漸行漸遠的孤單身影，我彷佛感到了一絲人生的蕭索。雖然這是我盼望的結局，卻仍爲他感到惋惜。

其實我有很多方法幫他，使他不至於有現在這種悲慘的結局，但是我不放心他，只有讓他從權利寶座上下來由藍泰頂替，我才能真正放心人族的安全。

藍老爺子被最心愛的女人和老部下叛變，又被無數屬下看到自己狼狽裸體的模樣，以他的地位絕對無法忍受這種羞恥，所以在藍泰漂亮的將此事解決後，很容易預見藍老爺子將位子讓給自己的兒子，這似乎水到渠成，卻耗費了我很多精力才能有這種結果。

不管怎麼說，一切都是值得的，自己想要辦的事，都已經解決了，接下來我會全力以赴奪取「龍宮寶藏」，不論是誰，都要通通靠邊站，上古神物「定海神針」我要定了。

我望著藍泰道：「恭喜你，我先回了，接下來的事，你自己決定吧。」

我剛走兩步，忽然耳邊傳來一聲大喝：「我要你賠我弟弟的命！」聲音若索魂厲鬼，我倏地轉身，陰陽法王迅疾無比的向我撲來。身體彷彿一道亮光，在空中留下殘影，五指張開，尖利的指甲閃閃發亮。

我真是小看了她，被我控制了經脈，竟然還能夠突破我的禁制。

陰陽法王對我的恨刻骨銘心，仇恨的雙眼閃出幽幽的光芒，藍泰和陰陽教主見她偷襲我，都急忙出手阻攔。

陰陽法王卻沒有任何停下來的意識，對我的仇恨使她看起來彷彿瘋了。完全不顧兩人的攻擊對自己的傷害，一心只求將我置於死地！

面對她的偷襲，我心中沒有絲毫恨意，世上本沒有邪惡，只有個人的觀點而已，以她的角度來看，她才是正義的。她爲弟報仇，我更沒有話說。弱肉強食，強者生存自古如此。

我不得不承認她是個頑強的敵人更是個執著的敵人。我的氣在體內瘋狂的湧動起來，我大喝道：「讓我送你下去與你弟弟相聚！」

在我決定把她殺死的瞬間，我的氣勢完全改變了，殺氣好似兩把鋒利的匕首從眼中直刺而去，神色威嚴無比，彷彿一尊金甲神無法動搖。在她鋒利的指甲剛觸到我皮膚的剎那，我手起刀落。

陰陽法王如遭雷殛，在我面前停了下來，動也不動！

就在她的勁氣即將侵入我的一瞬間，我已經用煙霞從她百會穴劈了下去，粉紅色的氤氳縈繞在我倆之間，淒美無比。我望了她一眼，她的雙眸仍不甘心地望著我，可是事實卻已經改不了。我歎了口氣，雖然我不齒她的所行所為，卻很佩服她為弟弟報仇的決心。

眾人驚訝的目光中，我離開了這個紛擾的地方。陰陽法王再也復活不了，在我將「煙霞」劈入她體內的同時，首先用劍氣凍結了所有經脈，刀罡破壞了她所有器官的機能，而棍勁將在她體內炸開。

眾人不明所以地望著定在那兒的陰陽法王，眨眼的工夫，陰陽法王在諸人眼前轟然炸開，血肉飛濺在空中，沒留下一塊完整的器官。

幾個靠得近的人被淋了滿頭的血雨，眾人皆以震駭的目光望著我的背影，半天說不出話來，不知道他們的心底是不是在暗自慶幸。

終於可以睡一個安穩覺了，我自打來到這個時空，一直在紛爭中度過，今天終於暫時安心了。我知道剩下來的事，藍泰會處理得很好，首惡伏誅將會在他們心中留下深刻的「印象」，餘黨也盡皆被處死，大勢既去，他們唯一的路就是服從藍泰的安排。

快了！將要回家了，經歷了這麼多磨難，每每念到「家」這個字，我全身都會湧起酥麻的感覺，心頭縈繞的是幸福之感，腦海中盤旋著藍薇美麗的嬌靨，我甜甜地進入了夢鄉。

等到第二天，藍家舉行了正式的權力象徵的傳承儀式，藍泰正式成了藍家新一代的主人。藍泰的臉上一直浮著笑容，他沒理由不開心。成爲藍家的主人意味著他的命運以後將由他自己主宰，而他與虞美兒的戀情將會順利地轉化爲愛情。

人族聯盟的首領位置也名正言順地落在藍泰的手中，看著他喜笑顏開的模樣，我都有點嫉妒了，這個被上天眷顧的寵兒。

所有事情都很順利，一切都按照我的計畫在發展著。各門各派的首領們對藍家的改朝換代並不很放在心上，但是卻在「龍宮寶藏」中堅持不讓，這雖然讓我和藍泰惱火，卻是在預料之中的事情。

我站在藍泰身邊，望著下邊這群利慾薰心的人，和他們說道理，他們是不會理你的，只有讓他們知道他們自以爲了不起的力量是多麼不堪一擊，他們才肯放棄心中的執著「夢想」！

我一步一步走了下來，在他們面前悠然踱步，我徐徐道：「既然你們不肯放棄『龍宮寶藏』，那先告訴我，你們憑什麼能得到寶藏。」

這裏的大部分人昨天晚上都看到我發威的那一擊，血肉分離好像下雨一樣的情景還在他們心頭盤桓。我在他們身邊走了兩圈後，才有一個人大著膽子道：「兄弟齊心，其力斷金，我們這裏的人是人類中最強大的一群人，我們通力合作，還有什麼能阻擋我們！」

其他人都一副說出自己心聲的模樣。我掃了他們一眼，淡淡道：「我承認這裏的人已經掌握了人類六成以上的力量。但是只要我願意，我可以一個人將你們殺個乾淨！」

我毫不客氣的說法，令他們極爲不快，幾個膽子大的怒哼出來，還有一部分人只是氣憤地望著我，卻沒有一人敢說話，誰都怕我昨天施展的那「弒神」的一擊，那種強大的威力已經在他們心中留下了深刻的陰影。

我呵呵笑道：「當然，你們不會相信我，只以爲我空口說白話！先不說我有沒有這個能力將你們殺光，你們真的是齊心合作嗎，誰敢說自己沒有私心的！」我說完環顧左右，凡是碰到我目光的都流露出尷尬的神色，我淡淡哼了一聲，「一個充滿私心的聯盟憑什麼談合作！」

片刻後，我又道：「誰能告訴我，你們對『龍宮寶藏』有多少瞭解的？」

一個壯年人，好像經受不了我一再對他們的嘲弄，霍地站起身，望著我大聲道：「祖宗上曾留下典籍，東海曾經居住龍族，在龍族被我們的祖先趕走後，留下了『龍宮寶藏』。」

我漫不經心地望著他，隨即向著眾人望過去，道：「還有誰能告訴我更多關於『龍宮寶藏』的事情，你們不是要通力合作嗎？怎麼不願意說出來你們各自掌握的資訊？」

又有一人站起身道：「據我流光劍派祖先留下的典籍中曾說，『龍宮寶藏』面積一千公里，是古龍族的宮殿，龍族遷徙留下龍宮，龍宮中有寶無數，五百年一出世。」

接著又有幾人站起來述說了自己所保留的典籍中關於「龍宮寶藏」的記載，內容大多大同小異，並沒有說到實在的部分，想必這些人各有保留，怕對方知道了自己保留的秘密卻不肯說出自己的。

我並不點破他們，點點頭道：「看來你們對『龍宮寶藏』的認知僅限於此，就讓我來跟大家說說我所知道的『龍宮寶藏』吧！」

見我要公佈「龍宮寶藏」的秘密，眾人無不屏氣凝聲，盯著我。

我朗朗而道：「『龍宮寶藏』是上古龍族的宮殿，裏面也確實有很多的寶物。但是龍族並非是自己願意遷走，也並不是被人族的祖先給趕走的。

「想必大家對妖精族這個詞已經不大熟悉了，不過在萬年前，妖精族曾與人族的祖先有一場驚天動地的惡戰，當時妖精族極強大的傢伙，被妖精族恭稱爲聖祖，人族和龍族都稱他爲妖精王！

「妖精王確有翻山倒海的本領，人族與龍族聯合起來才勉強抵得住妖精族，三族都死傷很多，最後達成協定，三族都離開此地，只留下少數的族人留在此地繁衍生息。」

我頓了一下，瞥了一下眾人，見他們都聚精會神地聽著，我接著道：「這『龍宮寶藏』就是龍族走後留下的，雖然裏面有不少龍族沒有帶走的寶貝，但是卻並不是隨便被人取走的。

「上古龍族給龍宮下了非常厲害的禁制，至於龍族的禁制有多厲害，只要看看這萬年的時間，從來沒有人說可以破開龍族的禁制，就可見一斑。

「另外，你們難道真的以爲只有我們人族才知道『龍宮寶藏』嗎，先不說龍宮中有沒有守護的龍族，這上萬年來，妖精族的實力已經大大超越了我們！」

一石激起千層浪，眾人頓時議論起來，誰也不相信竟然還有妖精族出現和他們爭奪「龍宮寶藏」，而且實力要比他們強大。

在他們心中的妖精族，恐怕只是平常那些被他們欺負的零散的剛成形的小妖精吧！

等他們議論了一會兒，我道：「當今妖精族除聖王外，另有五個最強大的人被妖精族人稱爲『一后四帝』，任何一人都能輕易將陰陽法王殺死數次！」

眾人都以不相信的眼神望著我，我微微笑道：「爲什麼大家都聚在這『三交鎮』，不用我說大家也心知肚明，誰也沒有把握能對付得了盤踞在東海中的海人族，所以大家聚集在一起，想憑藉大家的力量共同對付海人族，可是『龍宮寶藏』出世，不是有一些人不聽藍老爺子勸告跑去了東海嗎，後果大家應該比我清楚。大家對東海海人族的實力應該有了個確切的認知了吧！

「我可以告訴大家，東海海人族守護在寶藏邊的還不是海人族真正的實力。而這麼強大的實力在妖精族中還有四個人擁有！甚至比他更強的力量。木族的樹帝，獸族的狼帝，羽翼族的遮天大帝和聖后，還有更強的聖王！

「當『龍宮寶藏』真正開啓的時候，這些人都會不要命地搶奪，試問，你們單薄的力量怎麼和他們爭奪。與送死無異啊！」

場內頓時靜了下來，我望著他們淡淡道：「這也就是我和藍泰及老爺子制止你們捲入紛爭中的原因！」

就在大家沉默的時候，忽然一個人站起來質問我道：「我們憑什麼相信你說的是真的，你會不會是妖精族的奸細，故意來欺騙我們的？」

眾人一直被我牽著鼻子走，從未想過這個問題，現在有人提起，眾人頓時心有所感，一起向我望來，看我怎麼回答。

我欣然道：「以我的修爲，你們覺得我會甘願做妖精族的奸細嗎，未免也太小看我了。」似笑非笑地掃過眾人的臉龐，卻沒有人不相信我的話，我的實力就是最強的證據，在他們心中，誰要是有我這等修爲，恐怕早就劃個山頭自立爲王了，誰會甘願做別人的奴才。

夜晚在藍泰的屋子中，圍坐著一小撮人。

藍泰先開口道：「你們是聯盟中最有實力的八個人，我和依天兄弟，今晚把你們請到這裏，是有更重要的事情告訴你們。」

藍泰說完，我掃視了眾人一眼道：「海人族的強大，大家是非常清楚的，如果海人族要對付我們人類，你們有幾成把握可以擋得住。」

我接著道：「海人族是東海之主也是天下水域之王，東海有十萬水族，都歸海人族統轄，如果海人族協同十萬水族一塊對付我們人類，你們又有幾成把握？」

片刻後，見沒有人回答，我嚴肅地道：「看來大家都曉得其中的厲害之處了，經過我幾番勸說，我們偉大的藍盟主決定以聯姻方式取得人族與海人族的和平。」

「聯姻？」在座諸人聽我宣布和海人族聯姻後，顯得非常詫異。

我點了點頭，道：「『龍宮寶藏』在前，如果我們不答應海人族的條件，就必須面對十萬水族的威脅，我們思慮再三，以人族現在的實力實在不易與海人族對抗，所以藍盟主和我決定同意聯姻。」

我停下來，觀察了下眾人的神色，諸人皆是一副匪夷所思的樣子。我作出副痛心的樣子道：「藍盟主為了大家的利益，決定迎娶海人族龍淵大帝的女兒以換取與海人族的聯盟。」

眾人都是狡猾的傢伙，當然不至於相信藍泰為了人族的利益而做出這等舉措，也知道其中另有蹊蹺，只是一不用自己去娶一隻像魚的怪物，另一個自己實力又差藍泰太多，所以並沒有人傻到站出來說自己反對。

藍泰與虞美兒的婚姻就這樣定下來了。我望了望眾人，用慎重的語氣道：「妖精族有多強的實力，大家恐怕還沒有正確的認識，這也並不怪大家。妖精族平時都隱於自己的領地，很少出現在人族的領域。

「白天我曾告訴大家萬年前人族、龍族、妖精族曾有一場惡戰，當三族都離開這裏時，曾定下個協議，要求妖精族、人族只得在自己的領域中活動，不得騷擾另一族的安寧，這些歷史，大家應該多少都知道一些。

「所以妖精族很少出現在人類的視野中，但是在這萬年中，人族還在互相征伐，妖精族已經恢復了強大的實力，這次『龍宮寶藏』出世，將眾妖精族從自己的領域中引了出來。主要的實力有『一后四帝』，任何一人都有不啻於海人族的實力，人族若要和妖精族硬碰就像雞蛋碰石頭。」

眾人都以懷疑的目光望著我，我篤定地道：「大家可能還不大相信我，不過這兩天，不斷有妖精族的人聚集在『三交鎮』附近，而且會越聚越多。不幾天，大家就會目睹妖精族強悍的實力！但是我要告訴大家，這仍只是冰山一角。」

在眾人懷疑的心情中，小小的會議就結束了。在我的要求下，聖王在「三交鎮」附近聚集了大量的妖精族，其中更混進了「通臂猿」一族的高手。「三交鎮」的人民嚇得不敢外出，有人前來藍家請求幫助。

在藍泰的授意下，那晚我和藍泰邀請的那八人有三四個帶著自己的人出了「三交鎮」想要將聚集在外的妖精給趕走。卻不料，出了「三交鎮」就遇到強烈打擊，去的人只有一半逃了回來，剩下的大部分都被聖王給活捉了。

三人跑到藍泰處哭訴，我和藍泰又將那幾人招來。那幾人苦著臉道：「盟主你們不能放著不管啊，你是盟主，一定要將那些被妖精族捉住的兄弟們給救出來啊！」

藍泰擺出一副不愛搭理的樣子，道：「依天兄弟早跟你們說了，你們不相信，現在出了事，就跑來向我們求救。你們也看到了，妖精族實力強大，我們能守得住這個小鎮就已經很不錯了。」

三人見藍泰不願意管，頓時不樂意了，其中一人道：「你是盟主，盟中的兄弟出了事，你就應該管！何況白天是你示意我們出去趕走那些妖精族的人，現在竟然不管我們兄弟死活，老子不幹了！老子要退盟，兄弟們，你們看到了吧，盟主不管我們死活，還要他這個盟主幹嗎，老子要求重新選盟主！」

藍泰頓時將臉色沉了下來，道：「你是在威脅本盟主嗎？」

其他幾人並沒有他那麼衝動，見他將目光望向自己，都裝作看不到，將視線移到別處。

「三交鎮」是藍家的勢力範圍，何況現在藍家有陰陽教和我的支持，實力遠遠大於眾人，誰也不敢在老虎頭上拔鬚。那人見沒人回應自己，氣勢頓時低了下來，卻爲了面子還在強撐著。

我歎了口氣道：「我早警告過你們妖精族有多強大，你們偏不信，現在應該知道妖精族的厲害了吧。」我指著那人道：「你先不要那麼激動，藍盟主並沒有說不幫你們。藍盟主是在氣你們不相信我的話，說的氣話罷了。事實上，在你們剛出事，我和盟主已經在積極商量營救的方法了，只是這事非同小可，不是那麼容易解決的事。」

他也是年老成精，順著我送去的台階，馬上向藍泰道歉：「對不起盟主，我也是太著急，盟主就將我剛才說的那些話當作是在放屁。」

藍泰臉色微慍，淡淡地道：「希望你知道我和依天兄弟對大家的苦心。」

我徐徐道：「年輕的時候，我也是走南闖北，遇到過不少妖精，憑著高強的修爲，也曾贏得他們的尊敬。所以我和一些妖精族的人還是有些關係的。我也許可以試著去給大家說說情……」

那幾人忙道：「原來您和妖精族的人有交情，那實在太好了，請您多多費心，儘量將他們都給救出來。」

我故意苦笑道：「我只能試試看，並不能一定成功。」

我故意在外面待了兩天，第三天才帶著那些被捉住的人回到藍家。在這兩天中，「三交鎮」外的人妖精越來越多，更有不少妖精出現在「三交鎮」的邊緣，不過在我和聖王的命令下，沒有妖精敢傷害人。

「三交鎮」上變得風聲鶴唳，很少有人外出，晚上更是早早地躲在家中不敢外出。

那些人見我將人帶回來後，終於鬆了一口氣，等到第二天藍泰向眾人宣布和妖精族聯盟時，再沒有了提出異議的聲音，這些人早被妖精族強大的實力給嚇住了。

在藍泰宣布聯盟時，雖然有人表面抱怨，其實心中卻暗暗地鬆了一口氣，不用面對比自己強大的敵人，對他們來說實在是一種恩賜。

簽署的協議是雙方面的，妖精族與人族不得互相干涉，更不得互相侵犯，要共同遵守萬年前的那個三族的協議。

「通臂猿」族的一位長老作為聖王的代表，出席了簽訂協定的儀式。

儀式很隆重，「通臂猿」族的那位長老帶來了二十多個實力強橫的族人，還有一十多個普通妖精。沒有誰再敢小覷一直沉默著的妖精族。

在「三交鎮」人們感謝藍泰為他們作出的貢獻時，我也終於感到一直壓在身上的重擔已經卸了下來，至於未來人族會有什麼樣的發展，我已經不用再想了，我相信有藍泰在，他會幹得比我更出色。

我要用剩下不到幾天的時間，將自己恢復到最佳狀態。否則我怎麼面對『一后四帝』這種強大的敵人。

樹帝從陰陽法王伏誅的那天就一直再沒出現過，不知道又在琢磨什麼陰謀詭計，還是因為受到聖王的監視不敢有所動作。

第六章　開啟神殿

一冷一熱兩道截然相反的勁流在百會融會，一片清涼頓時如同醍醐灌頂，全身都放鬆下來，當我睜開眼時，屋內纖毫畢現，心內無喜無憂，清風從身邊微然拂過，我明確地感知清風的方向與風力大小。

自己沒有浪費這幾天的時間，每一天我的內息都有令人欣喜的精進。只要我願意，精神力放出去立刻可感知四周的動靜。心念一動，我已經來到屋外，卻彷彿沒有動過一樣。恐怕現在自己才真正地踏入第七曲的境界啊。

抬眼望去，一隻棕毛猴子映入眼簾，那並不是我的火猴寵，心念電轉，已經知道這是猴族的人，應該是聖王派來的。

他見我望向他，忽然幻化成人的模樣，向我恭恭敬敬的一禮，向我道：「聖王命我通知聖使大人，『龍宮寶藏』將會在第三天開啓。」

我點頭道：「知道了，你回去告訴聖王，我明天去見他。」我說完後，他又向我恭恭敬敬地行了一禮，然後變回猴子的模樣手腳迅捷的在屋頂間縱躍，很快就在我視線消失。

「寶藏終於將要開啓了！」我喃喃自語，心中忽然泛起奇怪的感覺，那是種欣喜，如釋重負，解脫的感覺，不過瞬間又被冷靜所代替。

用了一天的時間，向藍泰告別，又囑託殘月主僕幫我照顧李石頭兄妹兩人，兩女親眼目睹陰陽法王被我用重手法打得魂飛魄散，又與藍泰結了盟，陰陽教成了人族中舉足輕重的大教，也算了卻了老教主生前的願望，兩女再沒了怨恨。

藍泰對我是感激的，不只是我幫他解決了陰陽法王對藍家的威脅，而且更因爲我成全了他和虞美兒。

希望他能夠本持真心幫助人類發展壯大起來，他算是我在人類中灑下的一顆種子，以我對修武的認識，幫他修改、增添了藍家的「海浪搏岩」功法，更將我總結的一些功法傳授了他。希望他能夠在我離開之後，繼續爲人類作出貢獻吧。

第二天我告別眾人，來到「三交鎮」外見到了聖王，聖王依然由兩位「通臂猿族」長老陪同，兩位長老比起昔日在「鎖龍谷」的困頓實在是天淵之別，族人不但重見天日，又得到聖王重用。更何況聖王還期望借助兩人在「龍宮寶藏」的爭奪中得利。

兩人可謂是春風得意。見我從天空飛下，都尊敬的向我微笑道：「聖使大人，聖王等你很長時間了。」

望著兩人我忽然心生一念，雙掌一措，身體忽然爆發出強大的威勢，巨大的壓力向著兩人壓了下去，兩人大吃一驚，見我仍是面帶笑容，雖然不知道此舉爲何，卻是沒有惡意的。

兩老在「鎖龍谷」時臣服在我的神器「煙霞」之下，此刻見我一對二，又手無一物，頓時也生了爭勝之心，性格較爲暴躁的那個矮小的長老，眼中精光暴射，在空中留下兩道神光。口中大吼一聲，雙掌迎了上來，頂住我壓下的巨大力量。

另一長老見自己兄弟已經出手了，遂不再客氣也低喝一聲，與自己兄弟並肩把我給擋住。一人出手，我仍能輕鬆對付，兩個人一起上，我立刻感到一股壓力。兩人不愧是最強大種族的長老，確實厲害。

事實上，我也想拿他們兩人試試自己今天的修爲究竟到了哪種程度。自己很長時間沒有和真正的高手交過手了，這一段時間又都是馬不停蹄地辦著一件又一件事，很難有時間去修煉，不知道自己的修爲是精進了還是退步了，所以拿這二老試試手。

我身在空中無任何憑藉，他們兩人卻腳踩大地，嚴格說來，他們占了一定便宜。我們並沒有身體上的接觸，在我們之間空出一大塊空間，這一大塊地方凝聚了我們三人巨大的能量，純潔、凝結、透明卻又好像是個實物，令人感到十分怪異。

一個擁有強大力量的能量球彙聚了我們三人的力量在半空中形成，完美無瑕，卻擁有駭人的破壞力。感受著對手不斷增加的力量，我也隨之增加力量，兩老已經微微下陷，神情卻射出興奮的光芒。

他們兩人恐怕與我一樣，很久沒有遇到與自己旗鼓相當的對手了吧！修爲達到我們的程度，想要找一個可堪匹敵的對手確實很難。

在對武道永無止盡的追求中，沒有一個近期的目標，人是會孤獨的，也會在孤獨中變得迷茫，甚至走入歧路。這是所有修爲超凡入聖之人的悲哀吧，難怪真正的高手武道大成後，感歎對手難求。

在我和兩老放手一搏時，聖王忽然出現在我們旁邊，對我們三人彷彿拚命的攻擊視若無睹，倒是饒有興趣地望著我們。好像深悉我們三人的動機，我向著聖王微微笑道：「聖王有沒有興趣來兩手？」

聖王呵呵笑道：「你不會是藉此發洩對我的不滿吧，我不會讓你如願的。」

我倆哈哈大笑，兩老眼中卻隱露怒意，神色卻更爲嚴肅。顯然兩人認爲我在與他們對敵時還與聖王打招呼是對他們的不尊重，不過卻對我的修爲更爲驚訝，我能在兩人聯手攻擊中還能表現出遊刃有餘的樣子，表示我的修爲遠遠高於兩人。

兩老一聲悶哼，頭髮飛揚，兩人身上分別閃現出藍、綠兩種光芒。四周的猴族守衛頓時好像受到重擊，忽然被硬生生地衝飛出去。兩老分別被兩種光所纏繞，不大會兒，光芒在兩老身上形成一個模糊的光圈，光芒在周身流轉。

片刻後，兩道光融合在一起，在兩老之間形成，好似一個橋樑將兩人連在一塊，瞬間，我驟然感到對方傳來的壓力大增，竟令我有氣悶的感覺，很久沒有這種壓力感了。

聖王好像對兩老的行爲十分訝異，忽然向我淡淡笑道：「依天不要留手了，兩老施展的功法，在我族典籍中乃是一種極爲高深的功法，稱爲『移天換命』神功，這種功法暫時將兩人的修爲合二爲一，同時視兩人的修爲可數倍增加雙方的修爲總合。」

我訝然道：「還有這種厲害的功法！」

兩老見我在壓力遽增後仍能開口說話，更爲氣怒，身體驟然光芒大盛，一股絕大的力量迅速傳過來，給我增加了極強的壓力，我心中暗驚，這個古怪的功法確實有些門道。

我也收起了輕視之心，將體內的全部內息都調動起來，磅礡的壓力像是一座大山向兩老壓去，渾厚內息在體內瘋狂湧動起來。

靈力漸漸散發在身體周圍，根據我內息的性質，而釋放著淡淡的金光，我彷彿被鍍了一層金膜，莊嚴無比。外界的靈氣不斷被我吸收到體內化爲靈力釋放出去，給兩老增加著無限的壓力。

當我把力量提到極限時，身體已經彷彿一朵巨大的金色火焰，散發著逼人的威勢，空氣彷彿燃燒起來般，我們三人凝聚的能量球被三種顏色所充斥，隨著我的壓力不斷逼近兩老。

兩老神色仍是堅毅無比，一點放棄的意味也沒有，但是額頭已經明顯地流出汗來，他們心中很明白他們並不是我的對手。

聖王已經遠遠地避開我們，凝聚我們三人而形成的能量球，已經具有摧枯拉朽的力量，再加上我們三人身上所產生那種無形的壓力，即便以聖王的修爲也無法過於靠近我們。

聖王忽然朗聲道：「本王還要靠你們三位爭奪『龍宮寶藏』，你們萬萬不可現在意外受傷，那對我們來說實在是大大的損失。依天兄弟，我數到三，大家一起放手，如何？」

我現在也是受到強大的壓力不敢分神，聽到他的話，我向他點了點頭，表示同意。聖王發話，兩老自然沒有異議。

「一，二，三！」

我倏地鬆開手，卻驚訝地發現兩老並沒放手，我大駭，倏地橫移開。只見兩老一聲歇斯底里的大吼！身上的光芒驟然大盛，刺人雙眼。積聚了我們三人能量的能量球被兩老給打飛到空中。

像是一個美麗的流星在天邊流下一連串的尾巴最後消失在人們的視野中。

大地卻轟然一震，地面頓時塵土飛揚，靠在附近的人頓時被強大的衝擊力震得東歪西倒。地面陷下一個大坑，兩老灰頭土臉地躺在大坑中。

我這才明白，爲什麼兩老沒有和我同時鬆手。只是受到能量球的反震力就有如此的威力，如果要是鬆了手，讓能量球轟擊到地上，恐怕就會造成很大的殺傷力，別說這裏搭建的簡易建築，就是四周的山石樹木也難逃被毀滅的厄運，更別說這些守衛了。

我徐徐的從空中降了下來，心中出奇的輕鬆，四肢感到十分靈活。

這一戰我已經體會到自己的修爲比起以前精進了很多，雖然我很少修煉，修爲卻仍在以快速的步伐前進。

這恐怕就是「九曲十八彎」功法的特性了，兩老從大坑中飛出，向我道：「我們兩人真正服了聖使大人，聖使大人的修爲我們兩人望塵莫及。」

聖王呵呵笑道：「本王開了眼界，自從先王破開時空離開後，我還是第一次看到有人擁有這麼強大的能量，兩老也不要妄自菲薄，因爲有你們的保護，我才不懼有人偷襲本王！」

兩老又客氣了一下，聖王將我領到屋中，道：「我本還擔心你心中被俗事所擾，修爲會有所降低哩，剛才與兩位長老的精彩一搏令我大開眼界，你的修爲較之前好像還要更高一些。」

我呵呵笑道：「我也在擔心自己的修爲會不會因爲分心而降低。現在心願已了，我可以將全部精力都放在寶藏上。」

聖王道：「你這麼說我就放心了，『龍宮寶藏』會在近兩天之內開啓。據我暗中觀察，聖后與遮天大帝已經秘密地隱藏在這附近，一天二十四個時辰都會有羽翼族的人在『龍宮寶藏』附近出現，顯然是在觀察寶藏是否即將開啓。龍淵大帝那老賊，在寶藏四周增添了更多的水族在把守，看樣子是想獨吞寶藏，樹帝自從那天露了一面後就再也沒有出現過，而一向兇狠暴戾的狼帝卻一直都沒有出現過，這兩人的動態著實讓人感到奇怪，不知道兩人究竟在想什麼。」

我也奇怪道：「人族是樹帝布下的一個棋子，可是在我剷除他插在人族中的眼線時，他一直都沒有動靜，我原先還以爲他受到你的監視，不敢對我有所行動，現在看來確實有些古怪。」

聖王皺了皺眉道：「不用管他，木系一族與獸系一族在東海的競爭力是最小的，他們的行蹤自有龍淵大帝頭疼，不用我們來費盡心思地猜測。你進去寶藏後，逕自去取『定海神針』就可。」

頓了頓，聖王又道：「我會派兩老與一些道行高深的族人在暗中牽制『一后四帝』，『定海神針』是宇內第一神器，種種跡象表明，『一后四帝』已經知道聖祖的『定海神針』就在寶藏中，所以他們的目標一定也是它！」

我道：「二老不是還要保護你嗎，我一個人去『龍宮寶藏』就可以了，在那種地方，人多未必力量就大！」

聖王呵呵笑道：「『一后四帝』帶著部下進入了『龍宮寶藏』，他們留在自己領地的都是一些微不足道的妖精，我要乘機將他們給征服，並沒有人能給我產生威脅，兩老的責任不只是拖他們的後腿，他們還有其他的任務。寶藏中仍留有不少具有強大力量的神器，他們要儘量找到這些神器，並使它們不被『一后四帝』的人得到。」

我望著二老，笑道：「原來你們兩位有比我更重要的責任。」

聖王道：「最危險的還是你，『一后四帝』基本上你都交過手，他們也都認識你，對你精深的修爲，他們應該印象深刻，我估計他們已將你視爲最強大的競爭對手，所以可能出現你一人面對他們四人的聯手。」

我信心十足地道：「來就來，有什麼好怕的，大不了打不過我就跑，何況我有一項特能可以隱身，諒他們也猜不到。」

聖王是早見識過的，聞言喜道：「我怎麼把這件事給忘了，只要你一隱身，偌大的龍宮中誰又會注意到你呢，哈哈，『定海神針』非你莫屬了。只要『定海神針』沒有落在他們手中，我就不用懼怕他們了，妖精族的統一指日可待。」

接著又商量了一下具體事宜，聖王將自己所知道的龍宮禁制都告訴了我，囑託我要小心行事儘量避開那些禁制。忽然我想起一個重要的問題，「龍宮寶藏」開啓後，我們可以在裏面待多長時間，畢竟「龍宮寶藏」不會永遠保持開啓的狀態。

萬一寶藏的門又重新關上了，我豈不是要被困在裏面嗎？

聖王道：「時間應該是富足有餘，當龍宮中的第一件物品被取走時，寶藏就開始關閉了，大概需要一個星期的時間。」

我納罕道：「還有這種古怪的禁制，要是一直沒人拿，不是一直都會開啓嗎？」

聖王笑道：「按道理來說，應該是這樣吧。不過那種事是不可能發生的。『一后四帝』應該都知道這個禁制，所以在找到他們想要的東西前，他們應該不會觸動這個禁制。但是隨著『龍宮寶藏』外面那層光圈的消失，會有更多的妖精進去，那時候禁制應該就會被觸動了。」

我在心中盤算了一下，從我進去到拿到「定海神針」，我大概只有十天的時間，想來時間應該是足夠了。只要我隱身進入，「一后四帝」發現不了我，我應該是最快接觸到「定海神針」的人，這麼想來，我佔有一定的優勢啊。

等到第三天的午時，忽然一股極強的靈氣從海面湧了過來，我們心中同時升起一個念頭——寶藏開啓了。聖王道：「這麼強的靈氣一定是從寶藏中湧出來的，我們快去，此刻『一后四帝』恐怕已經趕到了！」

我們一行人迅速向著東海飛去，等到我們來到東海時，果然看見面東的宮殿大門正在開啓中，速度十分緩慢，到此刻也只開了一半。

隨著正殿大門的開啓，殿前那些栩栩如生的雕像彷彿是沉睡中的怪獸都開始復甦了般，一個個的都活了過來。

紅色的眼睛兇惡地盯著光圈外的人，卻沒有怪獸走出來。

聖王凝聲道：「寶藏被人提前開啓了。」

「啊！」我大訝，以「龍宮寶藏」的種種厲害，還能被人提前開啓！

聖王表情凝重地道：「典籍中記載，寶藏一旦被提前開啓，護殿神獸就會從沉睡中醒來，你看這些從雕像中鑽出來的怪獸，就是護殿神獸，據說牠們是非常厲害的，任何試圖接近龍宮的人都會受到牠們毫不留情的攻擊。」

「可惡！」聖王咒罵道，「究竟是誰有本領將寶藏提前開啓！」接著向我們道：「我們趕快下去，寶藏提前開啓，恐怕『一后四帝』已經搶得先機，我們也要快些。」

龍淵大帝派在寶藏四周的守衛們一早就注視到我們的存在，見我們向下飛來，立即緊張地盯著我們，其中一人向我們喊道：「大帝吩咐，所有人不准靠近龍宮，否則我們就要……」

「滾開！」二老中一人走出，向著前面的守衛一陣大喝，雙手向上猛的一抬，兩邊海水驟然掀起大浪，將一干守衛沖得東倒西歪。他冷冷喝道：「龍淵大帝算什麼東西，當年見到老子還不是畢恭畢敬的。」

我們這一干人個個氣勢非凡，再加上剛才施展的那手神通，守衛們戰戰兢兢地看著我們從他們身邊經過。

我們剛要跨進光圈中，忽然遠邊天空傳來一聲朗朗笑聲：「不知聖王也在此，倒讓本帝失禮了。」我們抬頭仰望，剛看到遮天大帝和聖后相伴從天邊向著這邊急速飛來。

沒想到他們兩人比我們還要慢一步，很快兩人便來到我們上空，後面跟著鋪天蓋地的羽翼族，幾乎將半邊天都給遮住了。

聖后依然是嫵媚嬌豔，光彩奪目，與遮天大帝結伴而來，兩人冉冉從半空降下，倒真的彷彿神仙眷侶一樣。遮天大帝見著我們，向聖王微微拱了拱手，表示行了禮。聖王也是淡淡一笑。

聖后先是目光望向了我，仔細打量了幾眼，才將目光移到聖王身上。

想必遮天大帝詳細的向她說過我，所以她才這麼注意我。

聖后望著聖王，臉上露出微微笑容，看著他的眼神，多了一份母性的慈愛，道：「孩子，你越來越像你父親了。」

聖王苦笑，不知該如何作答。顯然聖后是把她自己擺放在一個母親的位子上，她對先王還不曾忘懷。

我們兩撥人因爲聖王和聖后的關係都沒有一句話。遮天大帝道：「既然聖王要從這裏進去，那本帝就從其他入口進吧。」

兩人又飛到空中向著寶藏的另一面飛去，望著兩人遠去，我道：「這寶藏竟然有好幾個入口嗎？」

聖王道：「寶藏總共有四個入口，但是只有正殿的入口最接近寶藏的中央地帶，而危險也最少，所以大部分人都願意走正殿。」

聖王往四周望了望，道：「樹帝和狼帝怎麼還沒到，莫非他們已經進了寶藏。」接著向我道：「依天，你先從正殿進去，我要看著他們全部都進入寶藏。」

我點了點頭，閃身穿進光圈中，光圈觸及身體，有種微微的刺痛感。

甫一進入光圈，怪獸們都一起向我糾集過來。由於聖王告訴我牠們是護殿的神獸，我不敢大意，一道金色的能量罩已經將我護住，雙手各持一把氣刀，小心的向著眾獸走去。

一隻特別巨大的怪獸不斷的向我發出低吼，在我不斷逼近的情況下，牠忽然向我撲來，我閃身避過正面，卻沒料到牠有一條極為靈活的尾巴，一下子將我擊中，我全身頓時有一種過電的酥麻。

怪獸轉過身，倏地張開大口，兩道霹靂倏地向我擊來。

我心中感歎，護殿神獸確實厲害，比起東海十凶獸要厲害得多，這一隻怪獸就讓我吃了點苦頭，要是這十幾隻虎視眈眈的怪獸一起上的話，我怕自己會應付不來啊。

我望著前方大殿的門正緩緩地下降，金碧輝煌的宮殿就在眼前，我忽然心生一個主意，要是我隱身過去的話，不就可以避開這些怪獸嗎！

在那隻大怪獸吐出的霹靂將要擊中我的剎那時間，我忽然在眾獸面前憑空消失了，好像從來沒有存在過那樣。兩道霹靂擊到我原先的位置也如泥牛入海，沒有發生一點作用就不見了。

大怪獸十分驚異，四處張望了一下，一步步的向我原先的位置走過來，一邊走一邊在嗅。

我其實並沒有離開只是站在那兒，因為隱身的關係牠們都看不見我，牠吐出的兩道霹靂被我用靈龜鼎給吸收了，所以連一點聲音都沒有。

大怪獸在我腳邊「呼哧，呼哧」地嗅著，已經感覺到了我就站在牠面前，牠驚訝地抬起頭來看，卻看不見我，再低頭去嗅，又嗅到了我的氣味，這令牠十分不解，在牠驚訝的目光下，我大模大樣的將靈龜鼎高高地舉起，轟的砸在牠的腦袋上。

大怪獸搖搖晃晃，卻頑強的沒有倒下，我隱約可看到牠腦袋一圈冒出了金星，雙眼呈現呆滯狀，我心中早笑翻了天，見牠晃來晃去不肯倒下，又一下擊在牠腦袋上，牠終於扛不住，倒了下來。

龐大的身軀，將地面都砸得震動起來。我向正殿後看了一眼，仍有十幾隻奇獸守在那兒，怪獸們千奇百怪，但卻無一例外的都散發出強悍的氣勢，我暗暗驚訝當年古龍族從哪裏找來這麼些怪獸。

眾獸們都奇怪地望著倒地的那隻怪獸，歪著腦袋卻想不通這個大傢伙怎麼會突然暈了過去。

我飄到空中，向著正殿徐徐飄去，這些怪獸都很警覺，我必須小心翼翼，否則會引起牠們的攻擊。我忽然注意到一個像是大猩猩的怪獸身上蹲著一個既像蝙蝠又不像蝙蝠的小怪獸。

模樣很機靈，一雙小眼嘰哩咕嚕地轉著，眾獸都在注意光圈外面的情況，唯獨這個小傢伙眼睛眨也不眨地盯著我，好像已經注意到了我的存在，在牠的目光下，我不禁有些心虛的感覺。

眼看正殿離我越來越近，眾獸都沒有動靜，我心中漸漸鬆了口氣，我可不想和這些守殿神獸糾纏在正殿外面。我一直來到數米高的正殿口，這時正殿的門業已經完全打開，我站在正殿口，向那隻古怪的怪獸望去，卻見牠正轉過身瞧著我。

牠見我望向牠，忽然露出古怪的笑容，這令我想起「似鳳」在偷東西前總會露出這種類似的笑容，我心中一怔，趕忙往前一步向著正殿跨了進去，腳下驟然一軟，彷彿陷入流沙中的感覺。

趕緊運氣輕身，還沒等我飄到空中，忽然身體一緊，好似被東西給困住了。低頭一看，身上被套了一個光圈。牠見我望向牠，對我一聲賊笑，突然張嘴又吐出一個光圈。

光圈速度極快，只是瞬間的工夫將把我給套住了，一連吐了五個光圈將我給牢牢鎖住。我和這個小怪獸的動靜已經驚動了其他的怪獸。

我心中一驚，猛的運氣體內的真氣，向外膨脹，要將光圈給崩裂。光圈卻絲毫不受真氣的影響，只是鎖著我的肉身。

光圈很堅固，而且具有很強的韌性，小怪獸嘿嘿賊笑著看著我掙扎。

這時所有的怪獸好像都注意到了我的存在，都怒目望著我，卻並不過來，小怪獸也張開翅膀在我面前飛來飛去，奇怪的是牠們都不靠近我，想必牠們受到禁制不能夠進入正殿吧！

被這種古怪的小光圈給纏著實在不是什麼好滋味，我施展神通抽出一隻手來，運出劍氣，這才將光圈給切斷。

看著牠在外面得意的上下飛舞，我驀地向牠做了個鬼臉。與那些大傢伙相比，這個小傢伙顯得非常可愛，雖然看起來更古靈精怪。

小傢伙好像很意外看到我對他做鬼臉，突然怔住停在半空那兒。我見牠呆住的模樣，哈哈大笑起來。小傢伙很聰明，知道我在笑牠，氣憤的「吱吱」尖叫，想要衝進來「教訓」我，卻又不敢進入正殿，忽然牠好像找到了報復我的方法，拚命向我吐口水。

我愣了一下，忍不住捧腹大笑，沒想到守護正殿的怪獸中還有這麼有趣的小傢伙，真是有意思。看著這小傢伙暴跳如雷的樣子，我強忍住笑，繼續向裏邊走去。

在我背後，小傢伙氣鼓鼓地瞪著我，倏地一團火焰將牠給包裹起來，當火苗消失的時候，空中已經沒了牠的影子。

龍宮很大，宮殿一個連著一個，讓我有進入迷宮之感，四周擺設豪華而考究。誰也不知道「定海神針」被放在龍宮中的哪個位置，所以只能靠運氣來尋找。龍宮中燈火輝煌，好像幾千年來從未熄過。

我無法辨別方向，只能一直向前走著，當我踏入一個小廳中時，燈光驟然熄滅，地板迅速下陷，我立即飛到空中，兩眼貫射出金光，警覺地盯著四周的異變，奇怪的是四周並沒有出現任何情況。

過了片刻，廳中的燈火忽然有燃亮，我觀看四周，愕然發現唯一的出路被擋住了，小廳宛如一個密封的罐頭。地板下陷出一條樓梯，延伸向下，看不到盡頭。

我想了一下，決定到下面看看。正所謂既來之則安之，我也想看看龍宮的主人在這個機關裏設置了什麼東西，「定海神針」必定放在極安全的地方，周圍必有厲害機關把守，所以要想搶先找到「定海神針」，我就必須面對最厲害的機關。

想通這點，我悠然向下飛去，狹窄而昏暗的樓梯，卻並未予我有陰森恐怖之感，溫度適中的暖風徐徐從面龐拂過，通道內充滿了清新的空氣，空氣中漂浮著淡淡的清香。

使人聯想到通道的盡頭可能是個充滿芬芳、綠蔭遍地、花草相伴的桃花源。走了一會兒，眼前豁然開朗，眼前大亮，那不是燈光，而是金銀珠寶反射的金光，一個石窟在樓梯處出現，四周石壁每隔數步便掛著一個火把，風聲在耳邊響起，空氣很濕潤。

這哪裏是「龍宮寶藏」，看著到處堆積如山的財寶，簡直就是個海盜的寶庫嘛，地面散落著無數的金幣、金冠、珠鏈，凡是窮盡人類所有想像的珍貴物品在這裏都能看到。

以我的見多識廣也為之眼花繚亂，要不是之前龍淵大帝送給我無數財寶和奇珍將我的戒指幾乎裝滿，我甚至都起了私心。我心中暗歎，財寶真是害人，怪不得有人為財死，鳥爲食亡之語。

我走馬觀花的邊走邊欣賞這難得一見的「奇景」！這種各種奇珍異寶堆積如山的壯觀場面，很少有人能夠欣賞到。還好現在對我來說最重要的事是找到「定海神針」回家，財寶對我的吸引力大大降低。

我抱著欣賞的心情讚歎著四周的財富。走著走著，忽然一個巨大而形狀如扇的東西引起了我的注意，這是一個立在財寶中玉狀的東西，釋放著淡淡的青白色光芒。

我站在它前面，玉扇上忽然產生一陣柔和的白光，一行字現了出來，我驚訝這裏還會有字，望去，上面寫著：「事實證明你是一個不爲財寶所動的人，如果你動了其中任何一樣財寶，你就會陷入萬劫不復的境地……」

看到這，我大大鬆了一口氣，原來這些財寶就是一個厲害的機關。可惜這個機關對付的人是我，我在四大星球有無數的錢，凡是人生所希望得到的最美好的，我都已經得到了，又豈會成爲這些珠寶的奴隸。

在我看著玉扇中的文字時，在兩邊的陰影中，現出一個奇怪的小東西，正用著翅膀搔著自己的小腦袋，小傢伙好像很奇怪我的表現，不知道爲什麼別的人見到這些財寶就欣喜若狂的撲上去，而我卻碰也不碰，這讓牠十分不解。

隨即對著我的背影發出奇怪的「嘰嘰」聲，憤怒的朝我揮著翅膀。

我接著向下看，「不論你是高貴的龍族、野蠻的妖精族還是貪婪的人族，你的高尚贏得了我的尊敬……」

看字面的語氣，這裏的機關一定是一個龍族的前輩設下的，沒想到妖精族和人族在他們心中竟是這樣的卑劣。而當年龍族肯出手幫助人族，想必也是怕妖精族坐大吧！

我順著向下看去，「你的高尚贏得了我的尊敬，你將有權從所有的財寶中挑選三件你最喜歡的財寶，出口的大門自然會打開！」

當我看完所有的字時，玉扇上的字陡然全部消失了。

我對著玉扇呵呵一笑道：「看來我過關了，謝謝前輩的獎勵，那小子恭敬不如從命了。」

「嗯，」我再次走回財寶中，邊看邊自語道，「我給藍薇帶點什麼回去哩，」我忽然看到一條樣式精美的項鏈，看起來極爲古樸，閃耀著誘惑的光芒，旁邊還躺著一對耳環。

耳環樣式十分奇怪，卻掩飾不了其精細的手工，耳環綴著一個小小的綠珠，放著柔和的光芒，應該不是凡品。

我一邊伸手去拿一邊道：「就是你們兩個了……」

這時候暗中有一對賊眼正緊張地看著我去拿兩件寶物。

如果這個時候我注意到有人在暗中偷窺我的話，我一定會看到牠腦袋上頂著一個大大的金冠，幾乎將牠的臉都給蓋住，這使牠顯得十分滑稽，在牠的脖子上還有條閃著幽幽光芒的寶石項鏈。

小傢伙的腳上還抓著一個金幣，此刻正緊張兮兮地盯著我的一舉一動，眼睛中閃過狡猾的眼神。

當我將項鏈抓到手中時，那個小傢伙興奮地發出「咯」的一聲，我聽到角落裏發出聲音，急忙回頭看去，卻什麼也沒看到，只有火把上的火苗忽地躥動了一下。

當我轉身要取那對耳環時，地面忽然開始震動起來，金幣紛紛滾落下來，四周有隆隆的響聲，一個洪亮的聲音在空中響起：「你這個貪心的傢伙，你將受到應有的懲罰！」

玉扇在聲音說完後陡然炸開，我心中知道剛才的聲音應該是那個古老的龍族前輩留下的。

可是我不明白，剛才玉扇上明明是寫著我可以拿走三樣東西，通路就會出現，我只拿了一件，怎麼會出現這種意外？

在暗中有個小傢伙此時正笑得打跌，聽到空中傳來威嚴的聲音後，一閃身，又消失在黑暗中。

一堆堆的金幣滑落，十幾個奇怪的生物從財寶中爬了出來，我仔細望去，發現是十幾具骷髏，與眾不同的是它們森森白骨被金燦燦的金骨所代替，眼眶中的綠寶石就像是陰森的雙眸。

在這裏，我自然不會手軟，雙手一揮，已經形成兩把劍氣，下一刻我就出現在最近的一個骷髏身邊，手中摧枯拉朽的劍氣毫不遲疑的從它的身體中橫斬而過。骷髏的骨頭十分堅硬，我的劍氣斬在上面，竟被彈了回來，而它的骨頭上只留下一個小豁口。

忽然頭頂生風，骷髏手中黃金鑄就的金劍已經出現在我頭頂，我慌忙避開，看見金劍在地面劈開一個大大的坑，我不禁出了一身冷汗。

這是什麼古怪的玩意，竟然這麼厲害，還好它行動遲緩，無法迅速地捕捉到我的動作，十幾個金鑄的骷髏手裏拿著寬口厚背的大刀一步步將我給圍起來。

火把上的火苗彷彿在戲謔我般，蹭蹭的往上跳了跳。

我不信的撮指成刀，猛烈的刀罡隨著我快捷無比的動作砍在一個骷髏的手臂上，我被強烈的反震力彈了回來，而那個骷髏的手臂也被我砍斷了，掉落在地上，我甩了甩被震得發麻的手，喃喃道：「好傢伙，真是夠硬的。」假如使用煙霞的話，應該可以輕鬆把這些傢伙給解決，可是我又不甘心。

剛遇到一些困難就逼得我用最強武器，豈不是太沒面子了。我厲喝一聲，雙手出拳如風，雄渾的氣勁將他們給震得向後倒退。

幾乎在同一時刻，我驟然躥起，彷如狸貓，試圖從它們手中將金劍搶下來，不過驚訝地發現，他們持劍的手竟然和金劍長在了一起。

我四下瞄了幾眼，發現一個金製的武器架就在不遠處。我兩步已經來到武器架前，俐落地抽出其上的武器，反身向其中一個骷髏擲去，灌注了我內氣的金製武器像是雷神從天空劈落的閃電，狠狠地擊在骷髏的身上，強大的勁力帶著骷髏飛快的向後退去。

武器連著骷髏緊緊地扎在牆壁上，骷髏因爲被強大衝力帶著離開了地面，此時已經兩腳離地扎在牆壁上，無論怎麼掙扎也無法從上面下來。

「真是不錯的效果。」我呵呵一笑自語道，說話時，已經將武器架上的武器都抄在手上，幾息的工夫就把十來個骷髏給全釘在牆上了。

骷髏拚命地掙扎著，眼眶中的藍色寶石放出幽幽的寒光。這些骷髏全身比鐵還硬，也許只有眼睛才是它們的致命弱點。

我彈出兩個能量球，藍色寶石瞬間被擊碎在眼眶中爆裂，藍色的粉末像是一陣沙雨從骷髏的眼眶中灑落，我望著兩眼黑洞的骷髏，觀察著它的動靜，失去了寶石的骷髏忽然停止了動作，張著大大的嘴巴，四肢垂了下去，金燦燦的骨架像是一具價格不菲的藝術品。

原來藍寶石就像是它們的生命，失去了藍寶石，它們就失去了生命。

我轉身連續彈出幾十個能量球將十幾具骷髏給全部制伏。掃了一圈，這些被各種華美而鋒利的金式兵器給釘在牆上的黃金骷髏，簡直就是這個寶庫最搶眼的東西，不但沒有給這裏增添陰森之感，反而倒添了許多藝術的錯覺。

陰暗中一對小眼睛氣憤地看著這一切，捏著憤怒的小拳頭，似乎忍不住要衝出來了。

就在我爲自己的「作品」沾沾自喜的時候，兩邊的骷髏突然變作金粉灑落，在地面堆積了一小堆的金沙，只留下武器牢牢地扎在牆壁上。

忽然山洞轟然作響，原先的那個威嚴的聲音又響了起來，「我得承認你是個強大的傢伙，竟然能打敗我的十二金甲衛士！不過我討厭貪婪的傢伙，我以龍族最強戰士——達奈的榮譽起誓，你將得到懲罰！」

我這才知道這裏是一個叫達奈的龍族戰士的寶庫。而且是龍族中最強的戰士，接下來他又會用什麼方法來懲罰我呢，剛才的那些金骷髏已經化爲粉末了。

山窟劇烈地搖晃起來，彷彿是地震一樣，連我也站不穩了，好在這個寶庫看起來十分結實，頭頂上方並沒有塌陷，所有的財寶都被拋到空中，漫天下起金雨，場面壯觀極了，我一邊極力的想站穩，另一邊心中感歎這種奢侈的場面恐怕誰也不會相信啊！

本來比較平坦的地面，忽然聳動起來，彷彿平靜的海面忽然掀起海浪。

陡然一塊地面鼓起個小鼓坡在我腳下出現，將我頂到上空，我只有飛到空中，漫天的金幣不時地砸在我腦袋上。

火把中出現一對小眼睛，下面露出一對尖利的小牙，一開一合好像笑得十分開心。

我望著狼藉不堪的地面，心中忖度這麼大的陣勢，看起來接下來的敵人不會像之前的金骷髏那麼好對付了。

陡然巨大的聲勢停了下來，而在天空飛舞的金銀珠寶也彷彿在空中凝滯了，好像大地都突然靜止了，只有我一個可以自由地活動。

「吼！」一聲驚天動地的龍吟忽然傳了出來，地面轟然破開，巨石在石窟中亂砸，一隻巨大的龍骨破土而出，地面也在一聲龍吼中開始塌陷，天空中的金器也恢復了自由，迅速的下落。

下面好像有著強大的吸引力，硬拖著我的腳向下拽去，頭頂也產生一股壓力，用力的把一切往下壓去。我極力地掙扎，想要擺脫異變產生的力量，這種壓迫感令我有大聲吼叫的衝動。

四圈不同顏色的能量罩在我受到外在強大力量侵襲的瞬間就已經將我護了起來。最外面的是綠色的植物之力，往裏的是一圈狼之力，再往裏是紅色的龍之力，最裏面的是我自己的力量金色守護圈。

雖然那些力量都已經有了獨立的載體，有了自己的生命和思想，但是我卻是它們的主人，寄宿在我體內的它們在感受到我危險的時候，不約而同地發出了自己的力量來守護我。

我站在空中望著不斷下降的巨大的龍的骨架和無數的財寶，我喃喃道：「這次看來不太一樣呢！下面的對手可能十分強大，否則一向在我體內沒有動靜的三個小傢伙不會同時將自己的力量貢獻出來的。」

「真的那麼強大嗎？」我的鮮血有些沸騰起來，就讓我看看，這位龍族的前輩會給我什麼驚喜吧。我倏地向下飛去，迎著下面財寶的光芒，宛如一盞彩燈飛翔下去。

等我飛到下面時，頓時嚇了一跳。卻不是被開闊的戰鬥場與四面點綴了無數夜明珠的牆壁所嚇，而是那隻原本白骨嶙峋的龍骨所震懾。

龍骨向四周湧動著威壓，威懾一切生物的霸氣可叫天地色變！

「真正的龍族！這才是最強的龍族。」

白骨森森的龍骨為金器所覆蓋，每個金器都十分恰當地鑲嵌在牠的身上，充當著牠的血、肉、筋、骨，一隻威風凜凜的金龍就這樣在我眼前逐漸形成，不斷從空中落下的金器都彷彿受到吸引力一樣，主動的向著牠飛去。

長達二十多米的身體就是世界上最粗大的蟒蛇寵也不及牠的十分之一，兩對鋒利的短爪分別長在頸下和腹部。一塊塊橢圓的金幣像是天生的鱗片鑲嵌全身，金光閃閃更添牠的威勢。

龍首更是龐大，我懷疑牠只要輕輕地張開嘴巴就能把我輕易吞下肚子。

看著牠嘴中的利齒，我忽然覺得十分眼熟，「啊！」我驚呼一聲，那不是我剛剛用來把骷髏們扎到牆壁上的兵器嗎，而此刻它們卻成了金龍最堅硬而鋒利的牙齒，錯落有致地躺在龍吻中。

張開著大大的嘴巴，不時有一溜金光在我眼前閃過，好像在提醒我，那是多麼鋒利。

一對粗大非凡的龍角盤曲在牠的頭頂，這對看起來十分優雅的龍角對我來說也是致命的。各色大小不一的奪目寶石從天空紛紛落下，點綴在牠的全身。

讓人驚歎這是一隻多麼高貴、優雅的龍啊！

最後天空落下一對最大最美麗的綠寶石，釋放著璀璨的光芒……

第七章　力量覺醒

這對所有財寶中最奪目的寶石不偏不倚地落在龍的眼眶中，綠寶石將眼眶四周都渲染出一片幽幽的綠色，那對龍眼使人看起來彷彿是天空最神秘的星辰，星光掩映下，龍宛如活了過來。

「吼！」又是一聲龍吟，金龍倏地飛起，在曠達的戰鬥場飛翔，動作之快，我也只勉強能捕捉到牠的軌跡，那宛如小山一樣的身體，充滿了沉重的金器，牠卻飛翔得如此自在，好像一點也感不到重量。

在我心中，一股壓力慢慢升起。我不敢想像牠如同山一樣的身體如果壓在我身上，那會是個什麼樣的結果。

金龍忽然停了下來，綠色星光直射在我臉上，那種睥睨一切的氣勢令我汗顏，「果然是強大的生物啊！」我在心中讚歎，只不過是掃了我一眼，就讓我有種無力可使的失敗感。

金龍望著我，忽然張嘴道：「難道就是你把我叫醒的嗎，『龍宮寶藏』像蜜糖一樣吸引著那些偷蜜賊，可是他們從未想過，他們會因此失去自己的生命。你的力量雖然強大，卻還不足以與我匹敵。我對貪婪的敵人從來沒有同情之心，準備接受死亡吧！」

在牠的頭頂兩角之間，有一個精美的王冠，正釋放著王者威嚴。

牠話剛說完，霍地動了起來，速度快得連我也只捕捉到幾個殘影，竟是比先前又快了許多，也許牠正在不斷適應著牠的新身體吧。

我感受著身前湧過來的巨大力量，急忙躲閃，胸前一涼，一隻龍爪已經在我身上留下了數道血痕，還好我及時躲過，否則一定被牠無堅不摧的金爪在胸前開了一個大洞。

金龍並沒有因爲我的慶幸而停止攻擊，一波又一波的攻擊快得連讓我思考的時間也沒剩下，我的靈覺已經發揮到最高，全憑著自己的靈覺，我才躲過了金龍的屢次攻擊。

永無止盡的攻擊，說明牠好像並沒有與敵人說道理的習慣。我匆忙在牠的龍尾下穿過，避開牠龍尾的橫掃，忽然頭頂傳來壓力，巨大的龍頭霍然出現在我腦袋上方，見我驚訝地仰頭望牠，忽然張開大嘴。

兜頭灌下的是傾瀉而下的金幣，我吃驚地盯著如同雨下的金幣，心中只泛起一個念頭，自己將會有一個純金做的墓塚。

我大聲叫喊著被金幣給砸落下去，幾乎在一瞬間我就被堆成小山樣的金幣給埋了起來。我心中苦笑不已，自己恐怕將成爲有史以來第一個被金幣活埋的人類。

我被埋在金幣中，心中卻興起一個奇怪的感覺，不過在我還沒來得及細細體味這種感覺時，外面的地面轟然震動，一個沉重的物體落地。

一股天性的威勢隱隱威懾著我。

我霍地從金幣中衝出，雙拳一振，全身的勁力瞬間全部蘊集在雙拳上，充滿爆炸性的能量在雙拳表面泛起一層奇異的光芒，隱約有電光「嗶啵」作響。然而金龍在面對我的最強一擊時卻面露譏色。

覆蓋在牠身上的金鱗忽然聳立而起，對我一聲巨吼，一股狂風席捲而來，我逆風而上，雙拳如願以償的重重轟擊在牠身上。

牠被我擊中的部位好像受到雷擊，鱗片焦黑紛紛脫落。然而我也並不好受，全部力量都用於攻擊，手部防禦力量薄弱，被金幣鱗片給刺得鮮血直流。

金龍毫不在乎地盯著，我愕然地發現牠受傷的部位竟在快速的癒合中，我簡直不敢相信自己至強的一擊甚至連一點輕傷都沒有造成。我暗暗心驚牠的防禦力和復原的速度。

我也不示弱的向牠揚了揚我的雙手，我的復原速度也是相當快的，一點小傷甚至在說話的工夫就已經癒合了。我幾乎可以感覺到手部有涼涼的感覺，那是生長出來的新肉剛暴露於空氣下的感覺。

忽然我發現牠的眼神中第一次露出驚訝的目光，我低頭望去，發現自己的手上的傷基本上已經癒合，唯獨手指間殘留著些綠色的液體。

我的血液不會變成綠色的了吧。金龍可沒有給我太多的時間思考，一聲狂吼連著強勁的狂風呼嘯著要將我捲到半空中。

我來不及管血液的事，大喝一聲，就欲急速閃身避過呼嘯而來的狂風。

陡然腳下傳來令我怪異的感覺，說不上來，但是面對狂勁的大風，心中卻生出藐視的奇怪情緒，大風在瞬間襲體而來，旋轉著要將我撕碎。不過我依然坦然面對，彷彿一個局外人站在風中任牠肆虐。

奇怪的是，看氣勢可以將一座山給移走的勁風卻無法動我分毫。

這是一種什麼感覺，好像很安全，我在風中悠然的思考著問題。

我巍然不動彷彿一棵生長了數百年的攀天大樹，即便再狂勁的風也無法令我心怯。

「啊！」我明白了，這是一種腳下生根的感覺。

一瞬間我明白了一切，本來護著我的層層光圈中，最外層的綠色能量圈已經附著在我身上，是體內的那個小樹人在幫我。

根據我在那個精靈星球學的一些魔法知識中所說，金屬的力量可以生出轉化爲樹木的力量，想必是這些金幣刺激了小樹人的力量吧。

當年在第四行星時，那樹窩中最長的那位樹人在將樹人的力量傳給我時曾說過，當我本身的力量超過他傳給我的力量時，我就可以修煉這股力量，同時具有樹人的本領。

現在看來，我的修爲已經超越隨著我一起成長的小樹人的力量，所以我才可以使用他的本領而不會被木化成一棵不能移動的大樹。

金龍又一次露出驚訝的目光，牠恐怕無法想像，我何以看起來如此輕鬆地站在他施展出的狂風中，我悠然一笑，自如的從風中走出，雙手極優雅的徐徐揚起，五指倏地張開。

十隻柳條極快的向牠纏去，嫩綠的柳條像是在空中蜿蜒飛翔的綠色小龍，扭動著身體，在牠反應過來之前，我已經分別把牠給縛住。

左手纏在牠頸部，右手縛住牠的尾巴，令牠首尾不能相顧，金龍使力地扭動著身體，妄圖掙開我的束縛。金龍的力量非常大，幾乎要把我的手臂從我的身體中分離開。

所幸我的腳下生出萬多根分枝，牢牢地插在地下，任牠使出千鈞的力氣，我仍然輕鬆穩站地面之上。

金龍凝望著我，神色中有一絲不易察覺的凝重，道：「沒想到你是妖精一族的，既然你不是人族的，我就要用更高級的力量來對付你！」

我撇嘴一笑道：「你是在嚇唬我嗎，更高級的力量又怎樣？」

說著話，我倏地緊收雙手，柳條迅速緊縮緊緊將牠禁錮著，金龍瞳孔猛的收縮，顯然牠感到了劇烈的疼痛，我鬆開左手，抓著牠的尾巴，把牠在半空中甩動，口中調侃道：「你剛剛害我又被骷髏追殺，又被金幣埋，現在也讓你享受一下頭暈目眩的感覺。」

我抓著牠不斷的在空中打著圈。

最後一圈我將牠扔了出去，在空中旋轉著的金龍完全不辨方向，一下子狠狠撞在百米外的牆壁上，牆壁頓時被撞得凹進去一大片。

暗中有一對眼睛一直在注視著這場震撼的戰鬥，當牠見到強大的金龍被那個讓自己很生氣的人給向著牆壁扔去的時候，禁不住閉上了眼睛不忍目睹金龍的下場，隨即又歎了口氣，一副很煩惱的樣子。

我感歎這個戰鬥場的堅固，在承受了金龍那近千斤的力量仍然能夠不塌陷，想來這個戰鬥場在當年建築的過程中受過特殊處理。

片刻後，金龍忽地站了起來，望著我忽然道：「樹人族嗎！妖精族除了聖族誰也無法比我們族人的強大，我讓你見識一下龍族的強大力量。」

我呵呵笑道：「聽說在猴族中有一個『百臂猿』族曾經不也令你們很煩擾嗎？難道這裏的安逸環境已經讓你忘了這個曾經很強大的種族嗎？」

牠望著我，忽然道：「我第一次看到樹人族也有你這麼喜歡說話的異種，讓我們用實力來說話吧。」

牠搖搖了巨大的龍頭，恍若無事的樣子，站了起來，憤怒的從腹部發出陣陣如雷鳴的低吼，陣陣波動好像要把空氣也帶著一起震動起來。

吼聲在我身體外震動著，那層層的侵襲，令我十分難受。

空氣彷彿變得黏稠，使人寸步難行。

我鼓動著體內的力量，將牠發出的震動給排除在體外。

半晌後，金龍縱身飛到空中，俯視著我道：「沉睡了數百千年，連召喚力量也要費這麼長時間，不過足以收拾你了！」

我抬頭望著他，心中道：「這傢伙可能太習慣高高在上的位置了，說話時總喜歡飛到我的頭上和我說話。」

我冉冉地飄上半空，從牠眼前一直升到他腦袋上方，呵呵笑道：「如果你還只會給我吹吹風，那就不要獻醜了。」

我正要接著說，忽然瞥見金龍眼中閃過一縷得色，我詫異的瞬間，已經明白自己不應該飛到天空上的。

樹人族只有在地面才能發揮出最強的力量，我飛到天上不是以己之短攻敵之長嗎！

金龍在我後悔的一瞬間發動了進攻，在牠進行了所謂的召喚力量的動作之後，牠的速度果然更加迅疾，好在我的力量中融入了小樹人的力量，比之前也要強大不少。

匆忙之中，我急忙閃身避過牠的攻擊，金龍一擊不中，驟然轉身，龍尾狠狠的向我抽來，我手一抬，手指生出藤蔓，眨眼的工夫已經纏在牠身上，隨著牠在空中蕩漾，我險之毫巔地避開牠大力的一擊。

我隨著牠在半空中飛動著，令牠無法正常攻擊我。

突然身體一鬆，我抬頭望去，原本纏在牠身上的藤蔓不知何時已經鬆開了，我如斷線的紙鳶在天空飄蕩。

我迅速的向地面飛去，沒料到金龍迅速判斷出我的意圖，極快的向我飛來，強悍的身體向我猛烈撞擊而來。

匆忙之中，我驀地一掌對牠向我疾飛而來的身體重重拍去。

對方傳來的大力逼得我向後拋飛，同時手心傳來一股熾熱之力，我才明白爲何藤蔓會輕易鬆開自己的吸盤。

我借著牠的力量迅速向著下後方退去，在牠後悔前我已經落到地上。一落到地面腳下便生出千絲萬縷的根系扎入地底，望著在半空中盤桓的金龍，我有意向牠顯示著我的力量。

攤開手掌，一粒種子在我手中迅速發芽、抽枝，茂盛的嫩葉在我手中生長，數枝嬌豔欲滴的紅玫瑰在綠葉中長出，眨眼間，綠葉全部消失，只剩下三朵最嬌豔的花朵被我抓在手中。

我倏地抖腕，三朵玫瑰像是三隻急速的羽箭向著牠飆射而去。

牠如若被其中任何一枝玫瑰射中，我可保證牠像我一樣，連身體中都能長出花朵來。

我也不知道是怎麼做到這種匪夷所思的事情。這種本領就好像早就存在我腦子裏一樣，我只是把它取出來而已，我可以隨心所欲地使用任何一種小樹人都具有的技能。

小樹人好像感受到我的念頭，我的腦海中頓時浮現出一些奇怪的植物模樣，及它們所具有的獨特本領。我頓時生了獵奇之心。

很顯然金龍深悉樹人族放出的來古怪玩意是萬萬碰不得的，雖然牠不明白這三朵美麗的花會產生什麼樣結果，但牠更願意用安全的方法來解決，三片金色鱗片倏地將我的三朵玫瑰給打落。

我招了招手，在我身體周圍迅速生長起一簇簇的奇怪植物，它們生長得很矮，根部更像是一蓬雜草，漸漸一個細細的莖樹立起來，一朵大花慢慢張開。

望著金龍疑惑的目光，我對牠嘿嘿一笑，道：「注意了，這次可不比上一次那麼容易對付了。」

暗中的那對機靈的小眼睛也納悶地望著這些突然生長出來的植物，搔著牠頭上一小撮毛髮，搞不懂這些看起來很柔弱的植物有什麼用。

我招了招手，在我腳下迅速生長出一簇簇彼此相擁的植物，像是一蓬蓬的雜草，在草群中，十數個看起來並不太粗的枝幹伸長上來。枝幹的頂端開著一朵很普通的花，既沒有招展的枝葉，也沒有鮮豔的顏色。

唯一使它與別的花不同的是，在原本應該長著花蕊的地方卻是空的。

金龍盤旋著盯著這些我搞出的玩意，我對牠一笑道：「準備好了嗎，我要開始了喲，預備，發射！」

金龍吃驚地望著數十顆花籽向自己射來，趕忙彈出身上的鱗片將花籽給擋住。我從小樹人的記憶中得知，這些植物是一種罕見的群生植物，平時由花射出花籽將獵物給射下來，下面那些雜草樣的東西就會迅速分泌著黏液將小獵物給沾住，然後慢慢消化美餐。

金龍冷冷地望著我道：「拿出你的真本領，這些小把戲是無法打敗我的。」

「是嗎？」我故作驚訝地道，「那看看這些夠不夠！」在我的意念下，植物的力量迅速催化出更多的這種植物，一時間在我前後左右長滿了這種古怪的生物，我促狹道：「小心了，這些花籽打在身上會很疼的，不過你不用擔心，它們並沒有其他傷害力。」

躲在角落中的那對小眼睛張大了嘴巴看著這些漫山遍野的植物，默默的對著金龍嘿嘿賊笑起來。

我念頭一起，無數的花籽劃破虛空向著龐然大物射去，黑壓壓的花籽幾乎將半邊天空的光都給遮住了。

我呵呵笑望著金龍，心中道：「就算你把身上的鱗片給拔光了，恐怕也無法對付的了這麼多的花籽吧。不知道一隻沒有鱗片的龍會是怎麼樣的，會像拔光毛的小雞那麼難看嗎……」

心中不斷轉動著齷齪的念頭，臉上也流露出會心的傻笑。我不知道在一個不爲自己所注意的角落有個小東西也在轉動著和我一樣的念頭，眼睛中分明都是幸災樂禍的賊笑，卻不想想，是誰爲這隻可憐的金龍帶來的災難。

金龍陡然張開巨口，伴隨著龍吟出現在空中的是尖嘯的大風，向著花籽吹過去。奈何花籽乃是極微小之物，受力面積十分有限，只有一部分花籽被吹偏離了方向，而更多的花籽紛紛打在龍鱗上。

就像是一個人走在雷雨中，雨滴雖大卻不能傷害人半分，但是被雨滴一直擊打的人，心中卻絕不好受。這是一種心理作用，現在的金龍就是這樣的感覺。望著我的眼神中閃爍著憤怒的情緒，突然向著我吐了數個霹靂，閃著青幽幽的光芒，在看到的瞬間已經來到了我面前。

在我堪堪躲過，飛到另一邊的時候，耳邊聽到「隆隆」的雷響。

我轉頭看去，雷火將我召喚的植物焚燒得一乾二淨，地面只留下黑糊糊的一片。

我歎道：「殘忍！」

金龍向我示威似的悠悠地飛到在被燒得光禿禿的那群植物上面。

牠威嚴地道：「我說過這些小把戲對我是沒有任何作用的。」牠倏地欲飛起，向我發起進攻，陡然發現四隻龍爪被牢牢地黏住了。

我記起地面那些黑油油的液體就是那種植物在死之前分泌出來的黏液，可憐金龍自己挖了個坑，卻自己跳了進去。

我毫不猶豫地飛躍上去，騎在牠身上，對著牠堅硬的鱗甲，飽以老拳。灌滿了氣勁的拳頭頓時把牠打得慘叫怒吼。我正打得高興，屁股下忽然傳來一股熱力，我立刻機靈地躲開。

熾熱的熱量只花了不到一秒鐘的時間，就將黏液給蒸發乾淨。

暗影中的小傢伙一臉壞笑地看著眼前彷彿兩隻爭鬥公雞的一龍一人，卻忘記了自己來這裏的意圖。看到得意處，也不禁對著場中兩人指手畫腳。

我一見牠脫困，立刻飛到空中，遠離牠，看到牠恐怖的霹靂與雷擊，天知道牠在暴怒下還會施展什麼手段，還是遠一點有安全感。

牠目不轉睛地盯著我，我心虛的在戰鬥場地的邊緣地帶遊走。牠突然向我打了個驚天動地的噴嚏，一股洶洶大水倏地憑空產生，興起數個巨浪向著我直撲而來。

我踩著浪尖化險爲夷地避開滔天巨浪，在幾息的工夫，戰鬥場中已經灌了一半的水，有七八米之高。我心中驚駭無比，龍族果然厲害，只不過幾個噴嚏而已，竟然能生出這麼多的水。

金龍已然潛到水中，看牠在水中靈活的動作，好像比起在天空更加如魚得水。雖然我水性也不差，但是只要一想到這些水是他的噴嚏變成，我就有點不大樂意把整個身體浸到水中。

在水域的一角，不斷有細小的氣泡從水中冒出來。那個一直在偷窺的小傢伙像是身上有吸盤一樣，緊緊地貼在牆壁上。

我召喚出小龜，坐在牠身上。每當金龍露面的當兒，我立即讓小龜吐出泡泡將牠給套住。

最初牠沒有防備被小龜的氣泡給套住，沒想到無往而不利的氣泡，只困住了牠很短的時間，就被牠頭頂的利角給戳破。

金龍不得已專門在水中興風作浪，不時有巨浪無風而起，咆哮著向我和小龜壓下去，幸虧小龜也有操控水的能力，總能使我們化險爲夷。

我忽然心生一計，一瞬間水面長滿了各種浮萍草，不但擋住了牠的視野，而且更具別的作用。

我鼓動內息生成股股小風，浮萍草在水面飄動起來，而且在浮萍草中，傳出悅耳聲音，彷彿風笛嗚嗚、清鈴幽蕩。嫋嫋漂浮在水面，在我和金龍破壞力極強的攻擊中也算是難得的和平之音。

聲音很輕，聽起來使人心中漸漸平靜起來，再出不起那殺伐之意。

小傢伙在水底鬱悶地望著水面一片綠色，忽然脫離牆壁向上游來，趴在一簇浮萍上，望著眼前彷彿鈴鐺的一樣的不起眼小花，不知道爲什麼能發出這種好聽的聲音。

試探地伸出小爪子向著小鈴鐺碰去。

驟然水流分開，一個不恰當的巨大龍頭從水中探出，尾巴陡然從水底抽去，使勁的向著水面浮萍草拍去。

「轟！」

響亮的爆炸聲連環似的響起，金光耀眼的一條尾巴被炸得如同炸黑了的雞翅。此草名叫「兩面草」，聲音悅耳，大力擊之產生強烈爆炸！

第八章　火鴉樹

小傢伙目瞪口呆地望著金龍的尾巴，低頭看看自己面前鈴鐺一樣的小花，禁不住咽了口口水，小心翼翼地收回自己的爪子。

我望著金龍聳了聳肩道：「我忘了告訴你，這些小花雖然看起來很可愛，實際上卻是很恐怖的，一旦受到撞擊就會發生爆炸，你真是不小心。」

金龍並沒有如我預料的那般暴跳如雷，反而是盯著我，大口大口地喘著氣，忍著心中的怒氣。我幾乎可以看到牠噴出來的熱氣。

想必牠忍得是蠻辛苦的，其實我一直也很苦惱，這個傢伙出奇的強，一系列的打擊並不能對牠造成什麼樣的傷害。如果我不出「煙霞」，以我眼下的力量無法對牠造成實質性傷害。

我將小龜封印回去，輕鬆地站在水面，俯身摘下一隻小花，湊在鼻尖嗅了嗅，我向著牠道：「你看，這些小花看上去都十分纖弱，但是它們爆發的威力卻令人不敢容忽視，你必須像我這樣溫柔地對待它們。」

金龍再也忍受不住壓抑的怒氣，發洩的狂吼，懾人的氣勢，滔天巨浪像是隻憤怒的水龍，淹沒了一切，被我召喚出的植物在頃刻間被巨浪給顛覆，花朵在水中發生強烈爆炸，水波濺射，悶聲不絕於耳。

我閃身飛到半空在浪花中穿梭。金龍望著我肅容道：「小花招在絕對的實力下根本不值一提，不要再玩那些小把戲，你根本是在浪費時間，拿出你的實力，打敗我，你才有活下去的資格！」

牠的話提醒了我，我的時間不多，不能浪費在這。

我微微笑道：「如你所願！」小樹人的力量如退潮一樣迅速從我體內褪去。在我召喚下，小白狼迅速與我合體。

一道光柱圍繞著我，全身被一些明亮而又神秘的白點所環繞，亮點越來越明顯，化爲一隻奔跑中的小白狼，光帶旋轉中，我的身體迅速完成了改造，強橫的力量在體內澎湃，鋼鐵一樣的肌肉將衣服撐破。

我驀地一聲大吼，音波在偌大的戰鬥場中迴盪。

金龍望著我的突變，眼睛射出一抹亮光，道：「精靈族中的狼人的力量！你竟然可以施展兩種強大的力量，真是讓我吃驚，也許我小看你了。呵呵，不過我覺得你的力量還不止於此，展現出你最強的力量吧。」

我略微詫異，他竟可以察覺到我體內的另一股力量，龍之力啊！這麼強橫的力量我甚少使用，太依賴不屬於自己的力量會使我的修爲懈怠，所以我在大多情況下都是只使用自己的力量。

我哈哈大笑道：「我也小看你了！既然你要看我最強的力量，那我就讓你見識一下，我至強的力量吧！」心念剛動，龍之力就已在我體內蠢蠢欲動，眉心一熱，一道龍的封印在這開啓，紅色的氤氳從此蜂擁而出，這是至剛至強的力量，我自然而然地散發出一股霸氣！

這是與金龍一樣的王者的霸氣。

金龍不可置信地盯著我，紅色的氤氳形成一隻龍的模樣，在我身上盤旋而上，長髮在身後飛揚，超乎天地、蔑視一切的強大力量在體內跳動，如果我不是體會過更強的力量，差點就陶醉在這種磅礴的力量之中而無法自拔，大地也彷彿被我踩在腳下。

我嘴角抽出一抹笑意，望著他淡淡道：「這就是你想見到的力量了。」

我厲喝一聲，雙手交叉，一把蘊集了摧枯拉朽的力量的巨劍在瞬間形成，強大的力量不斷的向四周濺射像是燃燒著的火焰。

我驟然升起，踏虛而行，巨劍狂斬而下，這一擊的力量可以將一座小山給劈為兩半，金龍眼中滿是驚訝之色，金色的巨尾陡然甩動，身體倏地改變了方向，向著另一個方向飛去，躲開了我的攻擊。

巨大的能量之劍像是一個小巧的玩具在我手中靈活的轉動，一擊不中，我立即將巨劍拋接左手，反手再劈下去。

金龍大喝道：「住手！」

我停下手來，悠然地道：「你不是要看我的真正實力嗎，莫非你要打退堂鼓嗎？只要你打開出去的通道，我自然會放過你。」

金龍盯著我道：「我一定會打開出去的通路，不過，難道你不知道龍族的規矩嗎，抑或你是剛剛接受力量的初生龍？」

我愕然地望著牠，想不到我隨便說的話，牠竟然一口應承下來，我道：「龍族的規矩？什麼規矩？」心中想到，牠一定誤以為我是牠們龍族的人了，不過我自出生就擁有龍的力量，勉強也算是一條龍吧！

金龍嚴肅地道：「龍族為了避免族內的自相殘殺，立下龍族十條規矩，第一條就是嚴禁龍族間自相爭鬥，凡是犯規者都會受到詛咒。」

我道：「難道龍族就不會有恩怨嗎，兩隻龍之間有了矛盾該怎麼辦？」

金龍道：「自然會有龍王來處理，族內之間不可化解的矛盾，都會以兩人的實力來定奪，這裏就是龍族的戰鬥場！所有的恩怨都必須在這裏解決，不可帶到外面。」

我感慨的往四下望了一眼，難怪這裏的場地會這麼堅固，要是弱一點，根本無法承受龍族那天生的力量！

我微微點了點頭，道：「原來龍族還有這樣的規矩嗎？還不錯的規矩。」

金龍道：「族人遷出此地後，我按照各族的約定以沉睡的形式守在這裏。經過漫長的寂寞歲月，不過我終於解脫了！」

我納罕不已，龍族的壽命真是長久，竟然一守就是萬年的時間。真難爲牠可以睡這麼久，不過牠說現在可以解脫了，好像話中還有別的意思，我問道：「你說的解脫是？」

金龍心情看起來不錯，道：「我是龍族最強的戰士，所以被強迫留下守護龍宮，按照約定，當我找到一個替代我工作的龍，我就可以離開這裏了。」

「等等！」我望著牠，本已放鬆的心，頓時警覺起來，「你不是打算讓我來做那個替代者吧，想都別想，我勸你別打我的主意，我是不會答應你的，如果你要用武力，我會讓你後悔從沉睡中醒過來。」

心情極度冷靜，力量卻非常暴躁，我冷冷地盯著牠，如果牠要我替代牠，我將會不惜一切代價讓牠永遠沉睡，殺龍對我來說不是第一次了，我也不介意再做一次！

金龍錯愕地望著我，顯然我的力量迅速提高使牠明白，一旦說錯話，將會爆發一場牠生命中最艱難的戰鬥，也許是牠最後一場戰鬥！

我近乎冷酷地望著牠道：「我之所以來這裏，是爲了尋找回家的路，誰也無法將我禁錮在此，任何人都不能阻擋我！」

金龍忙道：「別緊張，別緊張，我當然不會把主意打到你頭上。你知道嗎，此刻在龍宮中，並非只有你我兩隻龍，還有一隻龍！」

「還有一隻龍！」我怔了一下，隨即冷冷道：「別妄想用假話來騙我，你明明說過龍族已經在萬年前離開這裏，所以根本不可能有另外的龍存在。」

金龍從容道：「那只是表面的話，事實上三族中都有各自的族人留下來！所以在我們不知道的地方一定還有龍族存在的！當我甦醒的瞬間，我就已經感覺到在龍宮中有一隻龍，卻沒想到你也是我龍族的！」

我冷哼道：「我怎麼能相信你？」

金龍道：「龍宮被人提前開啓，你知道這是爲什麼嗎？」沒等我回答，牠又接著道：「那是因爲有龍族的人在開啓龍宮！『龍宮寶藏』每次開啓都是有固定時間的，只有龍族的人才具有將龍宮提前開啓的本領！」

他望著我，忽然露出一個非常人性化的笑容道：「你完全可以相信我，要將一隻龍做我的替代者，那隻龍的實力必須比我要差，否則我是無法做到的。你的實力要高過我，我根本無法讓你成爲替代者。除非你是自願的。」

我不動聲色道：「爲什麼需要對方的實力比你差？」經驗告訴我，我不能隨便相信任何人說的話，尤其是你的敵人。

金龍道：「三族合力制下的禁咒植入在我的體內，我只有將這個禁咒烙印打入另一隻龍的身上，我才能擺脫禁咒的制約。你的力量強於我，我是沒有能力將禁咒輸入到你體內的。」

我淡淡道：「聽起來好像是真的。」

金龍道：「這當然是真的，我可以讓你看看禁咒！」在牠說完，體外忽然出現一排排奇怪的字元，閃動著不同的光芒，我可以感覺到上面散發出來的力量，看起來倒真像是禁咒。

我沉吟了一下，決定不能冒險，我道：「請把通道打開！」

金龍愕然地望著我，道：「看來你還是不願意相信我。」

我淡淡道：「我不想分辨你說的是真是假，現在我要離開這裏，請把通道打開，否則我只能靠我自己的力量……」

金龍歎了口氣道：「我真不明白你在怕什麼，你具有強大的力量，作爲龍族最強的戰士，你比我還要強，這世界上還有什麼值得懼怕的嗎？」

我淡淡道：「這世界上很多事，不是力量可以決定的！」

金龍淡淡望了我一眼，兩眼直視前方，澎湃的力量在牠身邊鼓舞，陡然雙眼射出綠光，一扇巨門倏地在牆壁中顯現，一個幽深的通道出現在門之後。金龍望著我道：「出了這個通道，你會達到另一宮殿。」

我望著通道，心中猜測這會不會是另一個陷阱。

金龍忽然又道：「你擁有強大的力量，龍宮中唯一能讓你感興趣的恐怕只有那一樣東西。」

我向牠笑了笑，轉身向通道走去，幾次呼吸間，我已經消失在通道的盡頭。

金龍凝視通道的雙眼好像可以穿透虛空，半晌後，喃喃道：「一個倔強的孩子，擁有強大的力量，卻有一顆不帶欲望的純潔的心，以他的心靈是不可能停留在寶藏之廳的，更不會令十二金骷髏甦醒。」

角落裏，一個模樣古怪的小傢伙此刻見到金龍自言自語，眼神中露出慌張的神情，探頭探腦的向著金龍望了一眼，陡然雙翅相擁，一團火花倏地生出，替代了牠的位置，就在牠即將消失的剎那，忽然一股無可抗拒的力量將牠給困住。

一片金光下，小傢伙無所遁形，露出牠古怪的小身體。

金龍嘴角顯出一抹笑意，笑看著牠道：「呵呵，我就知道是你這個小傢伙做的壞事，你應該在龍宮外管理群獸，怎麼私自跑進來了。」

金龍爪子一揮，包著小傢伙的金光立即消散，小傢伙親昵地飛過來，在金龍的臉頰磨蹭，不時發出「啾啾」的低聲。

金龍好像並不在意牠的動作，面含笑意地道：「是不是你把那個人引導到我看守的寶藏之廳？幾百年過去了，你還是那麼愛捉弄人。」

小傢伙見金龍沒有責怪牠，眼睛頓時笑得瞇成一條縫，站在金龍的鼻子上，神氣活現的「啾啾」的叫著，不時還揮動自己短小的四肢，口沫四濺，最後哼了兩聲，吐了兩口口水坐在金龍的鼻子上喘氣。

金龍呵呵笑道：「怪不得十二金骷髏會被驚醒，原來是你偷拿了財寶，不過我要告訴你，那個人是我所遇到的強者中最強的一個，只有他有可能打破三族協議的束縛，你要好自爲之了！」

金光中，金龍變成一片虛影，倏地憑空消失了。只剩下成堆的財寶從半空中跌落，堆滿了戰鬥場。小傢伙望著金龍消失的地方，思考金龍所說的話，有些不明白地搔了搔腦袋。

忽然露出一抹賊笑，向著牆壁上的通道極快地飛去。牠沒想到那個人的力量會有這麼強，連龍宮中最強的守護者都打得過，更沒想到，那傢伙會變出那麼多有趣的小玩意，把金龍整得焦頭爛額，實在大大合自己的胃口。

小傢伙一邊想著，一邊向前方追去，因爲牠又想到了一個很好玩的主意，也許這次可以幫牠報仇也說不定。

我從通道中走出來，眼前出現另一個豪華的宮殿，心中忖度著剛才那隻金龍說的話。我心中有些後悔，也許牠知道「定海神針」在龍宮中的位置，如果牠能告訴我，我就不用這樣全無線索地碰運氣了。

不過，我也不大能信得過牠。牠是龍宮的守護神，不一定會允許有人將龍宮的寶物取走。何況之前我按照玉扇的指示取三件財寶，結果只拿了兩件，就出來十幾個很強的金骷髏，這實在讓我懷疑牠的話的可信度。所以我還是決定自己去找。

不知道是不是因爲「龍宮寶藏」被提前開啓的緣故，聖王告訴我的一些龍宮中的機關要麼不見了，要麼就是移了位置。我所知道關於「龍宮寶藏」的機關全都沒了用處。

按照之前我和聖王的估計，我從正殿走很快可以達到中間位置，但是決不會出現那個奇怪的寶藏，更不會出現那種強大的守護者。

我邊想邊走著，接下來的一天，一路很順利，並沒有觸動什麼機關，更沒有遇到什麼稀奇古怪的東西。只是偌大的龍宮空蕩蕩的只有我一個人在走，難免有些冷清。

這一天讓我對於宮殿的建築大開眼界，這裏的豪華奢侈，猶在龍淵大帝的府邸之上。忽然我想到「龍宮寶藏」開啓已經有兩天了，爲什麼都沒見到其他的人，至少「一后四帝」都已在這裏了，卻一點也感覺不到他們的存在。我不禁加快步伐，他們是我的最大競爭者，我一定要趕在他們之前找到「定海神針」。

不過我一個人找，實在有點太慢了，如果有人幫我的話……

想到這，我心中忽然生出一個念頭，我可以放出自己的寵獸，讓牠們幫我找，憑著牠們和我之間的感應，如果不是太遠的距離，我就會立刻察覺到牠們的存在。

七小和「似鳳」仍在陰陽教的總部，在我身邊的只有小火猴和大地之熊，不過有牠們倆的幫忙，我的機率已經增加了兩倍。

我隨即召喚出兩小，向兩個小傢伙表達了我的意思，兩小與我心意相通，分別向著與我不同的兩個方向奔去，我一直向前走去。

又過了一天，大地之熊一無所獲，並已走到了路的盡頭，被我召喚了回來，小火猴仍然在找尋著。時間越來越緊迫，寶藏外面的光圈不知道消失沒有，一旦消失，外面那些覬覦寶藏的妖精們就會蜂擁而進，離寶藏關閉的日子就不久了。

同一時間，在龍宮的外面，光圈越來越淡薄，逐漸已經看不見了顏色，大膽的妖精們試探著穿過光圈，當他們發現光圈已經失去了防禦力量時，頓時瘋狂的向著四大殿門擁去。

守護在殿門外的怪獸們紛紛從雕塑中甦醒過來。使用自己無比強大的力量守衛著大殿。

聖王凝望著殺戮四起的人群，低聲喃喃自語道：「這些守護獸應該會在光圈消失的時候都進入沉睡，現在爲何卻甦醒了，難道寶藏的提前開啓，使一切都發生了變化？」

「通臂猿」族的兩位長老仍守在聖王身邊，身高的長老道：「聖王，我們在這三天了，仍未見到樹帝、龍淵大帝、狼帝，會不會他們已經進去了，我兄弟倆是不是要現在進去……」

聖王沉思了一下，道：「這事透著蹊蹺，『龍宮寶藏』的提前開啓一定和他們三人有關，恐怕寶藏中的機關也會因此出現變數，希望依天兄弟能夠一切順利，他們三人想必已經進入寶藏，兩位長老立刻進入寶藏，助依天一把。」

兩位長老應了一聲，帶著數十人精悍的隊伍向著正殿飛去。

四周的妖精越聚越多，守護殿門的怪獸雖然都擁有非凡的力量，但是亦是有限，無法顧及成百上千的妖精。有幾隻特別靈活的妖精，趁著怪獸對付其他妖精的時機倏地飛進正殿。

二老帶著手下向著怪獸撲去，陡然，三聲響亮的霹雷聲，剛才投機進去的幾隻幸運的妖精變成三具黑炭從裏面飛了出來，一連撞倒了在天空中的十幾個妖精才餘勢未歇地落到海水中。

一道金光閃過，場面忽然靜了下來，只有海浪聲在四周傳播。

眾人驚駭莫名地望著天空中出現的龐然大物，如果傳說是真的話，這個就是傳說中最強大的種族——龍！

金光閃耀，凜然不可侵犯，兩對龍眼大若燈籠，釋放出的神芒令所有人都不敢逼視，睥睨一切的眼神令守護正殿的怪獸們都緊張地趴伏在地上，大氣也不敢出。

場面靜得可以聽到自己的呼吸，龍傲然地掃過眼前的生物，沒有說一句話，倏地又消失在眾人面前。

被眾妖精攻擊的岌岌可危的四殿在龍出現後，陷入了一種絕對的安靜中，受到強大傳說中龍族的震懾，妖精們不知道是否仍有膽量妄圖衝進龍宮中。

兩位長老等著聖王的旨意，事實上聖王也不知道該如何繼續早已訂下的計畫。

「龍宮寶藏」一直都是無主之物，從來沒聽說過，仍有龍族留在龍宮中。

面對著突然出現的龍，聖王陷入了迷惘。

時間又是一天過去，經過一夜的思考，聖王決心不可使自己的兄弟一個人在寶藏中冒險，龍的出現表示著在寶藏中的眾人將會遇到更大的危險。

兩位長老領著眾人闖進了寶藏，平靜了一天的妖精們看著有人闖進寶藏中，頓時騷動起來，漸漸的騷動發展成爲激烈的戰爭。

聖王不知道龍阻止所有人進入「龍宮寶藏」的原因，他更不知道，這隻龍已經與我發生了一次激烈的戰鬥，而身爲寶藏守護者的金龍，出面阻止別人進入龍宮，是爲了將龍宮關閉的時間延遲。

這是牠唯一離開龍宮的機會，牠可不願意在龍宮關閉前還沒找到替代者。

龍宮中，小火猴在一條別致的道路上蹣跚地走著，這裏應該是龍宮的花園，雖然上萬年沒有人打掃，這裏的花草樹木卻依然旺盛依舊。

奇花異木遍佈四周，三兩隻彩蝶不時從小火猴的鼻尖翩然飛過，小火猴追上去，彩蝶撲扇著翅膀飛入花叢中，轉眼消失了蹤影。

小火猴心不在焉的邊走邊看，忽然一棵果樹吸引了牠的注意力，果樹高聳入雲，粗大得有七八人合抱，樹葉茂盛極了，枝頭綴著琳琅滿目的異果，芳香撲鼻，惹得小火猴垂涎欲滴。

小火猴連躥帶跳，三兩下就攀上樹去，選了個枝頭坐好，兩手抱著一個果子使勁摘下來，香氣不斷地鑽入牠的鼻孔裏，饞得小火猴口水不斷往外滴，用力啃了一大口，一股靈氣倏地鑽到牠體內。

沒想到這個果子一點不比聖域中極品桃子所含的靈氣差。小火猴越吃越陶醉，乾脆躺在一個枝椏上，尾巴捲著樹枝，翹著二郎腿，唾沫四濺的貪婪吃著這種未知名的果子。

當小火猴吃得滿意後，終於從樹上下來，捨不得地抱著一個果子上路了。走了一段路，忽然感覺不對勁，好像有什麼東西在跟著自己。

小火猴忽地轉身向後望去，卻發現後面空無一物，小火猴疑惑的又望了一眼，接著向前走去。此刻在牠身後不遠處的花草中，躲著一個小東西，一雙賊眼正露出僥倖的眼神。

這個小東西正是在我進入正殿時向我吐口水的那個模樣怪怪的小怪獸，望著捲著尾巴不時貪婪地啃一口火雲果的猴子，牠雖然奇怪以前怎麼沒有見過這個生面孔，卻從對方身上感覺到與自己類似的靈力。

就在牠思考的當兒，忽然發現前面的猴子不見了。

小傢伙疑惑的從花草中鑽了出來，搔了搔腦袋，搞不懂對方突然間跑到哪去了，小傢伙往前走了兩步，還是看不到，於是搧著翅膀飛著向前追去。

在牠飛走後，在另一棵長滿同樣異果的樹上，小火猴在枝葉間賊頭賊腦地露出了個腦袋，齜牙地對著向前飛的小怪獸發出「嘿嘿」賊笑。

那個小怪獸雖然是這裏的主人，卻又怎是小火猴的對手，長期與「似鳳」的對抗中早已練就了一副罕見的狡猾。

小火猴躺在樹枝上又開始吃起果子來，不大會兒，小火猴發現那個怪模怪樣的小東西又飛了回來。不過這早在牠的預料中。小火猴邊吃著邊注視著這個跟蹤自己的小東西。

身上肉肉的，長了一身柔滑的毛，不過要比自己身上的毛差很多。奇怪的是兩肋邊卻有一對翅膀，沒有羽毛是對肉翼，這種奇怪的情況，牠還是第一次看到。在翅膀上長有對短小的手。

最後小火猴下結論：「是個醜陋的怪傢伙。」

小火猴看著看著忽然生出了興趣，抬手要將手中的果子向下扔去，忽然想起什麼，比劃了一下果子又比劃了一下樹下的那個怪傢伙，想了想，張口猛吃起來，不大會兒，一個偌大的果子只剩下一個沒啃乾淨的果核。

小火猴嘿嘿笑了兩聲，向著牠擲了過去，果核分毫不差地掉在小怪物的腦袋上，小怪物被頭上掉下來的東西嚇了一跳，撿起果核疑惑地看著，又向著樹上掛著的果子看了一眼，搔著腦袋在想爲什麼會有果核掉下來。

小火猴齜牙咧嘴地望著小怪獸，心中笑得打跌，又給牠增加了一句評語：「一個呆頭呆腦的傢伙。」

小火猴意猶未盡的又摘來一個果子大口吃了起來，賊眼溜秋的不時望一眼樹下的小東西，心中在轉著其他的念頭。小東西想不出原因，隨手將果核扔到一邊，坐在樹下想著怎樣才能捉弄那個打敗了金龍的厲害的人。

螳螂捕蟬，黃雀在後。就在小怪獸想著怎麼捉弄我的時候，小火猴又已吃完了一個果子，小火猴一手捂住嘴，另一手又將果核扔了下去。在樹下思考的小東西並沒有防備，被果核砸個正著。

小東西非常氣憤樹上不斷掉下果核砸在自己腦袋上，撿起果核使勁向樹上扔去，眼神忿忿地盯著大樹，口中不斷的「啾啾」尖叫。

小火猴笑得連站都站不穩，心中搞不明白，這裏怎麼會有這麼笨的傢伙。等了一會兒，見牠不往樹上望了，小火猴又抱起一個果子大吃起來，聲音吧唧作響，小火猴邊吃邊往下望，彷彿捉弄牠已經讓小火猴生出了樂趣，不大會兒，又一個果核在牠手中誕生。

果核還沒砸出去，小火猴已經「吱吱」樂了起來，瞄準了目標，果核嗖的飛了出去，正落在小東西腦袋上，發出清脆的「咚咚」聲。

這次小怪獸終於發怒了，倏地張開翅膀向著大樹上飛來。

小火猴先是一愣，接著動作利索的幾個起跳，消失在茂盛的樹葉中，在小怪獸飛到樹上時，小火猴已經來到了地面，正躲在一簇花中向上偷望，要論狡猾，小怪獸無論如何也不是小火猴的對手。

畢竟小火猴也是在被「似鳳」的壓迫中，經受了慘痛的教訓才成長起來的，小火猴看著小東西被自己戲弄於股掌之上，情不自禁地露出一抹欣慰的賊笑，牠是第一次感受到戲弄別人的快感，以前都是被「似鳳」欺負，今天第一次享受到欺負人的樂趣。

小火猴偷偷摸摸的又順著大樹爬了上去。

小怪獸望著有一個大的枝椏上散落的零碎果肉，心中有些奇怪地搔著腦袋。

就在牠還在奇怪的時候，小火猴已經躡手躡腳地停在牠身後。

半晌後，小怪獸莫名其妙地轉過身來準備飛走，陡然眼前出現一個古怪的大臉，尤其那有雙眼睛露出令自己心驚膽戰的笑容。小火猴在牠轉身的瞬間，突然擺出一副怪相。

小怪獸吃驚之下，猛的向後退了幾步，卻不小心踩空，向樹下跌去。

小火猴望著牠掉落下去，嘿嘿賊笑著，動作輕快地來到了地面。

小怪獸望著站在身前肆無忌憚的笑著的猴子，心中想到剛才掉在自己腦袋上的三個果核，頓時明白過來，氣憤地望著眼前誇張大笑的猴子，倏地伸出舌頭氣憤的向著對方吐口水。

小火猴先是一愣，隨即雙手擂地笑得眼淚也出來了。氣憤的小怪獸陡然間雙眼放光，兩道火光倏地在小火猴的尾巴上燒起來。

牠準備給這個放肆的猴子一點教訓，小火猴望著自己尾巴尖上著起的火苗，又望了望眼前一臉氣憤的小怪獸，於是大搖大擺地走過去，燃燒著火苗的尾巴在身後悠然地搖擺。

小火猴來到牠身前，倏地伸出爪子凸出中間指頭的關節重重在牠腦袋上敲了兩下，「咚咚」的兩下好像把小怪獸給敲暈了。小火猴回憶著我敲「似鳳」暴栗的情形，心中興起一股莫名的竊喜。

突然的兩個暴栗讓小怪獸迷糊起來，望著眼前大模大樣的猴子，竟然忘記了反抗。

小火猴乃是操控火的力量的高手，小怪獸放出的一點點火苗根本無法對牠造成任何一點傷害，火苗在牠的尾巴上燃燒著，卻只是保持在尾尖的位置，也沒有發出一丁點異味。

小火猴一副囂張的樣子拍著小怪獸。小怪獸忽然醒悟過來，頓時發出尖銳的叫聲，火的力量不受控制地湧了出來。

小火猴見勢不好，掉頭鑽進了花叢中，如果真正比起力量，兩個小傢伙相差無幾，只是小火猴在與「似鳳」長期抗爭中已經習慣了使用狡猾的伎倆，而不是使用力量正面對敵。

數道火箭呼嘯著向著小火猴的背後追來，小火猴邊跑邊動用自己的力量，幾道火箭在身後無聲無息的消失了。

待在「龍宮寶藏」幾百年了的那個小怪獸還從來沒有吃過今天這樣的虧，「嗚嗚」叫著不肯甘休地跟在小火猴後面緊追不捨。

小火猴不時回頭望一眼，對著小怪獸齜牙咧嘴地擺一個鬼臉。

小怪獸很快就將小火猴跟丟了，論這方面的道行，牠還要好好的向小火猴學習，小火猴只是撲在一簇草叢中用青草將自己給遮住，小怪獸便把牠給忽略了。

小怪獸恨恨的在花草上方飛著，就在牠想著要如何報復這個壞傢伙的時候，忽然身下一株怪異的植物將自己給纏住了。

小怪獸張開嘴巴一口咬在植物的藤上，鋒利的牙齒像是兩把小銼刀，發出嘎吱、嘎吱的聲音，奇怪的是這株植物好像格外的硬，無論牠怎麼用力都咬不斷。

小傢伙快要氣瘋了，鼓動著腮幫，突然吐出熾熱的火焰。

「咦！」有人發出驚訝的聲音，那株植物很快被燒斷，在小傢伙還沒來得及脫困前，突然又多出幾根植物把牠纏住了。

小傢伙氣憤地吐出更多的火焰，牠已經在心裏發誓要把纏住牠的這個植物給燒成焦炭。突然一個人出現在牠的視野中，露出令牠感到邪惡的笑容，牠身體一緊，已被那人給抓到手中。

小火猴在離他不遠處驚訝地看著這一幕。

小火猴見過此人，正是樹人族的大帝樹帝。小火猴不知道他怎麼會突然出現在這裏。

小傢伙在他手中努力地掙扎著。樹帝嘿嘿地笑了笑，望著牠道：「有趣的小傢伙，帶我去找『定海神針』。」

小傢伙見他突然提到「定海神針」，不由得愣住了，驚訝地望著他，連掙扎都忘記了。

樹帝獰笑道：「小傢伙，我知道你聽得懂我的話，不要和我裝傻，你是被封印在『定海神針』上的圖騰獸，乖乖地帶我去取『定海神針』，否則就把你烤熟了吃。」

小火猴驚訝地望著這一幕，不知道樹帝怎麼會突然出現在這裏的。

小怪獸「嗚嗚」叫著極力在樹帝手中掙扎，無奈全身被枝葉牢牢捆住，外面還覆蓋了一層綠葉，只露出一個腦袋，像是一個粽子。

小怪獸突然噴出一道火焰直撲樹帝的鬍子而去，樹帝動作迅速的在空中將火焰擊滅，一揮手，小怪獸嘴巴上憑空被幾片綠葉封住。

樹帝望著牠道：「原來你是個會使用火的力量的小怪物，你只要把『定海神針』的位置告訴本帝，本帝就把你給放了，否則本帝就拔光你的毛，再將你扔到火中烤來吃。看你說不說。」

小怪獸望著樹帝兇狠的模樣，陡然「哇哇」大哭起來，淚水四濺。

樹帝伸手在牠腦袋上敲了兩下，惡狠狠地道：「快告訴本帝，『定海神針』到底被放在什麼位置，再哭，本帝就把你眼睛挖出來。」

小火猴躲在樹上，看著小怪獸被欺負，頓時義憤填膺，七手八腳摘了一堆果子放在手邊，抱起一個正準備狠狠咬下去，忽然又停住，看看樹下的樹帝的腦袋，又看了看懷中的果子，「嗤嗤」笑了幾聲，抱起一個果子向著下面的樹帝砸去。

正在逼迫小怪獸說出秘密的樹帝忽然感覺到頭頂有東西落下，微一閃身躲過了「滅頂之災」，望著在腳邊打轉的果子，狐疑的向樹上望了一眼，隨即又把注意力放在小怪獸身上。

小火猴在樹帝向樹上望時早已機靈地躲在一粗大的樹幹之後，見樹帝輕鬆地躲過攻擊，氣得齜牙咧嘴，同時抱起三四個果子，搖搖晃晃的在枝頭走著，然後將果子全向樹帝拋過去。

數枚果子在扔下去的同時被小火猴注入了火的力量，果子呼嘯著朝著樹帝飛去。這麼大的聲響早就引起了樹帝的注意，手向天空一伸，一道長滿棘刺的藤蔓在他手中生出，輕鬆抖腕，幾個果子被鞭子給擊中。

在果子被打中的同時倏地暴開，零碎的果肉化作火雨向著樹帝兜頭澆下，樹帝冷哼一聲，下一刻已經逸出了火雨的範圍。

樹帝心中很清楚樹上必定有人在搗鬼，否則不會出現這種怪異的情景。忽然一個金色的身影在樹梢上竄動，幾下就不見了蹤跡。

樹帝迅速向著樹上飛去，要抓著在暗中搗鬼的人。

小火猴靈巧的在樹上躍動，三兩下就從樹上竄了下來，躲在草叢中，向樹上望了一眼，「吱吱」笑了兩聲，飛快的向著被捆在那兒的小怪獸跑去，張開利牙向著藤蔓咬下去。

咬了幾下，才發覺藤蔓並不如想像中容易咬斷，小怪獸雖然奇怪剛剛欺負自己的猴子現在突然跑出來幫自己，卻感激涕零，早把剛才的事情給忘到腦後了。

小火猴氣憤地望著藤蔓，手腳並用，又撕又扯。最後一邊用火燒一邊用牙咬才勉強把藤蔓給弄斷，又扯去小怪獸嘴巴上的葉子，將小怪獸給徹底解放出來，面對小怪獸感激的目光，小火猴第一次嘗到了做英雄的滋味，努力地挺起胸膛，眉開眼笑地使勁拍了拍胸。

「原來是隻臭猴子！『龍宮寶藏』裏的東西都是這麼奇怪嗎。今天不得已本帝要嘗試一下猴腦的滋味了。」

一個陰冷的聲音在小火猴身後傳來，牠頓時感覺身後冷颼颼的，趕緊轉過身來，看見樹帝正獰笑地望著自己，情不自禁地退後一步，忽然感到小怪獸正躲在自己身後，一股勇氣瞬間在胸中產生。

一雙猴眼憤怒地望著樹帝，揚起拳頭向樹帝示威。心中卻在轉動著逃跑的念頭，怎麼才能擺脫眼前的笨蛋。

樹帝嘿嘿笑道：「小東西，看本帝怎麼拆了你的骨頭做湯喝。」

小火猴忽然瞪大了眼睛望著他身後，目露驚訝之色。樹帝不疑有詐，轉頭望去，卻發現並無異常，知道自己被一個畜生給騙了，憤怒地轉過身，突然眼前出現兩道火光明亮灼熱。

險至毫巔的瞬間，才堪堪用手擋住。熾熱的氣勁仍將眼睛燒得一陣陣發痛，眼淚不由自主從眼眶中溢出。隱隱感覺到半路出現的這個猴子不是一般的猴子，竟然具有不弱的力量。心中不由得產生了疑惑，難道聖王也在這裏，或許這隻猴子是聖族的小妖精吧。

旋即拋去腦中對聖王的恐懼，只要能夠把那隻怪獸給抓著，逼牠帶自己去取「定海神針」，只要得到「定海神針」，天下間誰人還是自己的對手，到那時還不是要風得風要雨得雨，無論是「一后四帝」還是聖王，都得看自己的臉色做人。

小火猴放出兩道驚人的火焰後，一把拉著小怪獸倏地向花草叢中跑去，偌大的花園，各種奇花異草無數，只要能隱藏在其中，就很難再有人能將牠們給找出來。

小火猴想得不錯，可惜牠不知道樹帝之所以叫樹帝就是因爲植物妖精中最強的，具有操控植物的本領，牠們往花草中跑無異於自投羅網。

樹帝獰笑著看著兩個小畜生跑進了草叢中，樹帝不慌不忙地跟了過去，站在草叢中，運起自己所獨有的本領，一花一木頓時都成了他的耳目，瞬間就找到了兩個小畜生躲藏的位置。

兩個小東西在莫名其妙的情況下，忽然發覺自己身邊的花木好像活了過來，一下將自己兩人綁了個結實，讓人厭惡的一張大臉隨即出現在眼前。

樹帝一招手，兩個小東西像是無法獨立的玩偶在天空旋轉起來，半晌後，樹帝才將兩個小東西放了下來，小火猴步履不穩的在地面踉蹌，眼前閃動的都是一個個小星星。

樹帝將兩個小東西毫無依恃的固定在半空中，小火猴忽然感到屁股一下熱，低頭看去，看到一種奇怪的植物正不斷的向著自己的屁股噴著火焰。

樹帝嘿嘿笑道：「你們很喜歡玩火，本帝就讓你們玩個夠。」

我和小熊在一個大廳中走著，我忽然接收到小火猴向我傳來報警的資訊，立刻感應到小火猴正處在危險中，我一把將小熊給封印了，風馳電掣的向著小火猴的方向趕去。

樹帝漫不經心地望著兩個小東西，看著牠們能熬到什麼時候。小火猴已經被凍成一個冰塊，而小怪獸也在承受著針刺一樣的痛苦。

忽然空氣中傳來一陣異常的波動，一群奇怪的鳥兒出現在遠處，正快速的向著這裏飛過來，樹帝戒備地望著突然出現的這群怪鳥。

怪鳥們忽啦一下全擁向長滿果子的大樹上，各自很有默契地停在屬於自己的枝頭上，陡然發現不遠處出現了陌生人，都奇怪地望過去，這裏已經幾千年沒有出現過陌生的面孔了。

小怪獸看見這些奇怪的鳥兒出現，忽然來了勁，拚命地掙扎起來，口中發出一種低沉難辨的聲音，樹帝頓時覺得不妥，迅速將牠的嘴給封了起來。

停在樹上的怪鳥們陡然振翅飛了過來，隱隱有紅色的火焰從牠們身上冒出來，小火猴從冰塊中驚訝地望著這些古怪的鳥兒們。

樹帝望著越飛越近的怪鳥，忽然心中好像想到了什麼，大叫道：「火鴉樹！」趕忙上前幾步，要將兩個小東西抓在手中。

怪鳥驀地加快速度，一下子就飛到兩個小傢伙前面將樹帝給擋住了。

上百隻的怪鳥身上發出的火焰好像是熊熊大火在燃燒，很快小火猴身上凍結的冰層就化作冰水被蒸發乾淨。

小火猴三下兩下也將小怪獸給救了下來，小怪獸憤怒地望著樹帝，口中發出奇怪的低鳴。

這群怪鳥好像受小怪獸的指揮，嗖的向樹帝圍過去，樹帝好像深知這群怪鳥的厲害，身形一閃已經向外逃去，怪鳥們不肯甘休地跟在他身後，在另一棵大樹上也倏地飛下來一群怪鳥。

兩群怪鳥很快將他給圍了起來，在他身邊盤旋飛舞，不時發出聒噪難聽的聲音。

樹帝知道這些鳥叫作火鴉，剛才那幾棵樹被稱爲火鴉樹，是因爲火鴉棲息在上面而得名，火鴉可說是火中的精靈，身體中蘊含著大量的火的力量，這成百上千隻火鴉聚在一起的火焰力量，足以使他這個堂堂樹帝感到恐懼了。

這些火鴉剛好是他們樹人一族的剋星，卻沒想到會在這裏碰見。

兩個小傢伙也跟了上去，小火猴看著樹帝恐懼的神色幸災樂禍地捶胸大笑，小怪獸抓到了報仇機會，一邊發出低鳴控制這些火鴉，另一邊不斷地派幾隻火鴉不時地騷擾一下。

樹帝被火鴉圍住如臨大敵一樣，少量的火鴉可能對他造成不了什麼威脅，可是這麼多的火鴉聚在一起，力量就不容小覷了。

火鴉在他身邊盤桓著，很明顯是受那隻可惡的小怪獸控制，沒想到只是一個區區封印獸竟然可以控制這些火鴉，這是他始料不及的。

同一時刻，我正急匆匆的向這邊趕過來。

194

樹帝在腦中不斷地思索著應變之策。突然召喚出可以噴水的植物，向著火鴉噴水吸引牠們的注意力，自己卻向著另一個方向突圍而去。

第九章　真相大白

樹帝召喚出的植物瞬間就被火鴉群燒成灰燼。而在他逃出火鴉群的包圍前，火鴉已經在小怪獸的指揮下向著樹帝襲來。

澎湃的火焰，熾熱的火風都讓樹帝感到十分的壓抑，漸漸有些口乾舌燥之感，心中塞滿了殺意，一翻手腕，手中多了一把放著銀色亮光的長劍，劍光如水波蕩漾，一劍如閃電掃出，幾隻火鴉躲避不及當場被削爲兩半，「蓬！」的在空中化爲一蓬火焰。

只是死了幾隻火鴉並沒對他有多少幫助，劍光如海浪般一波波地掃出，在空中化爲漫天的光焰，向著四周盤桓的火鴉罩去。

樹帝偷眼望去，不知何時四方的天空黑壓壓的一片，已經佈滿了數不勝數的火鴉，雖然暫時還可以保命，但是已讓樹帝心中焦急不已。

反觀小火猴和小怪獸兩個小東西倒是輕鬆悠閒。小火猴手中抱著一個大大的果子正在唾沫四濺的大啖，還不時送到小怪獸嘴邊讓牠吃上一口。看情形兩個小東西經過剛才的「共患難」，已經是盡棄前嫌。

這一會兒的工夫，又有一群火鴉從遠處飛過來。

這裏的每一棵火鴉樹都棲息著一群火鴉，剛才只是出去尋找食物去了，現在大部分都已經回來，樹帝的處境是越來越危險了。

只見空中不時地暴出一團火焰，那是一隻火鴉被樹帝殺死，而樹帝的臉色也越來越難看，本來嬌嫩的皮膚現在如同幾百年的樹皮一樣難看。臉上不見汗水，頭髮卻變得枯槁。

樹帝驀地收回長劍，在身體周圍爆發出團團光焰將自己護住，不讓火鴉靠近自己，即便在這種危險的情況，樹帝的眼神中仍沒有一絲慌亂，鎮定地打量著四周的情況。

可惜火鴉群實在太多了，根本沒有空隙讓他逃走，也許這些火鴉在這裏待了幾千年，生活早就過得乏味了，現在把他當成了玩具，不肯輕易罷手了。

火鴉在這裏沒有天敵，食物又充足，經過了這麼多漫長的歲月，幾經繁殖，已經多得無法計算了。以樹帝的修爲萬萬不可能將牠們全殺光的。樹帝屏住呼吸，因爲吸進到身體中的都是火熱的氣息。

他神奇的召喚植物的本領在這裏一點用處也沒有，無論他召喚出任何植物，都會在瞬間被這些成群的火鴉給燒成焦炭。

樹帝一手護住自己，一邊默默的在腳下生出根鬚，扎入到泥土深處，這裏是龍宮的花園，養分和水分都格外充足，過了一會兒，樹帝慢慢地恢復了一些顏色，但是卻仍想不出能夠脫困之法。

樹帝與火鴉群暫時這麼僵持著，不過時間一久，樹帝必然還得命喪這些火鴉群之手。火鴉群虎視眈眈地盯著樹帝身旁，只要他一有懈怠，馬上就會有一群火鴉俯衝過來。

樹帝的體力與力量不斷的減少，心中不由得出現了慌亂，他心裏很清楚，如無意外，他一定會死在這裏。而且是死在兩個小東西的手裏。想到這，他情不自禁恨恨的向兩個小東西望去。

四面佈滿了火鴉，早就讓人不分東南西北，環顧四周，透過火鴉群忽然看到有人向這邊走來，心中一喜，下意識的向來人求救道：「快救救我！我快要被這些火鴉給燒死了！」

事實上他並不認爲來人能夠有本事將這些火鴉給趕走，但是這畢竟是一線希望，他爲了生存不得不抓住這一絲希望。

忽然一個嬌媚的女人聲音傳到他耳朵中，「沒想到堂堂的樹帝也會找人求救啊，這要是讓你的族人知道，會令你威嚴掃地的。」

聽到這個女人的聲音，樹帝臉上的慌亂、焦急、冀望的神情全都不見了，樹帝冷冷地道：「原來是聖后仙駕至此！想必遮天大帝也在聖后身邊吧。」

朗笑聲傳出，「孔某追求聖后之事，天下人皆知，自然是聖后在哪，孔某就在哪！」

樹帝淡淡地哼了一聲，道：「兩位何以到此，不是來看本帝笑話的吧。」

聖后嬌笑道：「我和孔帝君只是聽說這裏是東海龍王與聖祖當年經常賞花品茶的地方，故來欣賞前輩高人的遺蹤，並不曾想能看到樹帝的狼狽，倒讓本后心中不安了。」

樹帝望著兩人，心中迅速轉動著念頭，此兩人道行修爲絕高，不在自己之下，如果三人合力倒有可能將這些討人厭的火鴉給趕走。只不過自己能用什麼方法來打動二人呢，使他們心甘情願地襄助自己。

遮天大帝孔聖忽然道：「樹兄修爲高深，想必這些火鴉奈何不了樹兄分毫，本帝與聖后就先行一步了。」

聖后也附和著向樹帝告辭，兩人就欲從他身邊走過。樹帝猛下決心，大聲叫道：「兩位請留步！本帝有幾句話要和兩位說。」

兩人故作驚訝地停下腳步道：「樹帝有話請說，我們還要……」

樹帝沉聲打斷兩人道：「我們進入寶藏爲了什麼，大家都心知肚明，不用冷嘲熱諷。聖祖的『定海神針』確實在此，不過現在恐怕已經被人給取走了。」

樹帝語出驚人，聖后臉色大變，「定海神針」是她唯一能找到破空而去的上一代聖王的希望，不過對樹帝的話心中卻是半信半疑。孔聖在她耳邊低聲道：「樹帝狡詐，這恐怕是他誆我們救他的奸計。」

聖后點了點頭，寒著臉望著樹帝道：「帝君此語有何憑證？」

樹帝嘿嘿笑道：「想必兩位一定認爲本帝爲了求得兩位幫助，故有此驚人之語，兩位可知龍淵大帝乃是龍族一脈，更是萬年前的東海龍王的子嗣。」

兩人頓時大驚，孔聖沉聲道：「海人族乃是我妖精一脈的分支，何時成了龍族的後裔，你不要爲了脫困故意聳人聽聞，混淆視聽。」

樹帝見引起了兩人的注意，知道已經達到了基本目的，此刻雖然身在重重圍困之中，反而顯得悠閒下來：「本來本帝也是不知道的，不過在寶藏開啓的時候讓我發現了這個秘密，你們知道寶藏是被誰提前開啓的嗎？」

兩人狐疑道：「難道是龍淵大帝，即便如此又能說明什麼？」

樹帝道：「本帝也不怕告訴兩位，『龍宮寶藏』開啓之前我一直隱藏在寶藏附近，好等到寶藏一開啓就能第一個進入。碰巧，在寶藏開啓的前幾天本帝看到了龍淵大帝帶著海人族來到了寶藏的正殿之前。本帝奇怪寶藏還未開啓，他便帶著族人興師動眾而來是爲了什麼目的？本帝便躲在一邊觀察。雖然那天是在夜晚，但是本帝仍然很清楚地看到龍淵大帝忽然化身爲一條龍，在本帝爲此而心旌搖動時，寶藏的正殿之門突然開啓了。

「那一刻真是風雲湧動，靈氣四溢，龍淵大帝隨即進入正殿，而在正殿外的那些雕塑紛紛地活動起來，彷彿是冬眠的動物正在甦醒。本帝趕緊也進了正殿，但是龍淵大帝已經不見了蹤影！」

半晌後，聖后徐徐道：「那麼說你也不知道龍淵大帝在哪，是否已經得到了『定海神針』。」

樹帝道：「沒錯，龍淵大帝一進入寶藏就不見了蹤影，現在恐怕已經得到『定海神針』了，只有我們幾人聯手才能與他周旋。」

聖后淡淡道：「龍宮之中，你和龍淵大帝還有狼帝都是我的競爭對手，所以，你在這裏好自爲之吧，本后與孔帝先行一步。」

樹帝之前已經想到了可能會出現這個結果，但是他不得不賭一賭，現在見聖后直接回絕，心中不由咒罵她是個心腸狠毒的婆娘。他不甘心地喊道：「假若龍淵大帝得到『定海神針』，第一個要對付的就是我們幾人，除非我們幾人聯手，否則誰也無法是他對手！」

聖后道：「這個事就不用你費心了，龍淵大帝是我們幾人中修爲最差的，就算他拿到了『定海神針』，本后與孔帝聯手已經綽綽有餘，何況還有狼帝那個傢伙，少你一個無關大局。」

樹帝忙道：「狼帝已經死了！」

聖后皺了皺秀眉道：「你怎麼知道狼帝已死！」

樹帝歎氣道：「他被人類給害死了！」

遮天大帝道：「憑狼帝的修爲，人族中根本沒有人能夠對付他！就算是我們也得兩人聯手才能制伏他。」

樹帝感慨萬千地道：「那是以前的人族了，現在的人族中出了一個極厲害的傢伙，而且據本帝所知，此人已經與聖王聯手了。」

遮天大帝直盯著他道：「莫非你說的是聖使？」

樹帝道：「沒錯，就是此人！狼帝就慘死他手中，他應該是受到聖王的授意！如果你們不救本帝，你們自忖會是龍淵大帝、聖王的對手嗎？聖王已經將『通臂猿』族釋放出來，他現在有『通臂猿』族襄助，又有聖使這個超級高手，實力比起龍淵大帝只強不弱！」

聖后追問道：「你怎麼會知道『通臂猿』族的事？」

樹帝道：「本帝也是聖王的目標，幸虧本帝機警才屢次逃脫，否則現在也與狼帝一樣下場了。」

「可是我聽說狼帝是被你害死的！」我大笑著從花園的另一邊走了出來，聖后兩人見我突然出現，頓時警惕地望著我。

小火猴三下兩下躥到我身上，蹲在我腦袋上，眉開眼笑著向我表功。

我淡然自若的向著幾人走過去，向著遮天大帝微微笑道：「沒想到能在這裏與孔帝君再次相逢，你我真是有緣啊。」我隨即向著被一群奇怪鳥兒所包圍中的樹帝淡淡道：「樹帝看來好像有些麻煩啊。」

小火猴不安分的在我身上躥來跳去，停在我肩膀上，對著在前方的小怪獸「吱吱」叫著，一副讓出一半肩膀給牠的大方樣。

小怪獸望著我，有點不解爲什麼自己同生共死的兄弟會坐在那個人身上，不過有一點牠看出來了，就是牠和他好像感情很好。

我饒有趣味地看著小火猴新結識的朋友，這個小傢伙很像是我在正殿入口處看到的那個亂吐口水的傢伙，恐怕是同種動物吧。

小火猴見牠猶豫地望著自己沒有動，又重重拍了拍我肩膀，向牠再次發出邀請。小傢伙遲疑地望著我和小火猴，無法一時作出決定，牠有些不甘心放棄對我的報復，但又捨不得剛才和小火猴得來的友情，畢竟牠已經孤獨了十數個世紀那麼久了啊!

樹帝忽然對著聖后兩人大叫道：「快，快，快捉住那個小怪物。」

聖后兩人奇怪地望著他，我也愕然地望著他，不知道他怎麼會突然這麼激動，難道這個小東西身上隱藏了什麼秘密嗎?這個小傢伙除了長得怪一點，也看不出有什麼強大的力量！

樹帝見兩人並沒有聽自己的話動手，猶豫了一下，然後彷彿痛下決心似的道：「牠是『定海神針』上的聖獸。」

我們幾人的目光一下子集中在小怪獸身上，幾乎是一瞬間，聖后兩人同時搶身上來，我反應慢了一些，但是速度卻較兩人要快，不過令我意外的是聖后卻並沒有去捉小怪獸，而是挾無匹的氣勢向我襲擊而來，目的自然是阻撓我的行動。

小怪獸怔怔地望著遮天大帝向他飛撲過來，不過隨即眼中射出怒火，「嗚嗚」叫著，一個接一個的火箭向遮天大帝射去，不過區區火箭根本不放在遮天大帝眼中，遮天大帝只是輕輕吹出幾口氣，就輕易將火箭給卷離了原來的軌跡。

眼看遮天大帝即將抓住牠的時候，原本圍著樹帝的火鴉忽然大部分轉過頭來向著遮天大帝飛去，試圖阻攔他抓住小怪獸。

在同時，我已經和聖后交了手，事關緊要不容我手下留情，這是我第二次對一個女人沒有手下留情。聖后也同樣沒有留情，磅礡的力量呼嘯而至，如潮水般的力量彷彿要將我淹沒。

我掌化氣刀，將她凌厲的攻擊化為虛無，在她驚駭的目光下，我將她震飛出去，一招就敗在我手中，這恐怕令她很難預料吧。

就在我將聖后擊退的刹那，遮天大帝那邊也發生了意想不到的異變。

樹帝利用我們相鬥的空隙，奇蹟似的從火鴉群中突圍出來，並利用自己所具有的特殊本領輕易將小傢伙抓到手中。同時向著遠方迅速逃逸，一片綠色的煙霧在他站立的地方暴開，將眾人的視線遮住。

威脅的話語遠遠傳過來：「誰要是追上來，本帝就將這個小怪獸殺死，誰也得不到『定海神針』！」

我們眼睜睜地望著樹帝在龍宮花園中消失，心中十分頹喪，誰也不知道樹帝會來這麼一手，從他逃出火鴉的包圍，抓住小怪獸，然後放出煙霧阻擋我們的追蹤幾乎是一口氣完成。在我剛反應過來，他已經逃得不見蹤影了。眼看著大好的機會在手邊溜走真是不甘心！

聖后也惱怒地望著樹帝消失的地方，罵道：「剛才就應該就讓火鴉把這個混蛋給燒死，沒想到讓他占了便宜。」

我驚異地發現之前圍著樹帝的那些怪鳥現在好像無所適從的在空中振著翅膀，我剛才明明看見，這群火鴉都向著遮天大帝撲啄過去，怎麼現在好像對遮天大帝並無敵意了。

遮天大帝向我無奈苦笑道：「聖使大人！我們都中了那傢伙的計了。如果聖使大人沒有其他要指教的話，本帝就先行一步了，那傢伙得到了聖獸，我們如果不加緊，恐怕『定海神針』就要爲他所得了。」

我歎道：「龍宮大似海，宮殿相連彷彿迷宮，他有那隻小怪獸引導，我們的機會恐怕非常渺茫啊。」

聖后警惕地望著我，淡淡笑道：「傳聞失實，聖使大人的修爲要比傳聞強很多啊，難怪聖王那孩子會找上你，以聖使大人的修爲，非得『一后四帝』中三個人以上聯手才能抵得住聖使大人啊。如果聖使不介意，本后與孔帝君就先行了。」

我聳了聳肩，做了個請便的動作，心中道：「你小看我了，我合體後，就算你們五人一起聯手也未必是我的對手！」

遮天大帝向我告辭，兩人向著樹帝消失的方向飛去。兩人速度極快轉眼便也從我視線中不見了。

半個時辰後，遮天大帝陡然停了下來，聖后也在他身後站住，聖后怒道：「本后要是抓著那個混蛋，一定要把他砍成十段八段。他竟然把我們都給騙了。」

遮天大帝道：「至少他那隻怪怪的小怪獸應該是聖獸無疑，否則他不會冒著危險將那個小怪獸一併帶走的。」

聖后頹然道：「就算他說的沒錯，可是他已經逃得不見蹤影了，我們還能有什麼方法追到他？」

遮天大帝似笑非笑地望著她，聖后狐疑道：「難道你有辦法追到他？」

遮天大帝笑道：「本帝雖然沒有十成把握，但是可以一試！」

聖后驚喜道：「你有什麼方法可以從偌大的龍宮中尋到他！」

遮天大帝嘴巴忽然變尖，變成金色的鳥嘴，發出之前小怪獸發出的相同的嗚嗚聲，不大會兒，幾群火鴉出現在他們視野中。

遮天大帝望著疑惑不解的聖后，爲她釋疑道：「你看這群火鴉，恐怕生活了不知幾百年還是幾千年了，否則不會繁衍出這麼大的數量。本帝覺得牠們一定對龍宮十分熟悉。」

聖后彷彿明白過來，道：「你的意思是讓這些火鴉去尋找樹帝的蹤跡。」

遮天大帝道：「無論龍宮有多大，就憑這些火鴉的數量，本帝想很快我們就能知道樹帝的行蹤了。」

聖后欣然道：「果然是個好辦法，那就快派這些火鴉去尋找樹帝吧。」

遮天大帝點點頭，陡然現出孔雀原形，向著幾群火鴉發出了命令，火鴉群們倏地四下散去，轉眼間一隻也不剩下。

聖后望著飛向四面八方的火鴉，眼中露出欣喜的神色，隨即想起了什麼，眉頭略皺，轉過頭看著遮天大帝，神色很真摯但又帶著點無奈，輕啓朱唇想說些什麼，但張了張嘴卻最終沒能說出來。

遮天大帝癡情地看了聖后一眼，悠然道：「感謝的話不用說出來了，你只要知道本帝的心意，本帝就已經心滿意足了。這種滋味雖然不好受，但是本帝希望是親手送你走的人！」

聖后感激地看著這個優秀的男人，癡心不改地愛著自己。只可惜自己與他一樣癡情，卻是對另一個男人癡情，

當兩人離去時，我在一棵樹邊現出身來。剛才我一直隱身藏在一邊，將兩人的對話都聽到耳中。只是竟於無意中得悉了兩人的感情秘密。

之前我看著遮天大帝的鎮靜，心中就感覺有些懷疑。樹帝抓了所謂的聖獸逃走後，聖后的反應很正常，遮天大帝就表現得有點太鎮靜了。

不過一個男人幫著自己心愛的女人追求另一個男人的滋味總是不好受的，聖后得不到「定海神針」，遮天大帝就有了更大的機會。如果從這個角度考慮的話，那麼他的鎮定倒是應當的了。

只不過，他既然能夠大度的陪聖后冒險來到「龍宮寶藏」，又豈會在這本就渺茫的機會上表現得失常。於是我就與變色龍寵合體後悄悄地跟在兩人身後，果然讓我猜個正著，原來遮天大帝竟是另有妙計。

遮天大帝是羽翼族的王，這些奇怪的火鴉雖然厲害，卻仍然屬於羽翼族，服從遮天大帝是再正常不過了。

他們兩人的感情我知道一些，今天不小心偷聽到兩人的對話，很佩服遮天大帝對愛情的無私奉獻，換作是我恐怕就做不來。

世事無常，而愛情又是這世上最令人難以琢磨的東西，誰也無法預料它的發展，對他們這段感情我無法置評。我歎了口氣，再次隱身遠遠地跟在兩人後面。

遮天大帝雖然爲情所困，但卻沒有影響他的判斷力，他利用火鴉找樹帝的主意當真是絕妙無比。以火鴉成千上萬的數量，無論樹帝躲在哪裏，都逃不過牠們的眼睛。

我只要跟在他們兩人後面，就同樣可以找到樹帝。

雖然龍宮中遍佈夜明珠，但是夜晚來臨時，龍宮中的光線同樣變暗。

光線隨著陽光的推移漸漸黯淡下來，飛出去的火鴉還沒有一隻飛回來。看來樹帝隱藏的很好，不過只要他仍在龍宮中，就很難躲開眾多火鴉的眼睛。

聖后兩人在夜晚來臨時停下來休息，反正不知樹帝在哪，追與不追都是一回事。

我也找了個隱蔽的地方歇息，我取出一根靈犀角，心中湧起幸福的感覺。

第十章　花落誰家

清晨一陣噪音將我從酣夢中驚醒，昨天用了一根靈犀角，我又見到了藍薇，自從上次簡略的向她傳遞了我仍然存活在無限大的宇宙中的某個角落的資訊後，她的身體便一天天地康復了。

雖然這聽起來很荒謬，因爲誰也無法確定人是否能達到另一個時空中。更加無法證明存在另一個時空中的人有沒有能力傳遞消息到不同於自己的時空，但是藍薇的念頭出奇的堅定，她相信我答應她不久能回來，就一定可以回來的。

可惜靈犀角的能量有限，昨天通過漫長的時空隧道，也只能簡單地表達心中的思念就只得再從遙遠的時空退回來，但這已足以讓我有一個香甜的酣睡。所以雖然我被噪音吵醒，但是心情仍然大佳。

我躲在暗處向著聖后和孔帝君望去，兩人眉頭深鎖，看來還沒有收到好消息。四處停著好多火鴉，同時仍不斷有火鴉從遠處飛過來。

看來樹帝隱藏的工夫做得不錯，能讓這麼多的火鴉無功而返。我試圖想猜出樹帝下一步會有什麼動作。

換作我是樹帝，我獲得了聖獸後第一步要做的是隱形匿跡，不要讓自己的敵人能夠找到自己。但是現在的形勢不同，龍淵大帝乃是龍族後裔，他有很大可能會搶先所有人先拿到「定海神針」，所以爲了以防萬一，最好的選擇是逕自去取「定海神針」。

可惜了，龍宮中只有花園中有植物，否則我就可以利用小樹人的獨特能力偵察到樹帝的所在。現在只有等待火鴉會有好消息帶回來。

龍淵大帝是龍族的後裔應該是沒有錯的，金龍不是跟我說過，進到龍宮中的除了我外還有另外一隻龍嗎，現在樹帝也說親眼所見龍淵大帝化身爲龍，兩個彼此沒見過對方的人的話意外的一致，所以我想龍淵大帝應該是龍族後代無疑！

估摸著應該是日漸正中了，我們仍是一無所得，孔帝君也沒有了昨天的樂觀，氣氛凝滯的讓人感到有些壓抑。

在我們望眼欲穿的時候，終於一隻火鴉帶回了好消息，聖后兩人立即振奮起來，在火鴉的帶領下，向著偏東的一個方向飛馳而去。

我精神一振，立即緊隨其後，追了上去。樹帝雖然狡猾若狐，但終究不能逃過這些火鴉的眼睛。這次我絕不會讓他再逃掉，不論是爲了他在人族中犯下的惡行，或者是爲了聖王的掃除統一妖精族的障礙，我都會手刃此賊！

小怪獸在樹帝諸般刑具逼供下，終於忍辱負重服從了樹帝。含著眼淚帶著樹帝一路向放著「定海神針」的方向而去。「定海神針」的所在是在龍宮靠東的一個「祈神殿」中。

樹帝興奮的向著「祈神殿」飛奔，心中充盈著莫名的情緒，好像天地都將要臣服在自己腳下的那種高高在上的感覺。他知道自己必須要快！因爲可能會被人捷足先登。

龍淵大帝既是龍族的人，很有可能擁有龍宮的地形圖，大有可能搶先所有人找到「定海神針」。自己必須加快速度才不至於落得空歡喜一場。

樹帝從昨天開始就沒停下過一刻，當今天清晨時，終於避開、破開所有的機關進入了自己一生夢想的地方——「祈神殿」！寬闊而長長的階梯乃是大塊大塊完整的青玉所製，映射著濛濛的青光。

極目望去，大概有上千級的台階，樹帝貪婪地望著這些昂貴奢華的青玉階梯，只要自己拿到了「定海神針」，龍宮中的一切都將是自己的囊中之物。在階梯的盡頭隱約可見一片金芒籠罩在一個塔中。

樹帝強壓著心頭的狂喜，踏上了青玉階梯，不知從哪出現的繚繞白煙薄薄的一層漂浮在青玉之上，更添「祈神殿」的神秘！樹帝唯恐在白煙之下隱藏著什麼厲害的機關，大袖揮動，身體四周的白煙被湧動的氣流給趕到別的位置。

白煙盡去，露出下面無絲毫瑕疵的青玉，令人驚奇的是，不知道這些青玉被人用了什麼方法竟在不損害青玉的情況下，在它們的內部植入了一幅幅古怪的圖畫。

樹帝驚訝的一幅幅看過去，才發現這些圖畫好像是敘述一個個的故事，圖畫中的景象千奇百怪，有人有獸，有的好像是在虔誠的祭祀，有的描述著慘烈戰爭，有的畫面則是萬眾拜服在地，一個人接受眾人的景仰。

然而所有不同的故事中，每一個不同的英雄手中都有一隻放出萬道金光的神器，赫然就是樹帝日思夜想的「定海神針」。看來這「定海神針」的主人並不只有聖祖一人而已。這些畫面好像在記述了所有「定海神針」的主人，都將成爲萬眾景仰的大英雄。

樹帝將視線停在那張萬眾拜服的畫面上，心中湧動著難言的衝動，幻想著自己得到「定海神針」後受到所有妖精拜服的情景，彷彿大地也將被自己踩在腳下，卑微的種族不配生活在這裏，軟弱的新聖王辜負了聖祖的血，這些人統統都得死，還有那些反對自己的人！

樹帝迫不及待地想要成爲天下的主人，踏空虛行，逕自向著矗立在階梯頂端的石塔飛去。從階梯下向上望，塔顯得很小，等到來到階梯頂端時，才驚駭地發覺塔比自己想像中要大得多。

兩排金甲神手持著光彩耀眼的兵器整齊排列成隊，在隊伍的盡頭，一團刺眼金光從塔中綻放出來，經過塔時，陡然被削弱很多，如一圈圈水波向外擴散，好像塔的存在禁錮了金光的力量。

樹帝情不自禁的向著塔走去，心中湧動著壓抑不住的興奮，他頗有放聲狂嘯的衝動來發洩自己心中的狂喜，一生的夢想將要在這一刻實現。

塔很高，但卻無窗無門，站在塔底向上望去高聳千丈，靠近塔時，格外能感受到強悍的金光的力量。只是從塔中透出的些許微弱金光已經可令自己心頭顫動。天下第一的神器確實不同凡響。

樹帝迷醉在這磅礴的強大力量中，如果自己擁有這麼強大的力量，實在難以想像天下間誰可以抗衡這無比的力量。卻不曾想，這傳說中強大無敵的神器也是有人將其煉造出來的，至少煉造神器的人既然可以造出這種強大的神器，他的修爲就絕非普通之輩。

樹帝下意識地伸手向塔摸去，他想真實地感受一下這力量的強大。

他甫一觸到塔邊，一股從未感受過的熱力在他未來得及思考前就把他的手給燒焦。他痛呼著將手抽回，手卻已被燒成焦炭。他驚駭得連退幾步，一道綠色的光暈在他手掌上出現。

他咬著牙強忍著痛，受傷的那隻手彷彿樹皮剝落一樣，一隻新手從焦炭中伸出。他驚疑不定地望著塔，剛才就在手被燒傷的同時，接收到一道從塔中傳出的如人一樣的情緒，那是一種被褻瀆的氣憤！

樹帝望著塔，心中忖度難道這神器竟會是活物不成，這簡直不可思議，他從未試想過自己使用的兵器竟擁有自己的意識！

「帝君好雅興！神器在前竟然不爲所動！」

一聲豪邁的大笑聲從塔的另一邊傳出，隨著聲音龍淵大帝走了出來。

面對龍淵大帝的諷刺，樹帝冷冷地哼了一聲道：「龍帝君不是和本帝一樣嗎，龍帝君不是早就想獲得『定海神針』嗎，現在神器當前，不知道龍帝君還在等什麼？」

龍淵大帝悠然的一直走到他身前幾米處才停了下來，饒有興趣地打量著樹帝，忽然噗嗤笑出來，道：「你知道嗎，本帝才是龍宮的主人，這裏的一切都歸本帝所有，本帝又何需要急於一時。」

樹帝警惕地盯著龍淵大帝，很明顯他先自己一步來到這裏。但是使人奇怪的是，爲什麼他不立即把「定海神針」給收了呢。樹帝道：「龍帝君乃是龍族後裔的事，想必此刻天下人都知道了，不過這『定海神針』乃是聖祖遺物，龍帝君若有心將此物占爲己有，恐怕聖王和天下妖精都不會同意哩。」

龍淵大帝似笑非笑地望著他，走近兩步道：「當本帝打開『龍宮寶藏』的時候就已經知道會被人發現本帝的真實身分，所以本帝在這等著那些自以為聰明的人出現，只要你們全死了，還有誰知道本帝身分。」

樹帝沒想到他會這麼明顯地表明自己的歹心，錯愕地望著他。

龍淵大帝淡淡笑道：「你該有死的覺悟了！」

樹帝被他鎮定的神情和平淡的語氣所震懾，好像自己的生命已經被他捏在手中一樣。

樹帝深吸了一口氣，一股氣勢排空而去，望著龍淵大帝冷冷地道：「光憑你自己的力量，恐怕想要本帝的命還不大可能！」

龍淵大帝呵呵笑道：「你好像還沒搞清楚我們之間的差距！」說完一跺腳，兩排金甲神陡然活動起來。龍淵大帝道：「這些是看護『定海神針』的守護者，想要拿走神器，就看你能不能通過它們的考驗了。」

龍淵大帝飄然向後退去，金甲神手持利器向著樹帝逼了過來。

數十個體格魁梧的金甲神不知是用什麼金屬打製成的兵勇，被龍族的一種特殊的功法加固後就具有了自由活動的本領，一旦被啓動後具有很強的殺傷力！樹帝望著逐漸走近的金甲神，抽出了自己的兵器。

數個金甲神猛地衝了過來，樹帝也厲喝一聲迎上去，心中湧動著憤怒，自他成為植物一系的妖精的王，便再也沒有人向他說過這種話，更沒有人膽敢向他拔刀相向，然而今天就在他要成功獲得「定海神針」，將天下萬物抓在手中的時候，竟然被一群沒有思想的金甲神圍攻，這令他異常惱怒。

龍淵大帝一副看好戲的樣子悠閒地站在不遠處，好像並不打算偷襲或者圍攻。

樹帝囑咐自己鎮定下來，有對手始終在旁邊虎視眈眈，如果龍淵大帝與這些金甲神一起進攻自己的話，自己肯定不是他的對手，除了落荒而逃沒有別的辦法。

就算他不趁亂偷襲自己，自己解決了所有的金甲神，自忖也不可能殺死或者擊敗龍淵大帝，「一后四帝」五人齊名，實力相若，誰也無法拿對方怎麼樣。

「鏘！」樹帝一劍斬在一具金甲神身上，灌注了樹帝大量力量的利劍竟只在金甲神身上劈出一溜火花，從金甲神身上蕩開。金甲神完全不顧及樹帝的銳劍，奮不顧身的一拳向著樹帝胸前擊去。

樹帝慌忙避開，側身躲過牠的攻擊，順手一擊，再次劈在金甲神的手臂上，可惜結果並沒有多大的好轉。幾息的工夫又幾具金甲神圍了過來，樹帝望著這些體大力強的金甲神，心中大概猜測到這些大傢伙恐怕只有神兵利器才能將它們堅硬的外殼給削開。

心念轉動的時候，靠近他的金甲神已經紛紛開始攻擊他。金甲神忠實著執行龍淵大帝攻擊樹帝的命令，樹帝迫於無奈，只好以靈活的動作遊走在金甲神之中，希望可以尋到牠們的弱點，給予致命一擊。

不遠處的龍淵大帝看著樹帝被迫得全無還手之力，不禁暗暗點頭。如果連樹帝這種級別的高手都無法對付這些金甲神，那麼自己就算得不到「定海神針」，同樣可以靠這些金甲神橫掃天下。

當然，他要將那些有可能得到「定海神針」的人統統除去，這也是停留在此兩天的原因。

龍淵大帝於幾百年前在自己的族譜中發現了一本不起眼的典籍，然而這本不起眼的典籍中所記載的內容卻足足震撼了他堅強無比的心靈！

族譜詳細記載了萬年前的大戰，同時也記載了一些更爲絕密的事情。

海人族半人半魚的樣子實際上是受到一種力量的束縛，只要通過一種秘密的咒語就可以恢復龍身！擁有龍族的強大力量。

在典籍的最後，附著一幅地圖，說是地圖，更像是某座龐大宮殿的設計圖，上面更有詳細的專門介紹，經過龍淵大帝十年的仔細推敲，這個設計圖就是被三族強大力量給封印了的龍宮！

龍族是傳說中強大至極的物種，曾經是這座星球的主宰！龍淵大帝看了關於解除白身束縛的咒語後，心中蠢蠢欲動，幾經考慮決定試試該咒語。一個夜晚，他在東海的海面化身爲一條擁有龐大力量的龍！

他發現自己輕易就辦到了平時無法做到的事情，滔天的巨浪隨著一個簡單的動作撲天而起，瘋狂的颶風似乎可以粉碎一切！

這一刻，他下定了決心，攫取天下！奪回屬於遠古龍族的東西！

在隨後的兩百年裏，他開始積極的準備兵力，海人族一天天的強大起來，逐漸成爲除了聖族以外妖精族中最強大的一族！然而他知道自己還差一些什麼，還不到動手的良機！

雖然他雄踞東海，擁有極強的力量，可是「一后四帝」的力量也並不能小覷，尤其最可怕的不是他們擁有的兵力，而是他們本身的強大修爲，即便自己化身爲龍，也無法抵得住「一后四帝」聯手！

更何況還有一個自己看不清實力的聖王。雖然他看起來更像一個糊塗的傻子，但以自己的揣測，聖王的實力足夠媲美自己化身爲龍後的力量。當龍淵大帝輾轉得知聖祖的「定海神針」在「龍宮寶藏」中的時候，一個大膽的計畫就在他腦中形成。

在近兩百年中，聖王突然不辭而別令他感到機會來了，自己得到了龍神的庇佑，天下將由自己掌握！

所以當「龍宮寶藏」出世後，他忍不住心中的激動提前開啓了「龍宮寶藏」。憑著他對龍宮設計圖的熟悉，很快就讓他找到了「定海神針」，可是「定海神針」卻意外被禁錮在一個古怪的塔中。

當他欣喜若狂的要將「定海神針」占爲己有時，才發現事情並未如他想像中的容易！「定海神針」有著不可思議的防禦力量，它更像是個孩子抵抗任何陌生的力量，他幾次想強行衝進塔去，都被塔中射出的金光給打傷，他無法想像沒人控制的「定海神針」已經呈現出這麼強的力量，一旦被人使出全部力量，那將會是怎樣的一番驚天動地的力量。

這更堅定了他的決定，殺死任何試圖得到「定海神針」的人！

好在他並非一無所得，自己作爲龍族在這個星球的傳承，他似乎擁有控制龍宮中所有機關的能力，這些金甲神就是他所發現的最令他欣喜的一部分。

樹帝的到來正好成了試驗的工具，對於金甲神的表現，他感到十分滿意，有了這些東西，就算沒有「定海神針」，他一樣可以掌握天下！

樹帝無法在金甲神身上找到任何缺陷，除了它們的動作不是那麼靈活以外，幾乎可以稱作完美。

越打越是心驚，心中漸漸萌生了退意，他非常清楚這些金甲神意味著什麼，他知道妖精族的內戰將要爆發了，他要及時回到族中做準備，未雨綢繆，他或許仍有機會。

他一躍而起，點在一具金甲神的腦袋上，同時雙手迅速變換出數十種手勢，幾十具金甲神的腳下忽然長出奇怪的藤生植物，一冒出地面就瘋狂地生長起來，轉眼就將金甲神們給縛在原地。

另一種酸性植物也飛快地攀附在金甲神身上，試圖將其給腐蝕了。

半空忽然飄飛出如同蒲公英的小花，飄飄灑灑透出浪漫的美麗，但是這些古怪的小花一旦碰在金甲神身上立即產生強力的爆炸。

以吞噬小動物出名的吃人花也紛紛在金甲神身邊出現，龐大的身體足有兩三個金甲神那麼大，一瞬間就有幾個金甲神被吃人花給吞到嘴中，大力的咀嚼中，發出令人毛骨悚然的「嘎吱，嘎吱」聲。

龍淵大帝看著這些突然的變化，也吃了一驚，看得瞠目結舌，旋即拍手歎道：「本帝還不知道樹帝還有此能耐，當真讓本帝驚訝哩！」

龍淵大帝說話的時候，樹帝已經迅速向著大殿的出口疾飛而去。

龍淵大帝冉冉升到半空朗聲大笑道：「你以為可以逃出本帝的手掌心嗎，本帝很欣賞你的聰明，如果你宣誓向本帝效忠，本帝會留你一條殘命，並讓你的族類在這個星球留有一線生存之地！」

樹帝置若罔聞，頭也不回地拚命向出口飛去，他並沒有回頭看看自己施展的手段能不能將那些金甲神給成功破壞掉，因為他知道現在最迫切任務的是要逃出「龍宮寶藏」。

高大的出口就在自己眼前，可是就在樹帝以為脫困的時候，忽然一扇鋼鐵巨門「哐噹」落了下來將自己給擋住。樹帝鼓動全身的力量傾巢而出，重重轟擊在巨門上，他無奈地發現門的質地比自己預想的要結實很多。

他不得不轉過身來面對現實，他知道龍淵大帝是不會放過自己的。

龍淵大帝仿若漫步一樣徐徐飛到他身前，笑吟吟地道：「你看，本帝已經給過你機會了，不過你好像並不珍惜啊！」

樹帝吸了一口氣鎮定地道：「鹿死誰手尚未可知！」

龍淵大帝以十分惋惜的口吻道：「你很快就會知道你的想法是多麼幼稚了，這個星球將會成爲龍的主宰。」

樹帝趁著他說話的當兒陡然欺身而上，簡單的一記肘擊卻蘊藏了強橫的力量。任何花招在絕對的力量面前都會相形失色，所以只有簡潔直接的進攻才能在戰鬥中佔據主動。

龍淵大帝笑吟吟地望著樹帝出其不意的一擊卻不爲所動，樹帝的攻擊結實地打在龍淵大帝身上，忽然發覺自己的肘擊竟打在一個殘影上。

他立即轉身，卻見龍淵大帝在他身後不遠處笑意滿面地望著他，彷佛剛才並沒有動過一樣。

樹帝再次深吸一口氣排除心中的恐懼，他的動作實在太快了，竟然在自己目不轉睛盯著的情況下突然逸到自己的身後，而且自己一點也沒有發覺，什麼時候他的速度竟有這麼快了！

龍淵大帝淡淡道：「現在你該知道自己與本帝的差距了吧！」

樹帝一聲不發，樹人的堅韌性格令他習慣於在逆境中尋找敵人的弱點，然後給予雷霆一擊。

樹帝眼睛眨也不眨地盯著龍淵大帝，同時雙手變換著手形。

龍淵大帝嗤笑道：「你對付金甲神的小花招對本帝是沒用的。」

天空忽然出現粉色的花粉，洋洋灑灑在空中漫揚。有了這些遍佈空間的花粉，龍淵大帝再想用剛才那招恐怕就會露餡了。

龍淵大帝不屑道：「即便你能看到本帝的動作也無法做出反應。」

樹帝見著那些花粉如願以償地落在他身上，嘴角扯出一抹笑意，陰陰的笑道：「也許你誤會了這些花粉特殊效果。那些聰明的動物受了傷後總會找來這種花粉塗到傷口上，知道它們的作用嗎？這些花粉有麻醉作用，一旦接觸你的皮膚就會深入其中令你神經麻醉。」

龍淵大帝神色如常地望著仍不斷灑落下的花粉，道：「也許你不應該對你這些小把戲抱太大的希望。」

「故布疑陣嗎？」樹帝嘿嘿笑道，「如果你知道落在你身上的這分量足夠可以麻醉十頭大象，你就會知道你的鎮定多麼可笑。」

龍淵大帝眉頭皺了一下，但仍表現出對樹帝的話不值一哂的表情。

樹帝奸笑道：「你太多話了，直接殺了本帝，你就不會出現現在的尷尬場面，不要指望那些金甲神能夠趕來救你，等它們過來，本帝足夠時間殺你上百次了。」

龍淵大帝轉身向著階梯頂看了一眼，那些被樹帝用手段困住的金甲神有一些已經脫困了，此時正向這邊趕來，不過速度太慢了點。龍淵大帝不慌不忙的向著樹帝淡淡地道：「你確定你的花粉就一定那麼有用嗎？」說著話隨意地活動了一下筋骨，如暴豆子的聲音在告訴樹帝他的想法是多麼幼稚。

樹帝心中遽然一震，雙手急劇揮動一片綠色煙幕，瞬間周圍十米方圓給遮得不見天日。樹帝做完這一切，不敢遲疑飛快向另一個出口飛去。

突然一股迫人的壓力陡然出現在他面前。

樹帝大吼一聲，雙手射出如蜘蛛絲般的東西，希望可以憑藉這個暫時將他給纏住，雖然他也知道這是一件很困難的事情。

龍淵大帝的大笑在綠色煙霧中傳出來：「本帝早就告誡過你，不要輕易相信你那些小把戲，它並不如你想像中那麼好用。」

一股龐大的力量奇蹟般突過樹帝射出的那些奇怪的東西直襲他的前胸。樹帝尖嘯著迅速後退，然而那股力量如影隨形，絲毫沒有被擺脫的趨勢。

樹帝陡然站住，雙手綻出綠得能滴出水的毫光，狂喝著兩掌迎了上去，龍淵大帝的力量出乎他想像的強大，他全力一擊卻仍不可思議的被擊得倒飛出去，鮮血瞬間從七竅溢出，樹帝一落在地，連擦一下也不顧，一彈地，如同炮彈一樣貼著地面飈射出去。

龍淵大帝的聲音陰魂不散的在他身後響起：「留下你的命，本帝恩准你成爲龍宮的陰魂，死在你所熱切盼望的地方算是死得其所了吧，哈哈！」囂張的狂笑聲綿綿不絕於耳的往樹帝的耳朵中鑽去。

樹帝已經深刻體會到龍淵大帝的厲害，雖然不知道他怎麼會不受花粉的影響，也不知道他怎麼突然變得這麼厲害，但是他心中知道自己大概真的命喪於此了，他彷彿受驚的小鳥只想離開此地。

龍淵大帝在頃刻間就奔至樹帝身後，毫不留情的一掌重重的印在樹帝身上，樹帝悶哼一聲向前撲去，龍淵大帝跟上去又補了一掌，缽盂似的拳頭頓時將樹帝的身體給洞穿。

樹帝一瞬間失去了生命，身體自然地倒在地面，綠色的鮮血在那個大洞中汩汩冒出。

龍淵大帝冷眼望著跌倒在面前的屍體，昔日自己的強敵，今天卻宛如一件玩具被自己玩弄於股掌之上，心中興起脫胎換骨凌駕一切的心理，下意識地摸了摸下巴，忽然瞥見在樹帝身邊不遠處散落著兩棵不起眼的樹。

龍淵大帝又向另一邊掃了一眼，又發現了幾棵同樣的樹，心中升起了個奇怪的念頭，他俯身撿起其中一棵樹在手中把玩著，半晌始道：「本帝知道你不會這麼容易死去，不過不曉得這些樹如果全被燒熟了，你會不會仍能活著。」

龍淵大帝話音剛落，突然一棵樹陡然跳動了一下，接著一個綠芽驟然生長出來，在龍淵大帝的注視下，綠芽以不可置信的速度瘋狂地生長著，十幾秒的時間從一顆種子長成一棵百年的通天巨樹。

這棵怪樹說不上來是什麼樹種，因爲它身上具有至少上百種植物的特性，可以說是天下植物的綜合。

在樹幹的中間部分長著一張大嘴和兩隻眼睛。龍淵大帝望著通天巨樹，突然哈哈笑道：「這應該就是你的真身吧，本帝不得不承認你的真身還真是夠嚇人的，不過本帝要告訴你，你失策了！」

大樹突然開口，發出甕聲道：「可惜這不是在陸地上，否則方圓百米之內任誰都無法躲過本帝的吞噬！」

龍淵大帝似乎毫無懼色，饒有興趣地打量著通天巨樹，彷彿漫步一樣在樹下悠然地走著，面帶笑意地道：「聽說樹人族可從大地中汲取無限的力量，可惜這裏的地面全由青玉所製，青玉堅硬可逾金鋼，牢不可破，不論你的本體有多強，可惜乃是無本之木，力量有限。」

龍淵大帝頓了頓道：「聽說樹人族的人一旦顯露本體就再也無法變回去，如果傳言屬實，本帝的龍宮中將會再增加一個天然裝飾！」

樹帝臉色十分難看地道：「但是也希望你知道樹人族現出本體將會是異常的強大，本帝雖然活不了，但是你的唯一下場就是做本帝的陪葬。」

樹帝身上彷佛柳條一樣的東西條地糾纏著向龍淵大帝纏去，即將纏住他的剎那，龍淵大帝已經移動了另一處。然而樹帝的攻擊並沒有這麼簡單就結束了。樹冠陡然鋪蓋下來，漫天飛舞的枝條像是一條條綠蛇在天空縱橫，駭人已極。

不論龍淵大帝的速度有多快，在樹冠方圓百米都給籠罩起來的時候就無可避免的被樹帝的無數隻觸手給牢牢纏住，樹帝發出得意的大笑，將龍淵大帝給高高舉在眼前，譏笑道：「發怒的樹人是不可戰勝的。」

龍淵大帝臉上並看不出來恐懼，淡淡笑道：「本帝早說過你是無本之木，只靠著根部的吸盤吸住地面夠牢固嗎？」

龍淵大帝身體忽然湧出大股的強大力量化作颶風向著樹帝捲去，樹帝驚愕地望著突然出現在眼前的颶風，想不到手腳都被控制住的龍淵大帝竟然還能召喚出颶風。

樹帝在威力極大的颶風中慢慢向一邊傾斜倒去，望著龍淵大帝眼中的譏笑，頓時心中大怒，厲喝一聲，全身綻放出濃郁的綠色，樹身可見一股股的力量迅速通往底部。

兩人耳中陡然都傳進「咯嚓」的破碎聲，樹帝發達的根系竟然強行突破堅逾金鋼的青玉深深扎在宮殿的地面下。

傾斜的樹身又慢慢恢復筆直。颶風過去，龍淵大帝笑吟吟地道：「你動用了一直不願使用的力量，你會因此而失去什麼嗎？」

樹帝充滿皺皮的臉獰笑著望著龍淵大帝道：「看在你即將死去的份上，本帝就告訴你這個秘密，這種本源的力量是保證我們樹人可以在任何一個分身上保留本體的記憶。」

龍淵大帝呵呵笑道：「換句話說，你現在既然使用了這股力量，即便你湊巧不死，你的分身也無法保存本體的記憶了，意思是說，假若你能夠重生，便會變成一個癡呆兒！」

樹帝本就滿布皺紋的老臉更是陰沉的可怕，「本體的強大不是任何物種可以威脅到的，你永遠不會看到你設想的未來，而你將會先本帝而去，你殘留的身體也會成爲本帝的一部分！」

就在兩人僵持的這些許時間，金甲神已紛紛從遠處趕至，樹帝身上伸出無數觸手，一眨眼的工夫就將所有的金甲神捆了個結實，抓著它們如同玩具似的撞向地面。

樹帝得意地道：「看到了吧，任何威脅對本帝來說都是不理智的。現在本帝就要將你一寸一寸的給扯成碎末。」說完，抓著龍淵大帝的觸手們紛紛使力的向外拉扯。

龍淵大帝在半空中被扯成一個「大」字形，即便死了，他也落得個極爲殘忍的分屍，龍淵大帝在被那些如同鋼條似的東西使勁勒住的時候，臉色終於發生了變化，漲得通紅。

龍淵大帝勉強地道：「你知道嗎，本帝一直不殺你，是因爲一個人待在這裏實在太無聊了，現在你的任務已經完成了，本帝要讓你知道，誰才是真正的強者！誰才是主宰！」

龍淵大帝嘴中喃喃吟唱著奇怪的聲音，一圈圈紅色光圈不斷從他身上向外擴散開，一股令樹帝感到壓抑的力量瀰漫在他們兩人四周。

龍淵大帝也漸漸發生了變化，一尾金龍陡然脫困而出，金龍盤遊在半空，睨望著樹帝嘿嘿冷笑道：「只有龍族才是這個星球最強大的種族，你這種卑微的樹人不配再活在這個星球。」

樹帝驚恐望著在半空張牙舞爪的龍淵大帝，當他化身爲龍的刹那，樹帝心裏就已經知道自己的力量差對方太多，等待自己的命運恐怕是這麼站著死去了吧！

我遠遠隱藏在聖后兩人身後，看著兩人對著一扇偌大的門束手無策。

半個時辰前，火鴉帶著我們一直來到這裏，但是卻被一扇巨大的門給擋住了去路，本以爲區區一扇門又豈能阻住聖后與遮天大帝。令我意外的是，那扇古怪的門好像特別堅硬，任聖后與遮天大帝怎麼努力，效果卻不甚明顯。

等了這麼長時間，我都有種上去幫忙的衝動，可是誰知道他們發現我跟蹤後，會不會接受我的好意。不過我知道，如果我現在出去，肯定別想讓兩人引著我去找樹帝了。

我歎了口氣，忍著衝動，希望兩人能快一些打開眼前的門！

突然間腳下傳來不尋常的震動，接著整個宮殿都搖晃起來，好像此刻的東海正發生著大海嘯，帶動著龍宮也晃動起來，我有些心神不寧地望著眼前的巨門，心中產生了種不祥的預感。

「祈神殿」中龍淵大帝對樹帝的本體發出了最後的打擊，霹靂連著雷擊夾雜著滾滾的火球，無法移動的樹帝毫無還手之力的在瞬間被龍淵大帝的強大給粉碎。青玉地面一片狼藉，四處濺雜著污穢物。

龍淵大帝對著滿地的枯枝敗葉獰笑了一下，一甩龍尾向著塔飛去。

龍淵大帝小心翼翼地圍繞著塔盤桓，心中盤算著自己的力量是否有能力可以令這件神器臣服！「定海神針」的威力實在太引誘人，令他無法放棄，化身爲龍後力量大大提升，又給了他更多的信心。

龍淵大帝浮在半空凝視著被金色毫芒所籠罩的塔，心中猛地下了決定，一聲龍吟倏地衝了上去，用身體將塔給卷住，金光彷佛受到了侵犯似的陡然大漲，刺眼的金芒帶著極強的攻擊性。

龍淵大帝雙眼驟然精芒大盛，身體放出更強的紅光，一眨眼的時間，龍淵大帝就被金、紅兩種光芒所覆蓋，兩種光芒互相角逐，龍淵大帝好像在忍受著極大的痛苦，一雙精光閃爍的龍眼此刻卻佈滿了血絲。

隨著兩種龐大力量的比拚，四周的空間也受到了波及，地面漸漸傳出低微的震動，不久後連「祈神殿」也跟著搖動起來。龍淵大帝逐漸落在下風，但是又不甘心就這麼放棄，厲吼一聲釋放出體內全部力量，作最後一搏。

塔在金光中劇烈搖晃起來，彷彿有什麼東西欲破塔而出。金光如潮水一樣湧出，瞬間將龍淵大帝給淹沒，漫及整座「祈神殿」。就在此刻，龍宮也好似感受到了這股憤怒的力量在海面劇烈震動起來。

片刻後，金光如退潮一樣徐徐退回到塔中，金光在塔邊吞吐不定，宛如在警告著什麼。

過了一會兒，龍淵大帝呻吟著從地面爬了起來，強大的力量硬是把他從龍形打回到人的樣子。龍淵大帝踉蹌地走了兩步，默視全身發現除了一些青腫外並沒受傷，好像剛才的力量並沒殺他的意思，否則以剛才那種力量，就算再多兩個他也死定了。

他轉身又恨又怯地望了一眼塔，對塔內發出的力量此刻仍是驚魂未散。他歎了口氣，決定不讓任何人有機會得到牠！

「轟隆！」

一陣巨響從他背後發出，他回首望去，發現是從門那邊傳來，嘴角扯出一抹殘忍的意味，喃喃自語道：「看來有朋友前來造訪了。」在他的意願下，堅逾金鋼的巨門緩緩升了起來。

正在努力重擊巨門的聖后與遮天大帝，愕然地看著偌大的巨門突然自己升起，朦朧的金光從巨門升起的缺口中透出。我遠遠望著升起的巨門，知道必然有人觸動了機關，否則一直沒有反應的巨門不會突然升起。

聖后兩人遲疑了一下，當巨門升到他們眼前時，他們還是決定進去。

我怕巨門會再次落下，也急忙的閃身進入了裏面。

裏面雖然金碧輝煌，但地面卻狼藉不堪，很顯然剛才一定有一場惡戰！四處地面佈滿了各種各樣的枝葉，但卻無一完整，好像受到大力的破壞。遮天大帝忽然沉聲道：「樹帝死了！」

聖后一驚，望著遮天大帝不敢置信地道：「你是說這是樹帝的本體？」

遮天大帝凝重地點了點頭，踢開腳邊的枝葉，低道：「小心，樹帝應該是剛剛被殺死，敵人還在附近，我們要小心，能把樹帝輕易殺死的，絕對不是易與之輩！」

「快看，這裏還倖存一個分體！」遮天大帝眼尖的在亂枝堆中找出一顆不起眼的種子。聖后急忙走過來，望著他手中的種子，道：「好像這個分體已經失去了自我促生功能，樹帝這次真的神魂皆消了！」

遮天大帝沉重地呼出一口氣，「敵人好像出乎我們想像的強大。」

「歡迎大家來到龍宮！」龍淵大帝忽然從塔後出現。

「龍淵大帝！」聖后與遮天大帝失聲叫道！聖后不相信地望著他，驚訝道：「難道是你將樹帝的本體給打散的，你何時具有這種本領了？」

龍淵大帝眼中露出不在意的笑容，淡淡地道：「你們所處的地方是龍宮最神聖的地方——「祈神殿」。「祈神殿」是我們龍族祈求龍神保佑龍族子孫的地方，是絕對不允許外族人進入的！」

聖后道：「龍淵大帝不要在此裝神弄鬼，不管你是怎麼變得這麼厲害，你一個人不是本后與孔帝君的對手，快點交出『定海神針』！」

遮天大帝冷冷地道：「據本帝所知，聖祖曾經就進入過『祈神殿』！」

「沒錯！」龍淵大帝嘿嘿笑道，「妖精王曾經進入過我龍族的『祈神殿』，他是應東海龍王，也就是古龍族的族長之邀而來。」隨即又瞥了一眼聖后，淡淡道：「在本帝身後這個塔中就是『定海神針』，萬年前，妖精王是通過了龍族的測試獲得允許前來取『定海神針』才有幸進入神聖的『祈神殿』。」

聖后的視線越過龍淵大帝向著他身後的高塔望去，眼中興起迫切的神色。

龍淵大帝哈哈大笑道：「不要著急，我們還有很多時間，難道你們就不想多知道一些關於『定海神針』的事嗎？」

遮天大帝兩人都被龍淵大帝出乎意料的鎮定給震懾，一時間不知道他到底有什麼依恃，才讓他表現得如此輕鬆。

遮天大帝淡淡道：「願聞其詳。」

龍淵大帝欣然道：「自這世界上有智慧生物存在時，這『定海神針』就已經出現了，是我龍族的聖物，不過我龍族並不是自私的將其占爲己有，在天地宇宙形成到現在的悠久歲月，這個非凡的神器曾有很多的外族人所使用，往往這些暫時擁有神器的人都成爲一代人人景仰的英雄。當然其中也包括了你們妖精族的妖精王。不要不信本帝的話，你們可以看看你們腳下青玉上雕刻的圖畫，就知道本帝所言非虛。」

我聞言也向青玉上望去，果然看到一幅幅不同的圖畫，畫中的人物無一例外的都掣著一隻金光燦燦的棍子。

聖后好像已經忍耐到了極限，大聲道：「既然已有了先例，就請龍淵大帝將『定海神針』借本后一用吧。」聖后疾速向著高塔飛去，裹在身上的絲巾在空中飄飄欲飛，不可侵犯的聖潔令聖后看起來冷豔不可方物。

在聖后飛起的瞬間，遮天大帝也隨著向前衝去。龍淵大帝呵呵笑道：「你們太著急了！想要本族的神物，就讓本帝試試你們是否有此資格。」

聖后飛揚的絲巾陡然如同觸手一樣的活了過來，捲動著向著龍淵大帝纏去，遮天大帝的手上同時也多了一柄巨大的翎羽，轉眼間化為四尺青鋒，在劍鋒四周滾動著呼嘯的風聲。

龍淵大帝望著兩人眼中閃過一抹殺機，雙手紅光乍現，兩手異化為兩隻金色的龍爪，鱗甲反射著冷光。龍淵大帝大喝聲中，一把抓住後發先至的孔帝君的四尺青鋒，口中奚落道：「孔帝君近年為女色所惑，修為不進反退，本帝著實為孔帝君扼腕！」

面對幾乎同時趕到的白色絲巾，陡然彈出尖銳利指，聖后屢用不爽的絲巾在瞬間的工夫就被龍淵大帝的利爪化為漫天飛舞的破布。

龍淵大帝哈哈大笑道：「聖后好像只會說大話呢！想要拿到『定海神針』除非你們能打敗我，否則你將無法再進一步。」

聖后秀眸閃出寒星，嬌叱道：「既然帝君急於尋死，本后和孔帝君就成全了你。」邊說著，迅速的從另一側襲到。龍淵大帝手中一軟，發覺遮天大帝的劍突然化為羽毛從自己手中脫了出來。

我見他們幾人打得熱鬧，心中輕笑了一聲，躡手躡腳的從另一邊的階梯逐級而上，金色的光芒彷彿初升的太陽射出的光線，給人暖意卻並不灼熱。我一步步地走近，圍繞著高塔轉了幾圈，在一邊站定，望著高高的塔心中奇怪爲什麼不見有門窗。

仔細觀察了一會，卻並沒看到有什麼蹊蹺的地方。我向著聖后那邊望了一眼，三人正打得熱鬧，我這個名義上的義兄看起來修爲大長啊，聖后兩人聯手仍被他逼在下風。

我收回視線再把注意力集中到塔上，我試探著伸出手去觸摸金光。

陡然一股傳遞著氣憤訊息的能量猛的向我衝擊來。我大驚，倏地縮回手。以我煉器的經驗，這個絕對是頂級的超級神器，並且在一定程度上擁有了自己的意識。

龍淵大帝大怒道：「誰在那裏！竟然被你們兩個騙了！」

第十一章 龍魂戰衣

聖后兩人一頭霧水，不知道他突然發怒是爲了什麼。龍淵大帝怒吼著將兩人逼退迅速向著高塔飛來，他剛才深刻體會到塔中「定海神針」的厲害，他絕對不允許任何人得到它！

我隱身站在一邊，屏住呼吸，不怕他能夠發現我。龍淵大帝在塔邊找了一圈卻一無所獲，凶光四射地掃視著四周，他很清楚，塔如果沒有人動，絕對不會發出如剛才那樣激烈的光芒。

這一刻，聖后與遮天大帝也已經來到了階梯的頂級向著塔慢慢走來。

大概龍淵大帝感到了危險，再不像剛才表現的那麼從容不迫，凶態畢露地道：「先殺了你們兩個小爬蟲！」

聖后冷然道：「關心你自己吧。」三人之間瀰漫著一觸即發的火藥味。聖后的身體驟然暴現出一團金光，一隻金色的巨猴出現在聖后的位置。我望著巨猴，知道聖后為了「定海神針」不惜現出本體與龍淵大帝一搏。我望向遮天大帝，他也在聖后之後現出了孔雀真體！

七彩翎羽散發著淡淡的光華。龍淵大帝嘴角露出一抹譏笑，眼中射出高傲的神色，縱身躍向空中，被一團金色的光芒所包住，頃刻光華散去，一尾強大的金龍出現在兩人面前。

聖后冷冷的道：「樹帝說的沒錯，你果然是龍族的人！托庇在我妖精族下幾千年，不是包藏禍心，又何必苦忍至今。」

龍淵大帝哈哈狂笑道：「包藏禍心的又何止本帝一人，你不是也把持了聖王大權幾百年的時間嗎，樹帝、狼帝哪一個不是想做聖王的，而他，如果不是為了你，恐怕也早就推翻聖王了！」

龍淵大帝止住狂笑，道：「妖精王受天下景仰，為什麼？還不是因為他是最強的！這個世界上唯一的真理就是實力，誰有實力誰就是王！而今，本帝就是世上最強的人，理所當然天下歸我！」

現出本體的三人力量急劇上升，遮天大帝陡然發難，一蓬羽箭帶著刺耳的尖嘯向著龍淵大帝射去。望著迅速飆射過來的羽箭，龍淵大帝冷哼一聲，龍尾倏地甩過，所有羽箭紛紛折斷跌落下去。

幾乎在同一時間，龍淵大帝已經撲向遮天大帝，速度快得肉眼難尋，只是現出本體的諸人都擁有凡人不及的靈感，在龍淵大帝逼近時，遮天大帝與聖后同時做出了反應，股股的旋風如同旋轉的鋒利刀片布在自己身前，而聖后重重的一擊向著龍淵大帝的腦袋砸去。

龍淵大帝似乎並不顧忌看起來鋒利異常的旋風，勇猛地闖了進去，旋風中發出「嘎吱」的刺耳難聽的聲音，龍淵大帝完好無損地衝了出來，巨大的龍嘴狠狠地咬向孔雀看起來異常柔弱的脖子。

聖后大力的一擊在龍淵大帝快速的移動中陡然落空，聖后落在地面，又倏地躍起，試圖抓住龍淵大帝的龍尾。

遮天大帝也在龍淵大帝闖出自己吐出的旋風前撲著翅膀向上飛去，鋒利的雙爪剛好蹬在龍淵大帝的腳上，一股火熱的力量夾雜著電擊瞬間從龍淵大帝的龍角上傳遍遮天大帝周身。

聖后意外的成功抓住龍淵大帝的龍尾，使力向下墜去，揮動著有力的雙手試圖將龍淵大帝給扔飛出去。卻不想龍淵大帝的龍尾突然如塗了油一樣滑膩，一下子就從她手中脫出，如影隨形的向著吃了一些小虧的遮天大帝追去。

我望著三人的本體進行的激烈戰鬥，心中感歎龍淵人帝現出本體後力量確實很強，實力隱約在聖后兩人之上。

龍淵大帝擺脫了聖后，突然一轉身向著她撲去。聖后沒想到他的反應會這麼快，要躲開時已經來不及，面對鋒利的龍吻，只能用手臂擋住。龍淵大帝一口咬住聖后的手臂，鮮血迅速從手臂上流出。

聖后強忍著鑽心的疼痛，另一手迅速抓住龍角，使盡全身力氣要將龍角折斷，龍角雖然是龍身上最硬的地方，但也忍受不了這麼強的力量，龍淵大帝急忙鬆口，向著聖后連連吐出連珠的霹靂。

這麼近的距離聖后連反應的時間都沒有，瞬間被連環霹靂給電得全身酥麻，氣力迅速消退，手也漸漸鬆開，龍淵大帝一得手，馬上擺脫聖后的桎梏，重重的向她撞去，聖后如同不堪一擊的孩子被撞飛出去。

受傷的龍淵大帝仍不滿意，嗖的跟了過去，在她即將落下時，要用龍尾再把她給彈飛出去。遮天大帝在千鈞一髮之際奮不顧身地飛了過來。狂風撲面而去，雖然不能對龍淵大帝造成傷害，卻可以把失去知覺的聖后給卷飛出去。

龍淵大帝猖狂笑道：「天空乃是龍族的天下，你們羽翼族在龍族的面前只不過是可憐的小麻雀。」龍淵大帝好像要向他證明自己的強大，一個小颶風驟然出現在兩人面前，在兩人的注視下，颶風越來越大，強大的吸引力簡直要將一切東西都給捲進來。

遮天大帝也試圖用自己喚出的旋風將颶風給抵消，結果卻反而被颶風吞噬令颶風越變越大，遮天大帝竭力振翅向後退去，希望可以擺脫颶風的吸力。

龍淵大帝倏地繞過颶風來到遮天大帝身後，龍角狠狠地插進遮天大帝的身體，使勁將他向颶風中甩去。孔雀哀鳴著被颶風給吸了進去。鮮血由於颶風吸力的緣故狂向外飆射。

恐怕等到颶風消散時，遮天大帝也要失血過多而亡了。

我目瞪口呆地看著龍淵大帝，沒想到片刻的時間，聖后與遮天大帝就折在他手中，而他卻只是受了點小傷。

龍淵大帝獰笑地望著颶風，心中充滿了得意的殘忍！突然間颶風憑空消失，遮天大帝不知生死的摔到地面，一灘鮮血迅速從他身體下溢出。

龍淵大帝驟然驚疑的向四處看去。我原以為是他將颶風消失的，不過看他吃驚的樣子好像並不是他做的。

忽然一個威嚴的聲音在「祈神殿」中迴盪：「『祈神殿』乃是龍族極神聖的所在，絕對不允許任何形式的褻瀆，你的行為已經褻瀆了龍神！作為龍族的後裔，你要深悉龍族的一切規矩。不過在你成為新一代守護者後，你將有足夠的時間去學習！」

聽到這熟悉的聲音，我便知道一定是金龍！看來他並沒有欺騙我，恐怕龍淵大帝將難逃成為龍宮守護者的命運了。

龍淵大帝厲聲道：「究竟是誰如此大言不慚！本帝就是龍宮的主人。一切皆由本帝說了算！」

金龍驟然出現在他的上方，聲色皆厲地道：「你又犯了龍規，你要永遠記住，你只是龍宮的守護者，絕對不是龍宮的主人！」

龍淵大帝見自己上方突然出現的金龍心中不由一凜，強自鎮定道：「只要本帝擁有『定海神針』，本帝將成爲全天下的主人更別說區區龍宮。」

龍淵大帝還想說下去，陡然覺得一隻有力的爪子緊緊地扼住自己的咽喉，金龍憤怒地道：「你的實力不配擁有『定海神針』！我嚴厲地警告你，你只是守護者！『定海神針』自有它的主人！」

龍淵大帝小命受到別人掌握，不敢再嘴硬，緘默不言！

金龍見他老實了，鬆開爪子放了他。金龍望著他淡淡道：「現在我就要爲你進行傳承儀式，我會將金龍印打入你的體內，這樣你就會成爲第二代守護者！」

龍淵大帝眼中轉過屈辱的神色，金龍的力量佔有絕對優勢，他沒有膽量敢說「不」字，從剛才爲所欲爲，一轉眼又淪爲別人的魚肉，強烈的差異令他心中燃起熊熊怒火。

金龍嘴中吟唱著龍語，金色的光芒從他體內升起，一個個古怪的符號浮現在他身邊，散發著神秘的輝光。龍淵大帝敏銳地覺察到一股極強的壓力從金龍身上蔓延過來，雖然他不知道金龍口中的守護者是什麼意思，但是他很清楚他不想受任何人擺佈。

趁著金龍吟唱的刹那，陡然變回人形落在地面，金龍愕然地望著他，旋即憤怒的咆哮道：「快變回龍形接受金龍封印！」

龍淵大帝譏笑地望了他一眼，隨手拿出一件奇怪的衣服！衣服遍佈鱗甲，紅色的異光柔和地覆蓋在鱗甲上。

金龍吃驚地盯著他手中的衣服，脫口道：「龍魂戰衣！」

龍淵大帝嘿嘿笑道：「你竟知道這件衣服嗎？龍魂戰衣，嗯，好名字！不知道本帝穿上這件龍魂戰衣，你還能讓本帝成爲什麼守護者嗎？」

金龍凝重地望著他道：「你從哪裏得來的龍魂戰衣？」

龍淵大帝見他露出沉重的神色，知道這件龍魂戰衣一定具有非凡的力量，否則不可能讓對方這麼慎重。

他漫不經意地道：「這件衣服是本帝在那邊的神龕中找到的。」

金龍雙眸中射出驚人的憤怒，咆哮道：「你竟然敢褻瀆龍神像，在龍族中這是死罪！」

龍淵大帝不以爲意地道：「本帝成爲新一代龍族族長後，會將這一條規矩給廢棄的。」

金龍盯著他道：「龍神愛每一個龍族的子民，但是你這種不知好歹的龍只有死路一條。我會讓你沉睡千年來懺悔自己的罪過！」

龍淵大帝悠然道：「這件龍魂戰衣看起來好像擁有不凡的力量呢，不知穿到身上會有什麼效果，也許本帝穿上牠，會使你另眼相看。」

龍淵大帝已經從金龍的語氣、神情中看出這件金龍口中的「龍魂戰衣」恐怕擁有著意想不到的力量，龍淵大帝一邊盯著金龍，一邊徐徐將「龍魂戰衣」向身上套去。

金龍伴隨著一聲驚人的龍吟陡然向龍淵大帝撲去，身體蜿蜒快速的宛如一道閃電，龍淵大帝見他急於阻攔自己，更確定這件「龍魂戰衣」必定具有非同凡響的力量，「龍魂戰衣」突然射出彩色的光芒，一下子套在龍淵大帝身上。

龍淵大帝臉上現出痛苦的神色，一股股陌生而強大的力量不斷地衝進他的身體，充斥在每個角落，龍淵大帝因爲承受強大的力量，臉部也變得扭曲起來。

我驚訝無比地看著這奇怪的一幕忽然發生，我敏銳地感覺到龍淵大帝的力量迅速飆升，恐怕以金龍現在的力量再無法抑制他了。

金龍轉眼間就撲到了龍淵大帝身前，卻意外的被龍淵大帝身外的那團彩光給擋住了，金龍好像對彩光無可奈何，鋒利的金爪探入彩光中好像是陷入了泥沼一樣，有無處著力的感覺。

說話間，龍淵大帝的臉發生了嚴重變形，之前的威嚴、豪邁的形象被一股邪惡的氣質所代替，龍淵大帝陡然仰天發出一聲咆哮，一股無形的氣旋流倏地衝了出去，陷入彩光中的金龍借著這股氣流退了出來。

我驚駭地看著龍淵大帝，他除了臉部外身體都發生了畸變，濃重的龍息，隨著他無意的喘氣向四周蔓延。

可是最奇怪的是，他雖然擁有龍形化時的強大力量，卻並沒有變身爲龍，兩隻短龍角在前額微微的凸出，帶著邪惡的眼眸不時閃過一絲龍所特有的紅光，裸露在外的皮膚上覆蓋著龍鱗，細密而堅韌，雙手在腕部長出第六隻手指。

而一對腳更變成了尖利無比的龍爪，結實地踏在地面。

我心中忖度，從他傳出的力量的壓迫感上來說，可能龍淵大帝的力量已經超過了金龍。這個「龍魂戰衣」究竟是什麼東西，竟然能把一個人的力量瞬間提升數個級別，難道這也是什麼神器！

恐怕正是如此，既然能有「定海神針」這種匪夷所思的超級神器，那麼有「龍魂戰衣」這種東西也就不稀奇了。

我只注意到龍淵大帝的變化，並沒有注意到金龍在看龍淵大帝的神色已經沒有了剛才高高在上的高傲，而是有了一絲怯色。

龍淵大帝閉著的雙眼驟然打開，望著金龍邪笑了一下，徐徐道：「本帝感覺好極了，就是這種強大的力量，本帝盼望已久了，本帝要好好謝謝你，如果不是你，也許本帝還不會嘗試著穿上這件『龍魂戰衣』。」

龍淵大帝說著話，一隻手慢慢抬了起來，指甲陡然彈出足有尺長，閃著寒芒，配合著手背上的龍鱗閃動著妖異的光芒。毫無預兆的四周的空氣倏地捲動起來，一個小颶風在他手中產生。

風眼就在他的手心，四周的空氣跟著飛速旋轉，金龍在颶風中努力的想要擺脫。龍族具有控制風的能力，剛才那樣聲勢浩大的颶風，金龍也只不過如探囊取物般輕易使其消失，而現在這個相對小很多的颶風卻顯得無能為力。

這種懸殊對比不能不令人看出龍淵大帝確實不是剛才的龍淵大帝了。

突然間颶風忽然消失了，龍淵大帝望著金龍嘿嘿笑道：「掌握別人生殺大權的感覺太動人了，本帝感覺這一生從此刻才真正開始，未來的生活將會是豐富多彩的。」

他好像頗有感觸的深吸了一口氣，空間中的空氣突然凝固了般，令人產生壓抑、無法呼吸的感覺，龍淵大帝眼眸露出一抹得意的笑容道：「你看，連呼吸也這麼動人，本帝被這個世界感動了。」

我望著龍淵大帝，心臟陡然劇烈跳動了兩下，一股強者之心在體內開始甦醒，眼中不一樣的異彩，雖然我對那個體現出無比神奇功能的「龍魂戰衣」非常感興趣，但是我對於體驗一下對手的強大更感興趣。

龍淵大帝漫步向著金龍走去，並沒看到他有什麼動作，甚至感覺不到力量的波動，他就那麼自然地踏著虛空走到半空中。

金龍顯得非常小心謹慎，在龍淵大帝一步步走到自己面前時，一點也沒有放鬆地盯著他。

「不好！」我心中大喊，獲得了絕對力量的龍淵大帝並沒有因此變得高尚起來，在他非常接近金龍的時候，我感到一股異常的波動，同時發現他邁出的步伐發生了一點小小的不同。

我顧不得仍在隱身當中，大聲警告著金龍，同時極快的向著龍淵大帝投去，手中一柄刀罡形成的大刀重重的向著龍淵大帝劈去。

可惜急切之間，我無法使用更多的力量，等我衝上去時，已經是來不及。龍淵大帝在金龍一無所覺的情況下突然出現在金龍的背上，堪比金鋼的龍爪狠狠地插進了金龍的身體中。

就在龍淵大帝欲再下殺手時，幸好我已趕到，雖然看不見我的人，他卻能準確無誤地感覺到一股淩厲的殺機在他背後升起，他機警的從金龍身上閃逸開。

金龍哀鳴著掉落在地面，看情形，剛才龍淵大帝的一擊令他受了不輕的傷，我緊跟在金龍身後落在他身邊，探手向牠傷口摸去，感應到牠身體中遭到了強橫力量的攻擊，雖然傷口不大，內傷卻不小。

龍淵大帝穿上那件「龍魂戰衣」後，變得更加心狠手辣了。

龍淵大帝力量提升後，很容易感到空中氣流的流動，察覺到我站在金龍身邊，厲聲喝道：「是誰？」

我釋放隱身，向著愕然的龍淵大帝笑吟吟地道：「是小弟我！不知道義兄這幾天過得還好嗎？」邊說著我旁若無人地取出十來顆靈丹捏成粉末塗在金龍的傷口上，又餵食了牠幾顆。

龍淵大帝看見是我，神色間頗爲意外，隨即毫無顧忌的哈哈笑道：「怎麼聖王那個毛頭小子沒來嗎，只派你來，他難道不怕你叛變他嗎！」

我呵呵笑道：「是啊，這個問題曾經也困擾了我呢，不過聖王給了一個令我嘆服的理由，如果你現在從龍宮中出去的話，你就會忽然發現原本忠於你的族人現在都被統一到了聖族的旗幟下，而你吃飯睡覺的地方現在佈滿了抓你的勇士。」

「小子敢爾！」龍淵大帝暴怒道，「這個奸詐的小子和他的父親一樣是無恥的卑鄙小人，只知道從背後下刀，竟然趁本帝進龍宮而陰我。」咒罵了一會兒，忽然又哈哈狂笑道：「不要緊的，本帝出去後就把這個小混蛋給殺了，看天下有誰還敢擋我！」

龍淵大帝猖獗地揚起雙手肆無忌憚的狂笑不已。

金龍忽然低聲呻吟道：「你快走，他穿上了『龍魂戰衣』，你不可能打過他的，除非你能拿到『定海神針』，不過那不太可能，塔還沒打開，你根本沒有機會拿到『定海神針』！」

我望著龍淵大帝猖狂的模樣皺了皺眉頭，詢問道：「他穿上『龍魂戰衣』真有那麼厲害！這件『龍魂戰衣』究竟是什麼東西？」

金龍急速喘了幾口氣，顯得心情很激動。然後道：「『龍魂戰衣』是與『定海神針』一塊出現的神器，同樣擁有不凡的力量，是龍族的聖物，每一代龍族的族長都會在死前將力量奉獻給它。

「傳說，這件『龍魂戰衣』是爲了抑制『定海神針』的力量而生。爲了防止獲得『定海神針』的人做出對龍族不利的事情，只要龍族的人穿上這件聖物就會擁有與『定海神針』相媲美的力量。

但是這是族長權威的象徵，只有族長才有權穿上這件聖物，我沒想到在萬年前的那次大遷徙中族長並沒有將聖物帶走，反而放在『祈神殿』裏，也許是爲了抑制同樣留在這裏的『定海神針』吧。如果我早找到這件聖物早就突破三族封印離開這裏了。可惜……」

我望著龍淵大帝沉聲道：「他現在究竟有多強，難道真的除『定海神針』外，就宇內無敵了嗎？」

龍淵大帝歎了口氣道：「他沒有經過聖物的傳承儀式，無法擁有『龍魂戰衣』的全部力量，可能是因爲他本身的力量並不太強的原因，他仍無法順利繼承這並不完整的力量，不過隨著時間的推移，他會逐漸適應的。即便如此，他的力量已經無法抵抗了。」

聽他這麼一說，我眼中不由得閃過一道精光，既然不是絕對的無敵，我想我應該還是與他有一搏之力的。

說實話，就算金龍告訴我龍淵大帝真的是宇內無敵了，我也不會輕易相信的，更不會放棄的。

力量的強弱極限在每個人的心中都不盡相同，在我見識過如同死神那樣強橫、可怕、偉大的存在，我實在無法想像還有誰能強過他。

就算是被所有妖精族所崇拜、傳唱了萬年的妖精王，我也不相信他可以強大到超過死神。

我淡淡笑了兩聲道：「要怎樣才能把封印植入到他體內？」

金龍頹然道：「他的力量現在強過我，我沒有任何辦法可將封印植入到他體內。除非他自願將『龍魂戰衣』脫下來。不過這根本不可能的，你的力量雖然也很強，可是並沒有超越他。」

我淡淡笑道：「如果力量超過他，就可以除去他身上的龍魂戰衣嗎？」

金龍歎道：「也許可以，不過你……」

龍淵大帝漫不經心地瞥了我們兩人一眼，嘿嘿笑道：「你們是在異想天開，本帝既然穿上『龍魂戰衣』，是絕對不會脫下來的。」

我微微笑道：「那就讓我來試試吧，或許你會發現自己的力量並不如你想像中的那麼強。」

我意念一動，大地之熊就出現在我腳邊，小火猴也趴伏在我腦袋上，賊笑著看著不遠處的龍淵大帝，好像對他釋放出來的若有若無的龍息並不當一回事。不過，無論是誰生命長期受到鳳凰的威脅，那他也一樣可以做到如小火猴這樣處變不驚。

小火猴率先從我腦袋上躍起，在天空幻化出鮮豔的朵朵火花，冉冉浮在我身前，我徐徐伸出手，火焰陡然撲過來附著在我表面，火光掩映下，我彷彿穿了一件燃燒著的戰衣，置身於熊熊之火中。

大地之熊氣勢雄厚的人立而起，咆哮著化作一片黃光，黃光在空中形成一個高大威猛的大地之熊的虛影與我融爲一體，隨後火焰的戰衣透出淡淡的黃色光暈。最後我又召喚出體內的小白狼，小白狼如同王子一樣高傲地凝視著龍威四射的龍淵大帝。

小白狼陡然釋放出強烈的白光，我胸前衣服霍地炸開，一幅狼王哮月圖的紋身也在釋放著刺眼的光華，彷彿在回應小白狼的呼喚。

金龍在一邊提醒我道：「他的力量正在逐步提升。他與『龍魂戰衣』在不斷地融合，假如他成功與『龍魂戰衣』完全融合時，你絕對無法打敗他！」

小白狼徐徐向我走來，但是卻好像越走越遠，仔細望去，才發現牠是在不斷變小，最後只變到有手掌大小剛好印在我胸部那個狼的圖騰上，光華沖天而起，一時無兩，強大的力量如同長江大河在經脈中奔騰不息。

我舒張了一下雙手，手背上附著一層淡淡的白毛，雙手也長出鋒利的指甲，但仍是一雙完整的人手，我向著龍淵大帝淡淡笑道：「兄弟，讓我幫你脫下那層令你失去心智的『龍魂戰衣』。」

我陡然躍起向他襲去，十根指頭都被一層火焰所覆蓋，凌空一擊數道火焰包含凌厲的殺氣直擊龍淵大帝，他不屑地望著向他襲去的火焰流，倏地在空中一揮，撲天而起的海浪憑空出現擋在我和他之間。

火焰瞬間被海浪浸滅，我在海浪前站定，海浪停在半空，水流在頭頂滾動不休，龍淵大帝嘴角微微扯動了一下，海浪沒有預兆的塌陷下來，重達數噸的重浪連空氣也給壓縮了。

水火不相融！我倒忘了他擁有控制水的力量本領，之前與金龍的一戰對他使用水力量的出神入化仍然記憶猶新，現在龍淵大帝擁有了比金龍更強的力量，自然更能輕易施展水的力量來對付我。

我跳在空中御風而行，海浪雖然兇猛卻只能逼近我，卻不能令我絲毫有損，龍淵大帝見半天都不能收拾我，勃然大怒，在他腳下忽然升出一道巨浪把他高高托起。

「祈神殿」中陡然滲出水來，很快就超過了一人高。在他腳下的巨浪彷彿有靈性似的托著他向我追來。龍淵大帝忽然停了下來，雙手高高托在半空，妖異的光芒在四下的水面泛起。

陡然間，幾條氣勢洶洶的水龍躥出了水面，水龍一出水，立即張牙舞爪的向我噬來，我利用自己無人能比的速度快速的在幾條水龍中穿梭躲閃，心中驚駭龍淵大帝的力量仍在持續提升，竟然有能力可以將普通的水擬化成似有靈性的東西，他的力量已經有了質的提高。

忽然間我腳下現出一個急速旋轉的漩渦，如同張開人口的海獸要把我吞噬。幾隻水龍抓住機會，都飛快的向我撲來，這種危險的時刻，我倏地取出至今所擁有的第一利器「煙霞」！

「煙霞」也好像感受到我高漲的戰意，激烈的在我手中顫動著，無堅不摧的刀罡催化出有形的氣勁，水龍在「煙霞」的力量下，頓時失去了所有的力量，化爲普通的水轟然砸下去。

我運足一震，小龜憑空出現在我腳下，那個欲吞噬我的漩渦也轉眼間被小龜化爲無形，小龜雖然沒有龍族力量強大，但是由於與神器合爲一體，對水的力量也有極強的操控能力。

一股力量從我腳下向小龜延伸去，小龜身上同樣有一股異常的力量迎了上來，我可以深刻感覺到腳下的水流各種不同的波動，那種感覺好似小龜成爲我身體一部分的延伸。

小龜背上的鱗刺高高凸起，將我護在當中，更添我的威武形象，我心念一動，腳下的小龜彷彿是艘靈活的戰船破浪向著驚訝的龍淵大帝行去。

龍淵大帝見我向他望去，旋即恢復正常，腳下出現一隻水龍，也將他給托起來，他站在水龍的頭部，顧盼自傲地道：「你倒是比本帝想像中頑強一些，很好，讓本帝拿你試試手。」

我淡淡笑道：「正好相反，你比我想像中要弱很多。我想我不需要終極合體就能將你解決，自重吧。」

「終極合體？」他略微有些愕然，旋即大笑道，「你說的就是那些奇怪的動物吧。你以爲本帝現在的力量就是極限了嗎……」

在我的注視下，他漸漸又發生了異變，身上的衣服全部破裂，鱗片逐漸凸起，形成短短的鋒利尖刺，在手腿的關節部位長出寸許的鱗刺，在光芒的映射下不時閃出一絲寒芒，在他後面臀部位置，一條較小的龍尾拖了出來，同時手中多了一柄奇怪的武器。

武器看似重斧，偏偏在斧的頂端更有一小截不短的劍刃，刀背向上有專門鎖敵人兵器的幾道鏤空。斧呈金色，光芒在斧身流轉，像是斧在呼吸一樣，令人訝異。

發生又一次變化的龍淵大帝看起來力量又有長足的進步，本來與我不相上下的能量又多出我數倍。龍淵大帝張狂的大笑起來，笑聲未停，已經以鬼魅莫測的速度向我激射而來。

我冷哼一聲，腳下一動，十幾根龜背上的鱗刺尖嘯著向他刺去。同一時間，小龜驟然從水中飛出，在天空旋轉，一片烏光將我裹在當中。小龜飛速旋轉，烏光也愈來愈濃烈，小龜漸漸變小，當我從光芒中出現時，身體又出現了變化。

火焰戰衣已經被烏光閃爍的龜甲所替代，我一手握著「煙霞」，一手握著「龜劍」！體驗著龜劍中傳出溫熱的感覺，我彷彿有回到地球李家的錯覺，當年我可就憑著這身龜甲在地球闖出「鎧甲王」的殊榮。

想起往事，我禁不住在嘴角露出一抹會心的笑容。

一溜金光閃過，龍淵大帝已經出現在我面前，手中的巨斧豁然憑空出現在我頭頂，無限的壓力，彷彿有種被大山壓頂的錯覺。千鈞一髮，「煙霞」的刀刃剛好擋住，爆炸性的威力在碰觸巨斧的一剎那釋放。

令我吃驚的是，他乍一承受如此的巨大力量，並沒有似我預料的被強大的力量擠飛出去。龍淵大帝只是臉色一白，瞬間便恢復正常，我感到自己的力量好像有種水遇到海綿的感覺。

我瞥了他一眼，卻見到他正陰森地笑著。我心中震動，這其中必有古怪，一股超強的吸引力正快速的吸納我的能量。我心中雖驚，卻並不露聲色，左手的龜劍以極快的速度在我手中揮灑著凌厲的劍氣。

一道道無與倫比的劍氣組成朵朵淒美的劍花向他擊去。在這麼近的距離，他根本無法擋得住我突然襲擊。劍氣的速度既快破壞力又強。

他果然沒有想到我在變故突然發生的情況下仍能保持鎮定，並且做出快速的反應，劍光閃爍，他來不及反應，眼中射出恐懼的神色，心驚膽寒地看著劍氣一瞬間擊在自己的身上。

他身體驀然遽震，臉色慘白，卻在剎那間恢復了紅潤。他驚魂未復地望著我，我也不敢置信地看著他！

不過，隨即我倆都同時明白了，普通的兵器根本無法對他造成傷害。

一瞭解這點，他空著的左手肆無忌憚的向我發出了攻擊。

我只有一邊抗拒他吸取我能量的吸引力，另一邊還得擋住他瘋狂的攻擊。

他另一半身體雖然是赤手空拳，但是包裹在外的那些異變的龍鱗，卻比任何武器還具有傷害力，我只是憑著自己積累的豐富作戰技巧來閃躲，或用龜劍阻攔他的攻擊。

他的強大吸引力正試圖闖過「煙霞」中的三道力量場（**刀的力量場，劍的力量場及棍的力量場**）深入到我身體中來汲取更多的能量。

情急之下，體內的龐大力量急劇地湧動起來，意外之中，我的雙眼射出了灼熱的兩道金光，直刺向他的雙眸！

龍淵大帝第一個反應是躲閃，其實以他剛才所展現的防禦力，這兩道金光實在無法對他造成任何傷害的。

可惜聖祖的名頭太大，而作爲他的標誌的「火眼金睛」更具有神秘性。他驚駭我可以施展出聖祖的功法，下意識的將頭偏往一邊。我抓住難得的機會，通身的力量都灌注於龜劍上。烏光頓時暴漲，亮得如同透明的水流一樣在龜劍上來回轉動。

我很清楚再強的武器都需要力量來駕馭，而他身上的「龍魂戰衣」也是一樣，即便防禦力再怎麼強，只要我的絕對力量超過了它的承受力，使用它的主人同樣會受到重創。

就在他驚駭的閃避兩道金光時，我倏地狠狠將龜劍向他刺去，他大駭之下伸手來攔，烏光正好刺在他的手背上，速度陡然慢了下來，我大喝一聲猛力的向下插去。

龜劍終於如願以償地刺了進去。可惜被他用手一擋，力量大減，再無更多的力量刺進他身體中。

我抓著龜劍用力一轉，龜劍在他手背上開了個大洞。龍淵大帝痛得冷汗直滴。我鬆開龜劍，拳頭如同雨下頻頻落在他臉上，即便他有「龍魂戰衣」護體，仍被我打得頭暈目眩。

但他仍堅持的不肯放棄繼續吸取我的能量。如果他真有本領將我的力量給吸光，我當然是不戰而敗，可惜這豈是那麼容易的。能量在我蓄意的指揮下正在經脈中徐徐地旋轉起來。如果他的吸力真的侵入我體內，迎接他的將是一場短兵相接。

除非他的力量能夠全面將我壓倒，否則他是不可能得逞的。從他巨斧中傳過來的吸力正不斷的向「煙霞」中侵入。「煙霞」的光芒陡然一漲，隨即又縮了回去，如同一圈圈的水暈開始蕩漾。

三種不同的光芒相繼在「煙霞」中出現，粉紅色的氤氳徐徐在四周瀰漫開，然而這次的氤氳與往常不同，以前只是普通的光芒罷了，這次卻摻雜了從來未有的腐蝕的力量。

這種力量倒是與「煙霞」中三個劍靈之一的「蛇獅」的本領極為相似，難道它在駕馭這些氤氳嗎，刀劍與棍相連部位的那只異種大珍珠陡然射出璀璨的彩光，三道光芒再此相聚。

「煙霞」倏地振動起來，四周的氣流同時發生了變化，「祈神殿」中的靈氣迅速向這裏集中。「煙霞」像是一個正在酣睡中的孩子被吵醒後發脾氣一樣，對於大膽闖入自己身體內的力量給予迎頭痛擊！

這令我想起在數月前，我在煉製「煙霞」時在最後關鍵一步，「煙霞」產生的吸引力差點把我吸了進去成為劍靈。那種強大的力量，我現在尚記憶猶新。這種力量今天由於龍淵大帝的強大力量再次甦醒過來。

兩件神器的對決，可惜他的巨斧只是「龍魂戰衣」中的一部分，並不足以對抗「煙霞」。龍淵大帝心中大駭，理智地放棄繼續汲取我能量的誘人想法，迅速向後退去。

龍淵大帝驚魂未定地望著我，神情頗為忿忿，眼中有不甘之色。憤怒的將仍留在他手中的龜劍拔出扔在地上，他手上的傷極快恢復，一點劍痕也看不到。

龍淵大帝怒罵著雙手舉在空中，一個偌大的颶風隨即在他上方形成，他向我嘿嘿笑著，將颶風向我扔了過來。我感受著「煙霞」不甘寂寞「嗡嗡」振動的力量，我大喝一聲躍到空中。我拿著「煙霞」在空中徐徐畫出一個個圓圈。

似慢極快的，一個旋風在劍尖前出現，高速地旋轉著帶著淡淡的火焰，幾乎要將整個空間的氣流都給吸收過來，我胸口一窒，甩腕將火焰旋風給拋了出去，與龍淵大帝的颶風絞在一起。

兩種強大的風的力量糾纏在一起，幾乎耗盡了「祈神殿」的所有氣流，力量之強，連我和龍淵大帝都無法穩定地站在空中。我倆為免遭池魚之殃，不約而同地落在下面的水中。我倆視線在空中相遇，我向他淡淡一笑道：「技窮了嗎？你該認識到我的力量足以抗衡你了吧！」

龍淵大帝大怒，身上閃過一道亮光。我立即感覺到腳下傳出異樣的波動，心中一動，立即向後閃了一步。

一條水龍倏地從剛才我站的位置穿了出來，我想也不想揮劍斬去。

劍氣將其凍結在半空中，一道冰雕一樣的水龍栩栩如生立在我的面前，接著冰雕在空中龜裂，在半空裂為一塊塊的碎冰砸落水中。

我哈哈大笑道：「你好像真的技窮了，竟用這種雕蟲之技偷襲我。」

他的颶風和我的火旋風力量相當，漸漸互相抵消地散去。

龍淵大帝腳下一頓，滔天巨浪排山倒海的向我撲了過來。我與小龜合為一體後，也同樣具有控制水的力量，但是我並不想用水力量來應付他的攻擊，我大笑道：「我看你能有多少水！」

靈龜鼎倏地出現在半空中，在我的催動下，靈龜鼎釋放出巨大的吸力。彩光搖曳，撲來的巨浪身不由己的被靈龜鼎給吸了去，化作一匹連綿不絕的彩練源源不斷地灌入靈龜鼎中。

龍淵大帝神色十分難看，卻不肯甘休的不斷使巨浪向我撲來。龍宮身處東海，海水不斷被龍淵大帝用自己獨特的本領弄進來。我的靈龜鼎終究不是無限大，裝不下那麼多的水，漸漸已經無法再盛下更多的水。

急中生智，一個大膽的念頭在腦海中出現。

我身外陡然生出熊熊火焰，靈龜鼎也在同一時刻發出了獨有的祥瑞之光，數朵三昧真火飄到龜鼎下，我笑道：「看我怎麼把你東海之水給煮沸！」靈龜鼎連神劍都可煉化，何況這區區海水。

幾乎一眨眼工夫，大朵大朵的蘑菇雲從靈龜鼎中升起，「祈神殿」中充滿了熾熱的熱氣，很快，殿中的海水都化作濃厚的雲氣充斥在殿裏的每一寸空間。每個人都好像置身在雲海中，看不到身外任何事物。

靜耳傾聽，似乎再沒有了磅礡的水聲，可能龍淵大帝失去了目標，遂停止了繼續召喚海水進來吧！

我念頭一動，在濃濃的雲氣中只有一道亮光極快閃過，我已經和變色龍寵合體隱身在這看不到邊際的雲氣中。

四周靜靜的沒有任何動靜，我雖然隱住身形，但仍站在原地一動不動。

只有我一動，必定會引起周圍雲氣的流動，而令龍淵大帝能夠感應到我的所在。而他也一定是和我一樣的想法，所以我們兩人都一動不動地等待對方的動靜。

過了很大一會兒後，陡然一股異常的波動擾亂了雲氣正常流動，我倏地向著目標撲過去。當我發現龍淵大帝並不在那裏時，我知道自已上當了，但是並沒有馬上離開此地，而是立即匍匐在地面。

一條閃著紅光的龍尾倏地在我站立的位置掃了過來。雲氣空出一大塊，一個碩大的龍頭從雲氣中冒了出來，偌大的龍眼泛著紅光。發現我並不在，快速的向著濃厚的雲氣中鑽去，留下一條迤儷的龍形空隙。

就在他要離開時，我陡然躍起，撲在他身上。

在我接觸到他的一剎那，他瞬間感覺到不對，猛烈地甩動龍尾，要將我甩下來。我既然上來了，哪有那麼容易被他甩下去。

他的龍鱗散發著與金龍絕對不同的光澤，淡淡的光暈像水流一樣在他的龍鱗上流動著。

想必他化作龍形，「龍魂戰衣」仍然發揮著它的作用。我重重一拳擊去，強硬的反彈力差點把我從他身上拋落下去。果然和我猜測的一樣。

我抓住「煙霞」用力向他身上的龍鱗扎去，「煙霞」應手沒入他的體內。龍淵大帝劇烈一顫，隨即狀若瘋狂地甩動身體。

我抓著「煙霞」，心中猶豫了一下。但是想到擁有了「龍魂戰衣」的他危害實在太大，就從他剛才的所作所爲，如果任他出了龍宮，整個星球恐怕都要生活在對他的恐懼下。

我在他身上站起，只要我握著「煙霞」狠狠割下去，龍淵大帝將成爲第一個被人給劈成兩半的龍。

在我狠下心將要把他給劈成兩半時，金龍忽然大喊道：「不要殺他！」

我下意識地停了下來，憶起之前金龍曾說要把自己看守者的責任傳給他，把三族封印植入到龍淵大帝的體內，使他成爲繼金龍之後第二代的「龍宮寶藏」守護者。

我藉著「煙霞」的強大威力將自己的力量都湧入到龍淵大帝的體內，一舉控制了他的行動，龍淵大帝無力地躺在地面。

金龍升到半空，神聖的光芒將一片雲氣都給逼散，無數的古怪符號在金光的環繞下，一個個出現在金龍身邊，金光閃爍，那是古怪符號散發出的力量波動，金龍一對龍眼很快佈滿了血絲，好似在忍受著什麼痛苦。

一道金光陡然射在龍淵大帝的龍身上，龍淵大帝劇烈地顫抖了一下，想要掙扎，卻被緊緊壓制使不出一絲一毫的力量。但我仍可以感受到「龍魂戰衣」的力量在不斷地反抗著我的壓制力。

所以我看似輕鬆，卻在承受著巨大的壓力。

原本圍繞在金龍身邊的神秘符號一個一個順著金光接踵而至。隨著龍淵大帝身上古怪符號越來越多，我感覺到反抗的力量越來越小。

突然金龍發出驚天動地的龍吟，在我身下本來無力的龍淵大帝也突然掙開發出憤怒的龍吟，似乎與金龍相和。

第十二章　回歸

龍淵大帝的龍吟憤怒至極，音波穿雲裂石，鼓蕩著我脆弱的耳膜。他的龍身彷彿比剛才還要粗長，我給予的重創，連一點蛛絲馬跡也尋不到。龍淵大帝陡然轉身，不懷好意地盯著我。

我被他盯得頭皮發麻，難道封印失效了，或者因為他身上有「龍魂戰衣」使他並不受封印的影響。我剛才可是費了九牛二虎之力才能把他重創。看著他精神熠熠的樣子，我只能做好繼續戰鬥的準備。

龍淵大帝獰笑地望著我，倏地向我撲了過來，口中的霹靂夾著轟轟雷聲先他一步朝我劈來。我大喝一聲，單手持著「煙霞」向他迎去。

陡然間，龍淵大帝的身上忽然綻放出晃眼的金光，龍淵大帝的龍身在金光中陡然變得虛晃起來，金光大盛，龍淵大帝驀地消失在我眼前。只留下幾道霹靂從我身邊擊過，另有一件光彩奪目的「龍魂戰衣」掉落在地面。

受傷的金龍舒了口氣道：「他的身體中已經被植入了三族封印，並且他將會先沉睡一千年，才會在下一次的龍宮開啓前醒來。以他的力量，他將永遠無法擺脫三族的封印，留在這裏做一個不老不死的守護者。」

我歎道：「這對他來說，恐怕是最好的歸宿。」

金龍幻化爲一個大漢的模樣，將「龍魂戰衣」撿起來，走到我身前道：「本來這件『龍魂戰衣』應該是屬於你的，只是族中有規矩，一個人不能同時擁有『龍魂戰衣』和『定海神針』，所以我會把這件……」

我點點頭道：「那本來就是你們族中的聖物，理應該你所有。」

金龍謝了聲將「龍魂戰衣」收了起來，我笑了笑轉身步上青玉階梯，一直向高塔走去。

遮天大帝和聖后兩人有些敬畏地望著我，剛才雖然與金龍激戰，打得地動山搖，卻並沒有波及到此。他們兩人雖然與我目標同樣是「定海神針」，但是在看了我與龍淵大帝的戰鬥後，他們便知道在我面前他們沒有任何機會的。

雖然我很想成全聖后，只可惜我必須得到「定海神針」才能找到回家的路，我走過她時，停了下來，望著她，我抱歉地道：「對不起。」

我逕自走到塔前，沒有任何一刻讓我感覺到自己離願望會這麼近。但是之前我已經嘗試過，不清楚怎麼才能收服這個超級神器。

就在我滿腦疑惑的時候，金龍已經來到我身邊，道：「想要得到『定海神針』，必須先打開這座琉璃塔！」

我追問道：「怎麼才能打開這座琉璃塔？」

金龍道：「琉璃塔就像寶劍的劍鞘，它是『定海神針』的劍鞘，想要擁有它，就必須擁有它的劍鞘。琉璃寶塔有塔靈，只要你降伏了塔靈，自然也就得到了琉璃寶塔。」

我納罕道：「我還得降伏塔靈！我甚至連塔靈長得什麼樣，在哪都不知道，難道得不到塔靈，我一輩子都沒法回家了嗎？」我心情變得有些沮喪，如果真的找不到塔靈，我這一切努力不都白費了嗎？

金龍咧嘴笑道：「我知道塔靈在哪，只是不知牠願不願意跟著你。」

我大喜，忙道：「塔靈在哪？」

金龍忽然伸手虛空一抓，手中頓時多了一個東西，我驚訝地看去，竟然是之前被樹帝抓走的那個小東西，此刻仍被樹帝變出來的那些藤蔓捆得結結實實。金龍將牠遞到我手中，示意我給牠解開。

我將牠給釋放出來，小傢伙張開翅膀振翼飛到空中。我小心翼翼地問道：「小傢伙，你願不願意跟著我，我這有很多寵獸，我……」我剛想把靈丹拿出來引誘牠，就被牠給打斷了。

小傢伙飛到鼻子前，向我做了個鬼臉，吐著舌頭飛開了。我向著金龍苦笑了一下。金龍反而好像對我胸有成竹，向著那個小傢伙道：「錯過這次機會，恐怕還得等五百年的時間，『龍宮寶藏』才能開啓，那個時候會不會有人有他這麼高的修爲擊敗守護者來到這裏……唉，你還得再等幾千年才能獲得自由，算了，你既然不喜歡他，我們這就走，龍宮馬上就要關閉了。」

然後轉身向我打了個眼神，我心領神會隨著他向下走去。

小傢伙倏地飛到金龍身前，好像極爲憤怒的「吱吱」叫著，叫了一會兒後，洩氣地停了下來，耷拉著腦袋無精打采地停在金龍面前。金龍伸出一個手指摸著牠的腦袋，「我知道你捨不得我，不過我總是要離開的，這是命運。他也是個不錯的人，何況他還有很多的寵獸，會陪著你玩。」

在金龍的循循善誘下，小傢伙眼前陡然浮現一個機靈的小猴子的模樣，還冒死救了自己，現在想想，好像跟他離開這樣也並不是什麼壞事。小傢伙回頭望了一眼金龍，捨不得地飛上去，親昵地親了一下金龍的臉頰。

我不失時機地取出了顆血參丸，伸手拿在小傢伙的鼻子前，小傢伙還閉著眼睛就嗅到了香氣，猶豫了一下，不客氣地抱住了血參丸，臉頰上還掛著淚水，我笑著搖了搖頭，又是個貪吃的小傢伙。

小傢伙戀戀不捨的又回頭望了一眼金龍，抱著血參丸逕自向著琉璃寶塔飛去，金光並沒有抵觸牠，小傢伙一下子沒入到金光中。

片刻後，琉璃寶塔徐徐升高，越變越小，逐漸變成一座不及寸高的精緻小塔落入我手中，小塔比世界上任何藝術品都要精緻，看上去使人不忍觸摸，這又是一件頗具威力的神器。

我從來沒有想過神器可以做成這樣完美。寶塔在我手中綻射著彩光，光暈環照整隻手掌，透入血肉。寶塔除去，「定海神針」顯露出原形。這件盛名久負的超級神器實際上是一件棍器！

挺立在原地，濃烈的金光遍及「祈神殿」的每一個微小角落，金光發出刀片般涼涼的感覺，刺在皮膚上，生出點點刺痛，從此可感覺到，這件有靈性的神器對場中我們這些人深具戒心。

我望著「定海神針」對金龍道：「我該怎麼收了它？」

金龍彷彿沉浸在以前的記憶中，聞言喃喃道：「琉璃寶塔只是收服『定海神針』的第一步，第二步你必須憑自己的實力收服它。」說完拍了拍我肩膀，鼓勵我道：「我相信你的實力絕對可以收服它！看你的了。」

我一愣，沒想到會這麼簡單。我收拾了一下激動的心情，向著『定海神針』走過去，越是靠近它，越是感覺到它所具有的強大力量，同時從金光中傳來更多的抗力。

我堅持一直走到它之前，深深吸了一口氣向它摸去。

在我碰到它的一剎那間，「定海神針」陡然發生了變化，由原本又高有寬逐漸變短變窄，最後變成普通大小，懸浮在我身前。

所有過程我沒有受到任何抵抗，我納悶不已，難道這樣就收服它了？

我猶豫了一下，回頭向金龍望去，卻發現金龍正在偷偷開溜，向遠處跑去，我心中大愕！正在我疑惑的時候，忽然一個近乎咆哮的聲音兜頭向我湧來：「繼承者，打敗我，你將真正擁有『定海神針』。」

話雖說完，音波卻源源不斷的朝我撲來，我像是處在狂風巨浪中的一棵小樹，被強迫地壓下身體來抵抗巨大的壓力，隨時都有被連根拔起的可能。受到波及的聖后與遮天大帝來不及驚呼就被強大的力量給吹飛出去。

「加油！你必須通過這關，才能獲得上任『定海神針』主人的記憶，否則你無法得到『定海神針』的使用方法！」金龍遠遠的向我大喊道。

我暗暗咒罵了一聲，原來他早知道，難怪剛才跑得那麼快。我一邊努力抵抗著音波在我體內對我經脈的侵襲，一邊暗道：「光是聲音都這麼厲害，要是真正對打，我不知道自己能有幾分勝算！」

同時心中又想，考驗自己的不會就是上一任的「定海神針」的持有者吧！

我努力抬頭向前望去，在「定海神針」旁邊出現了一個由金色所籠罩的虛影，看其模樣倒頗似聖王，我心中一涼，知道自己果然猜得很準，這個恐怕就是被世人所傳誦的妖精王吧！

金龍這時候又道：「不用怕，這個虛影只具有原人的一成力量。根據本族的記載，曾有三十人被選中作爲『定海神針』的持有者，其中只有五位沒有完成自己的使命，不幸被虛影擊敗。」

我咽了口唾沫實在不相信，只有原人一成力量的虛影會具有這麼強的攻擊力！

我艱難地問道：「被影子擊敗的人會怎麼樣？」

「死亡！」金龍乾脆地答道。

聲音戛然而止，彷彿從來沒有發生過。四周一片寂靜，我感受著那種沉寂的可怕，望著眼前所謂的妖精王，提起全身的力量準備應付。

聖祖陡然睜開雙眼，兩道神芒直射出來，金光燦燦，更有一種穿過對方眼睛，從心底震懾對方的意味。

我大駭，這才是真正的「火眼金睛」！

一股無形的威嚴令我手足皆顫，前所未有的壓力使我興不起抵抗之心！真正的強者風範，未戰已令人屈服！

望著這位在一萬年前縱橫宇內無人可敵的前輩，我鮮血也爲之沸騰起來，瞬念間，強大的氣勢也從我身上延伸出去，我大喝一聲，小樹人也加入到合體的行列，體內的能量瞬間又得到極大的提高。

聖祖的虛影倏地向前一步，看似簡單的一步卻蘊藏著無匹的奧妙在其中，聖祖身邊的光芒隨著他跨出的一步發生了極大的變化。

虛影仍然是虛影，但卻已經如實體一樣充滿質感！光芒圍繞在聖祖前後左右，形成無數的星光，有的明亮，有的黯淡，有的光點比較大，有的光點卻很小。

這一步的距離看似很慢，但卻又好像非常快。彷彿眨眼間就會出現在我身邊，但我又感覺就算他走一年也未必能走到我身前。這種極其矛盾的感覺，使我難過的要命，更令我無法判斷他的遠近與他的速度快慢。無法覺察到敵人動作的情況我還是第一次遇到。

我猛一咬牙，迅速向後退去，這一退已經使出了全力，以「祈神殿」的大小，我動念間已經來到了另一邊。然而情況並沒有因爲我的後退而變得好轉起來，聖祖好像從來沒有動過，卻始終站在我面前。

我壓住心中的狂跳，將自己的速度施展到極限，在他身邊快速飛動。「祈神殿」中，金龍他們三人只看見一道極快的光線在聖祖身邊轉動，而聖祖卻始終沒有動過。

我一邊在聖祖身邊急速地飛動，另一邊仔細地觀察著聖祖的破綻，爲什麼他可以予我這麼奇怪的感覺，他到底用什麼方法來達到這種效果。他只跨出了一步而已，卻使我無法察覺到他的所在。

雖然他沒有隱身，但已經達到了隱身的效果！他這一步好像永遠也不會走完，又好像馬上就會走完。我細細地察覺著他四周的氣，如果他有所動作，必定使用自己的能量，同時引起周圍氣的波動。

不過我察覺不到一絲任何異常能量的波動，我艱難地咽了口口水。如果我一直這麼飛下去，一定會被累死的。但是一旦停下來，我必定陷入絕對的被動中，可能連反擊的機會都不會有就被聖祖虛影給打死！

到底聖祖用了什麼樣的功法，致使別人會產生那種錯覺？

我決定試探一下，手中的「煙霞」飛快地旋轉起來，刀罡、劍氣、棍勁同一時間組成一個佈滿了半間「祈神殿」的羅網，向聖祖兜頭蓋下去。一層覆蓋一層，三種截然不同的力量融洽地組成了一張羅網。

「煙霞」自動地吸收周圍的力量，從我手中脫離開，陡然飛到頂上，自動的高速旋轉起來，強大的能量召喚出數個扭動著的颶風，環在聖祖左右。我才不信他能躲開我這全力的一擊。

華麗的力量網向著聖祖網去，絢爛的光芒就像是豔麗的焰火令人迷醉，但是其威力卻可令天下任何一個修爲高絕的高手大驚失色。這堪稱我出道至今最強一招，完美至無懈可擊！

我在身邊撐起能量護罩，以免受到力量的波及。我在空中站定，欣賞著聖祖被絢麗的能量雨洗禮，彩光縱橫，瑞氣條條，一切淒美的如同人間仙境。

「煙霞」的力量果然非同小可，當一切都過去時，半個「祈神殿」被破壞得面目全非，我徐徐向著聖祖原先站立的位置飄飛過去，忽然聖祖毫無預兆地出現在我面前，幾乎與我相撞。

我大駭倏地後退，同時向他望去，卻發現他遠遠地站在瓦礫堆上，宛如從未動過。我心驚膽戰地看著他往前忽忽悠悠的又邁出了一步。

剛才那種確切感應到的感覺又消失了，他再次恢復到之前那種飄忽不定的狀態中，他明明在那裏，可是我偏偏感應不到。這是什麼邪門功法！我恨不得馬上衝上去跟他殺個痛快，但是知道這絕對不是理智的做法。

我強壓住心中的怒意，身形一動，又開始了剛才如同「鬼魂」般的行動，漸漸的我逐漸發現了一些蹊蹺。

從剛才開始，他就一直沒有出過手，但是卻對我施展出極大的壓力，令我不敢掉以輕心，好像我一旦停止下來就會陷入絕對的劣勢，死亡亦離此不遠了！所以雖然他一直沒有動手，但是我絕對不會拿自己的小命去賭他真的不會動手。

除非我能找到他的破綻，發現其中的奧妙之處，否則我不會停下來的，更不會再次主動發起攻擊的。

我望著他那似真亦假的虛影，回想著之前的情景。所有的變化都在他跨出那該死的一步後才發生的。這會否是一種什麼奧妙無比的步法呢？但旋即這個念頭就被我推翻，光憑腳步移動是無法達到這種神奇的效果的。

再向前回憶，他身上圍繞著一層古怪的光芒，在他跨出那一步後，身上的光芒也跟著發生了奇怪的變化，之前那些光芒是一體的，後來就變成星星點點，成爲無數個獨立的光點。

我心中陡然濾震，我知道其中的奧妙了！我強壓住心中的興奮，嘗試著用自己剛才得來的體驗來偵察他的所在。尋著他身體中最亮的那個光點，我逕自的徐徐靠近，眼中除了那個光點再無餘物！

當我恢復正常視線時，終於看見了聖祖那張威嚴的臉盤。我心中頓時一陣狂喜。自己果然猜中了！

在自己屢次在時空中穿梭時，無一例外的都看到過無數的星光，可惜在時光空間那單調而深邃的背景下，這些美麗的星球都只能發出淡淡的白光，其中有遠有近，視其能量大小離我遠近而發出大小不一的光芒。如果不是時空隧道給我指明方向，我必定被這些遠近大小不一的星光所迷惑陷入時空中。

我想聖祖的功法正是借用時空的天然規律，將自己身上的光芒造成無數個與星光相似的光點來達到迷惑別人的目的。如果沒有經過時空的人是萬萬體會不到這些的，我不禁自己暗自慶幸！

至於爲什麼感覺不到他能量的波動，自己的能量也無法靠近他的原因，這個相對要更好解釋一些。

只要利用自己的力量製造出一個類似磁場的力場，就可以將自己的力量鎖定，也同時令力場外的力量無法進入到力場中，除非對方有絕對優勢的力量，否則無法破壞該力場。

我來不及爲自己興奮，聖祖身上的星光陡然又發生了變化，原本靜止不動的星光陡然圍繞著他的身體旋轉起來，這樣令他的真實位置更加難測。在此之前他雖然被這些星光隱藏起來，但是位置卻是不變的。

現在他的位置卻發生了變化，在星光轉動間，使我循著某一個光點再次偵察到他的所在。無數的星光彷彿各有自己的軌道，但卻絕對不會相撞，在他身體周圍川流不息。

我愕了一下，心中引起了更大的興趣，沒想到這些星光還能這麼用。

我只好再次圍繞著他迅速飛起來，看著在上體周圍飛速運轉的光點，我試圖再抓住其中一個光點，然後向著聖祖靠近，可惜飛快運轉的光點，已經不像剛才那般「聽話」將我帶到聖祖身邊去。

我皺了皺眉頭，心道：「要是能讓它們靜止下來就好辦了。」

心中思索著如何讓這些光點靜止下來的辦法，下意識地跟著其中一個光點在聖祖身邊飛了起來。當我回過神來時，意外的發現有一些光點不知何時都停了下來。

我心中大喜，倏地停了下來。眼前原本的光點陡然又運轉起來。我愕然的望著這些光點，心中陡然明白過來。

我再次迅速地飛起來，很多光點又停了下來，我按照先前的辦法循著某一個光點一直來到了聖祖身前。

我淡淡地笑著望著聖祖，心中盼望著他能拿出更奇妙的功法！

念頭未畢，眼前忽然一變，所有的光點逕自向我飛來，但我馬上發現不只是向我飛過來，而是所有的光點在不斷向外擴散，彼此之間的距離在增大，我宛如置身於浩瀚的宇宙之中。

無數的星體快速從身邊轉過，我微微笑著道：「這個更簡單了！當我知道這些星體是在圍繞誰轉的時候，這些星體便無法影響我了。」

我一邊笑著一邊向著聖祖漫步而去。

下一刻，所有的光點都消失不見了，眼前再次恢復到「祈神殿」的原貌，聖祖的眼角隱約露出一絲滿意的笑容。

我剛想向這位萬年前的奇人表達我的敬意，聖祖陡然動了起來！「定海神針」的神光前所未有的強烈，洶湧的力量使我感到巨大的危機橫在自己眼前！

我一聲狂吼，湛放出全身的力量，手中的「煙霞」綻射出無與倫比的美麗！萬千彩光繚繞飛騰，陣陣粉色氤氳瞬間使「祈神殿」變成了晚霞的空間，迷離萬狀的綺麗光彩彷彿太陽初升！

眨眼間兩股堪稱最強的力量激撞在一塊，轟然巨響，「祈神殿」搖搖欲墜，我心中猛震，一口腥甜塞在喉嚨間，胸口傳來劇烈的疼痛！

我震駭無比，不知該如何表達。只不過一成的力量竟能達到這種程度，我不得不承認聖祖具有堪與「死神」匹敵的強大力量。

我把持著腦中最後的一絲清明，我知道如果我現在放棄，必將被洶湧而來的力量給淹沒，我的死期也就到了！

在我即將撐不下去的時候，那股兇猛異常，欲將我置於死地的力量突然潮汐一樣退去，轉化爲柔和的光線，一個巨大的光圈將我罩在當中。

我有氣無力地躺在光圈的中央，吐出胸中淤血。

聖祖渾身散發著充滿暖意的光芒，笑吟吟地望著我，突然身形轉薄，化作一縷金光，將我包裹起來。在我疑惑不解的時候，我腦中出現了聖祖的金身！

一個祥和的聲音響起：「你通過了我的考驗，也接受了我的衣缽，剛才的那套功法，名爲『混沌宇宙三千光』，那只是初級的使用，在我即將傳給你的記憶中，會有後面的修煉方法！

「你現在正式成爲第三十一位繼承者！『定海神針』自有天命，當有一天它自然會離開你，不要試圖永遠擁有它！當它離開的一天，你必須如同我在內的三十位繼承者一樣，留下你的記憶。否則你將成爲它的一部分，無法獲得自由！

「現在開始，接受我的記憶吧！」

我心中恍然大悟，爲什麼剛才我一直感覺到他雖然向我施加壓力，但卻並不攻擊我，而好像在試圖點悟我。現在我才知道，這根本就是在傳授我一項本領，如果我能領悟就得到承認，否則就……

大量的圖像在腦中湧過，速度快至令我眼花繚亂，但我不會擔心記不住，這些記憶將會貯藏在我腦中的某一部分，當我需要它們的時候，只要去取就可以了。記憶的量並不多，片刻間就完成了。記憶中大多是一些「定海神針」的功用，其中自然就有我最感興趣的一項。

有了它，我完全可以想到哪就能到哪，不過這需要大量的能量供應。

金光散去，我受的傷勢也完全好了。望著漂浮在我身前的「定海神針」，我伸手將它抓到手中。異變陡然發生，「定海神針」陡然發出抗拒的力量，竭力地想要從我手中掙脫出來。

就在我慌亂不知所措的時候，金龍對我大喊道：「你的力量太雜，『定海神針』不承認你，擁有『定海神針』的繼承者必須要擁有純潔的力量才可！那幾個失敗的繼承者中就有一個因爲是力量太駁雜被『定海神針』的力量所重傷而死的！」

我能感覺到「定海神針」對我的抗拒，我緊緊抓住「定海神針」，同時不斷將與我合體的寵獸給釋放出去，最終只剩下我一個人的力量，可是「定海神針」仍未停止反抗。

沒有合體的力量，光憑自己的力量根本無法與「定海神針」抗衡，我的形勢越來越艱難，眉頭間陡然有炸裂的痛感，小龍在沒有召喚的情況下，強行突破我身體對牠的束縛衝了出來。

紅光四射，小龍陡然變大，盤旋地將「定海神針」給纏住，金、紅兩道光芒相持不下，但是卻漸漸黯淡下來，激烈的光芒漸漸爲柔和的金光所替代。我嘗試的將「定海神針」拿到手中，它並沒有如剛才表現出來的激烈反應。我知道自己被它所承認了。

把它捧在手中仔細端詳，一條威武的龍的圖騰從「定海神針」的底部一直盤旋到頂端，親昵地摩挲著圖騰，感受著手指頭下的凹凸，這隻隨我一塊長大的小龍，將永遠成爲「定海神針」的一部分了！

注視著它，「定海神針」化爲無數的星光倏忽湧入到我體內。金龍走到我身邊道：「恭喜獲得『定海神針』！從此天下又將出現一位英雄！」

我淡淡笑道：「謝謝，我只想回家而已，至於是不是英雄，我儘量做到吧！」

腳下忽然震動了一下，金龍道：「龍宮即將關閉，咱們趕快出去吧，現在不出去，只怕得在這裏等五百年才能離開。」說完領著我向著出口飛去，我忽然瞥見站在一邊的聖后和遮天大帝。

從他們眼睛中，我感出了無盡的悲傷，我獲得了「定海神針」，這對聖后來說是一個極大的打擊，她將永遠無法找到自己心愛的愛人！

我歎了一口氣向他們走過去，道：「龍宮快要關閉了，你們要是不想陪著『龍宮寶藏』一塊沉到海下五百年，就趕快走吧！」

聖后恍如沒有聽到我說的話，遮天大帝只是抬頭看了我一眼，淡淡地道：「謝謝你，你先走吧。」我搖搖頭望著這兩個爲情所困的可憐人。我道：「如果我說，我有辦法幫你找到上一代聖王，你還會待在……」

我尚未說完，聖后雙眸綻發出異樣的光芒緊盯著我道：「你是說真的嗎？你真的會幫我嗎？」

我搖搖頭，轉身飛去。我敢肯定聖后一定會跟上來的，我是「定海神針」的持有者，只有我最有可能幫助到她！就像是她救命的稻草，她不會放棄這個機會的。

片刻後，我和金龍站在「龍宮寶藏」的上方，注視著攪起天下風雲的「罪魁禍首」徐徐沉到海中。金龍深情地望著寶藏沉下去的地方。半晌後忽然望向我道：「我在這裏的職責已經結束，我現在就啓程去尋龍族，不要擔心我，我知道他們在哪。」

金龍穿上「龍魂戰衣」破開時空而去。

我望著聖后，她正可憐兮兮地望著我，我歎了口氣，道：「將你的兵器給我。」聖后二話不說，立即將自己喜愛的兵器放到我手中。我一觸到她的武器，就知道正如我所猜測的，她的武器也是非凡的材料所製。

她的兵器隨即被我熔化，在我手中變幻著形狀，最後變成一個手環。

我將手環遞給她道：「這個是我混合著靈犀角製成，如果你運氣好的話，或許你可以在靈犀角用完前找到先王！這是我特製的手法，靈犀角損耗很小，但依然會不斷損耗。」

聖后對我並無絲毫懷疑，驚喜欲涕地接過手環，我揮手打破時空，向著她道：「這個機率很小的，難道你不用再考慮一下，如果留下來，會有一個很疼愛你的人，你不覺得他也很可憐嗎！」

聖后歉意地望著遮天大帝，感受著他對自己始終不移的深情，心中如帝鵑涕血，心中十分不忍，但是一想到先王……她哽咽地望著他，喃喃道：「如果有下一輩子，我……」話沒說完，她陡然轉身縱身躍入時空隧道中。

我望著遮天大帝道：「難道你不想把她追回來嗎？」時空隧道仍停留在我倆眼前。遮天大帝深深地歎息了一聲道：「追去了又怎麼樣，她會跟我回來嗎？她的心意我瞭解，與我一樣的癡情！」

我驚訝地發現遮天大帝滿頭飄逸的長髮一瞬間變成了白色。遮天大帝向我道了個別，轉身遠去，望著他遠去的影子，不知道他是要到哪裏。

我也無奈地歎了口氣，有人歡喜有人悲，人生不如意十之八九！都是「情」字害人，自己不也正是爲情字所困嗎！

我向著遠處的藍家飛去，一路上心中不斷爲聖后與遮天大帝所惋惜，他們倆宛如璧人，如果能夠結合，將是一件多麼完美的事。

我的突然出現令藍泰十分驚喜，我不在這的近一個月間，藍家的大權也逐漸轉移到藍泰手中，經過一個月的整頓，藍家煥發出了新的神采，我相信藍家與陰陽教這兩顆我植下的種子終會破土而出的。

在藍家待了三天，同時將很多情況都告訴了藍泰和殘月主僕。

大亂之後，就是大安，這次因爲「龍宮寶藏」而引起的動亂，席捲了幾乎所有種族。雖然龍宮又再次沉入深海，動亂引起的各種戰爭恐怕還得持續很久的時間才會漸漸安定下來。

人族中有了陰陽教和藍家的引導，我相信會逐漸興旺、發達起來。妖精族中「一后四帝」不是死了就是離開了，再沒有什麼力量能夠威脅到聖王的。妖精族的統一只是時間的問題而已。

而我留在這裏剩下的唯一一件事就是等候藍泰與虞美兒之間的婚宴。

海人族，作爲龍族的後裔，本來力量是妖精族中是最強的，可是在爭奪「龍宮寶藏」中卻損傷最大。

海人族幾乎是用傾其所有的力量來對抗所有的種族，雖然「龍宮寶藏」關閉了，但是各妖精族對他們的恨意不會這麼快就消失的。

本來以龍淵大帝的精明，如果真的讓他奪取了「定海神針」或者帶著「龍魂戰衣」和那些金甲神從龍宮中出來，這點損失並不算什麼。可惜現在他被萬年前的三族封印所制，成爲「龍宮寶藏」的守護者，有生之年再也無法走出龍宮。

海人族由此從興到衰，再無對抗聖王、問鼎天下的實力，甚至連自保都成問題。不過這同時帶來一個好處，海人族將會非常樂意將虞美兒嫁到人族中來，藉此與人族搞好關係，雖不奢求人族能夠助他們一臂之力，但是至少也少了一個敵人。

第四天，我去見了聖王，聖王看起來紅光滿面，精神熠熠。聖王笑呵呵地出來迎接我，道：「兄弟拿到『定海神針』了嗎？」

我也笑道：「眼見爲實！」「定海神針」陡然出現在我們上方，毫光萬丈，使人難以直視。眾人讚歎地望著這傳說中的無敵神器。

半晌聖王幽幽地道：「看到它，就好像看到了聖祖當年的英姿，沒想到聖祖當年的基業差點在萬年後分崩離析，幸虧有兄弟你助本王，否則本王哪有臉面去面對聖祖啊！」

我收了「定海神針」道：「天下大勢便是分分合合，我相信聖王不會比當年的聖祖差，這次統一妖精族，又有一萬年的太平日子了。」

聖王微微笑道：「兄弟太客氣了，將本王和聖祖比，本王有自知之明，比起聖祖弗如遠甚，不過所幸並未辜負數位先王，能夠在極危險的時候得到兄弟襄助，挽救了聖族的萬年基業。本王真的要感謝你啊！」

我沒有繼續客氣下去，向著他道：「『龍宮寶藏』中發生了極大的變化，『一后四帝』都相繼失利。我已經幫助聖后破開時空尋找你父王了。」

聖王苦笑著搖了搖頭，好像對聖后的執著十分無奈。

我接著道：「遮天大帝在她走後，頓時白了頭髮，據我估計他已經心如枯槁，不知道去了哪裏。樹帝在龍宮中被龍淵大帝所殺，而狼帝正如我們之前推測的被樹帝所害！龍淵大帝……」

我剛想將龍淵大帝的實情告訴他，但是張了張嘴，終究決定還是不要說出來的好。以現在聖王席捲天下的氣魄，如果他知道海人族實際上並非是妖精族而是遠古龍族的後裔，海人族的下場將會很慘，聖王完全有實力將海人族的烙印永遠從這個星球抹去，而藍家恐怕也會遭到池魚之殃。我心念電轉，決定隱瞞這一事情，「龍淵大帝受到龍宮的詛咒隨著龍宮一起沉入海底，有生之年，他都只能在龍宮中度過。」

聖王滿意地點了點頭，我說的這些事情，恐怕是他最感興趣的。「一后四帝」在龍宮中的失利，掃清了聖王統一之路的最大障礙。雖然各族仍會再推舉出新的王，但是這種倉促出現的領導者遠遠不是聖王的對手。天下大業似乎已經有了雛形。

聖王忽然皺了皺眉頭道：「依天，你在龍宮中有沒有看到遠古龍族？當天在你進去龍宮之後，忽然有一條金光閃閃的龍飛了出來，但是隨即又進入了龍宮之中，本王懷疑當年龍一族並沒有完全遷徙，仍留有少許龍族生活在這個星球。」

我心中暗贊聖王心思縝密。我想了一下道：「這隻金龍我見過，而且曾有一場惡戰，牠告訴我，牠是當年龍族留下看守龍宮的看守者，受到人族、妖精族、龍族的合力封印，永遠無法走出龍宮一步。不過牠已經將三族封印給植入到龍淵大帝身上，所以牠獲得了自由身，龍淵大帝成了牠的替代者。」

聖王眉頭深蹙道：「這麼說，牠現在已經出來了？」

我知道他在擔心什麼，於是淡淡笑道：「聖王無須擔心，我親眼見牠破開時空，尋找龍族的遷徙地去了，永遠也不會再回來了。」

聖王聽我解釋後，深鎖的眉頭才舒展開，又擔心地道：「既然那隻龍有可能將封印植入到龍淵大帝身上，那麼龍淵大帝有沒有可能……」

我為他釋疑道：「金龍的力量非常強，『一后四帝』聯手也不是他對手，以龍淵大帝的那點實力，他一輩子也沒有能力再將封印轉嫁到別人身上，即便他有這個能力，也在一千年以後了。到那時，不但天下早已統一，而且聖王的個人實力恐怕也會今非昔比……」

聖王呵呵笑道：「本王能有今天，全靠你的幫助，有什麼需要本王襄助的，儘管說出來。」

我也不推辭道：「正好有一件事要拜託你。我的人族兄弟藍泰近日可能要與海人族的虞美兒成婚，希望你可以到場。」

聖王饒有興趣地道：「你的兄弟便是我的兄弟，他們的事我也早知道了，大喜之日通知本王一聲，一定會趕去慶賀。」

我道了聲謝，然後道：「我希望可以在藍泰的大喜之日，定下妖精族與人族之間的和平協議。」

聖王淡淡一笑道：「如果你真的為人族好，希望他們可以強大起來，最好還是不要這麼做。飽食無憂會令他們喪失鬥志，沒有危機的壓力，他們只會成為強壯的綿羊，永遠無法成為彪悍的惡狼。」

我想了想，聖王說的話也不無道理。我道：「聖王有什麼好的建議？」

聖王向我大有深意的一笑道：「為了本王的兄弟能夠安心地回家，這個和平的協定我仍然會作出允諾的，但是這個允諾本王希望只有少數人知道即可，例如你那個兄弟藍泰。因為大部分人不知道這個約定，在強烈的危機下，他們才會奮發圖強。」

聖王很明白我的心思，知道我如果不安置好人族的未來，是不會安心地離開這裏。我笑道：「聖王說的頗有道理，就以你說的辦吧。」

聖王呵呵笑道：「既然做好人，就要做到底，海人族與你兄弟通親，本王會適當地減輕海人族的壓力。」

我確實從心底裏感謝這位異族兄弟，如果他說的是真心話，我就可以沒有任何顧慮地離開這裏了。

只是我很清楚，任何一位霸主都不會滿足於既得的利益。即便是萬年前的聖族在統一了妖精族後，不是還想著佔有仙界的位置嗎！

聖王雖然仁厚，卻有很強的進取心，這對妖精族是好事，可是對其他族來說就是一場噩夢。

我遲疑了一下，道：「聖王將會在多少年後開始進攻人族？」

聖王愕了一下，見我誠懇地望著他，苦笑了一下，隨後道：「沒想到，最瞭解本王的人是你。」

我道：「以強凌弱是大自然的規律，現在雖然因爲一些人，暫時實現了強弱之間的和平，但是當有一天我離開了這裏，藍泰也年老死去……」我歎了一口氣道，「子孫不能始終活在長輩的庇佑下，所以當有一天你有心將人族收爲旗下時，我也能夠理解，只是希望你給他們一個時間。」

聖王望著我道：「本王承諾藍泰及子孫三代，人族將永享太平。」

我點了點頭道：「很合理，沒有進步的種族遲早會永遠消失。如果真的有那麼一天，我絕對不會責怪聖王的。」

事情似乎都結束了，我的使命也終於有了結束的一天，我從陰陽教中又將李石頭和珍珠他們倆兄妹給接了過來，同時又把七小、「似鳳」和血靈獸帶了回來。

新收的那個塔靈與小火猴的關係最好，兩個小傢伙聯手倒是與「似鳳」有了一拚之力。想著當時能夠收復塔靈，大多和小火猴有很大關係。

當年在第四行星時，猴寵中的那個猴王將寵獸蛋贈送於我，並說這只寵獸蛋將對我未來大有裨益。

現在看來，真是說的分毫不差，這些生活在不同空間的偉大智慧生物，都令我從心底欽佩不已。

在藍泰大婚的那天，聖王如約而至，以人類的模樣參加了藍泰的賀禮。料想不到的是，遮天大帝也出現在藍泰的婚禮上。原來遮天大帝終究忍不住思念之情前來找我，希望我可以幫助他。

思念令人憔悴，幾天不見，遮天大帝已經失去了往日的風采，哪有一點昔日的王者風範，那份風流瀟灑也隨著聖后的離開而不在了。

我即將離開此地，靈犀角對我也沒有更大的用處了，我給他製造了一個法螺似的東西，融合了剩下所有的靈犀角。我望著他的落魄樣，替他惋惜道：「也許你的選擇是錯的。」

在他的堅持下，我將法螺的用法告訴了他，在心中默默地祝福他。

破開時空隧道，遮天大帝並無絲毫猶豫地跳了進去。

這一段令人心痛的矛盾感情似乎永遠也沒法結束。

藍泰和虞美兒一對恩愛的新人在眾人羨慕的目光下完成了婚配的儀式。望著他們喜氣洋洋的笑臉，我在心中默默的向兩人祝福。

該離開了！

沒有驚動任何人，我騎著血靈獸悄悄地走了出來，在一片曠野中，我微微笑著對李石頭兄妹道：「準備好了嗎，現在就要離開了。」

兩人雖然早就準備和我離開這裏，但是真到了要離開的時候，倒頗有些戀戀不捨。兩人依依不捨望著遠處的燈火。他們在「三交鎮」出生、長大，十幾年的感情令他們產生難以割捨的情緒。

我也默默地站在一邊，觀望月空，這裏與自己的家是多麼相像啊，可是終究不是自己的家。

然而這麼長的時間，經歷了這麼多的事，已經無法使我輕易地放棄對這裏的感情。看著這裏的一切，我有種無法再相見的淡淡哀愁。

又過了半晌，珍珠別轉頭向著李石頭道：「哥哥！」

李石頭點了點頭，兩人望著我道：「師父，咱們走吧。」

我們三人坐在血靈獸身上，豬豬寵發出獨特的空間護罩將我們三人一獸給籠罩在內。時空之門在我們眼前打開，我回頭又望了一眼，毅然進入時空隧道中。

深邃無邊的時空隧道在眼前延伸，有了「定海神針」的幫助，我不會再陷入這廣闊無垠的星海之中，家好像已經呈現在我眼前……

……

在不知過了多少年的時間，一個陌生而乾旱的小星球上，出現了第一個訪客。

這位星球訪客，眼神中充斥著落寞，臉上的表情使人能夠聯想到他曾經歷過傷心的往事，最為突出的是他那一頭銀髮在風中飄蕩。

乾燥而酷熱的環境並未使他有一絲不適。默默地審視著這個缺乏生機的星球，他忽然從手中取出一個樹籽，喃喃地望著牠道：「樹帝啊，你也陪著本帝經過了這麼多星球，本帝累了，再沒有心力追尋下去。你就在此重生吧，真羨慕你可以失去記憶重新再來……唉……」

天空陡然落下一個驚雷，數個青色霹靂在天邊劃過，難得這乾旱少雨的星球竟然下起了大雨。

那人抬起頭望著天空，任憑雨水從自己的臉部滑下，嘴角微微扯動，如果你靠近一些就會聽見他在說：「聖后，你在哪兒……」

剛埋進土裏的那粒樹籽竟然在雨水的滋潤下冒出一個樹芽來，貪婪地吸收著土地中的養分和水。

大雨過後，一個幼小的生命誕生了，稚嫩的樹苗努力地舒展自己的身體，新芽一個個的抽出。

那個落魄的訪客站在小樹的身邊，目睹著小樹的變化。

數個月後，小樹已經完成了從小到大的生長過程，一棵參天大樹奇蹟般的在幾個月中拔地而起。

訪客摩挲著樹幹，淡淡地道：「你重生了！本帝也要尋找新的生活去了，宇宙奧秘無窮盡，我會放棄自己，在宇宙找到新的自我。保重了，老友……」

訪客瞬間如劃過天邊的流星消失了……

他沒有注意到，在他身後的那個大樹上，正有一雙眼睛在努力睜開，小傢伙好奇地打量著四周……新的生活又開始了！

結局外的結局

時間以永恆不變的速率在流淌著，沒有人知道它的源頭在哪，也沒有人知道它將流向哪裏，偶爾在時間河中濺起的一朵金色浪花，勾起人們潛存心中已久的回憶，那段令人心醉、心碎的往事……

方舟山，晨曦斜映大地，清晨的春風吹來，令人陣陣生寒。

一個古拙的城堡上方，有位神仙般的人物正在眺望遠方剛從地平線上冒出腦袋的金陽。

他睿智的雙眸中透出滄桑之色，俯瞰遠方彷彿在緬懷昔日歲月。身上的衣袂隨風浮蕩，手中一柄怪劍綻射著五色彩光，即便是陽光也無法將其掩蓋。

一個容貌冷麗的絕世佳人，穿著一襲白色長裙悠然地飛到那男人身邊。

男人望著遠方，忽然感慨地道：「太陽升起的地方就是太陽海。」

「天哥，你又憶起以前的事了。」佳人臉上露出恬靜的微笑。

男人長舒一口心中的抑鬱之氣，收回目光，落在佳人的俏麗臉頰上，深情地道：「是呵，它改變了我的生命，那裏面蘊藏了我的痛苦、悲傷、絕望，也同樣蘊藏了我的欣喜與希望。它給予了我太多的無奈和悲喜，我歷經兩個時空，千辛萬苦才回到這裏，我又怎麼會輕易的就把那些記憶給封存了呢。」

佳人的注視下，男人收拾心情，神情開朗起來，道：「不過我並不後悔，因爲經歷了那麼多事，我才更懂得珍惜你。」

佳人眼眸中露出馥郁的笑容，輕輕拂了一下被風吹亂的髮絲，緊緊地抓著男人的手，兩人轉過身，並肩的望著遠方的太陽逐漸升起，神情專注，共同回憶七年前的精彩歲月。

這對眷侶正是歷經磨難的依天與藍薇，此時已是依天從異時空回來的第七年。

恬靜的氣氛突然被樹林中的一陣騷動給打破。

依天笑著搖搖頭道：「這群猴子又給咱們送早餐來了。」

兩人飄身下來，很快，一個老猴子指揮著一群小猴子浩浩蕩蕩的，把手中捧著的瓜果向城堡中送。

這群猴寵正是依天兩人從地球上帶來的，自從來到這片原始森林後，地球的猴子們很快就打出一片天地，佔據了方圓七八百里的地盤。頗有占山為王的架勢，附近本地的猴子們被迫加入這個大家族的勢力，猴子們人多勢眾，連那些強大的靈獸也不敢輕易招惹牠們。

日積月累，儼然成了方舟山一霸。

猴子們很聰明，認定了依天和藍薇是自己的靠山，每每帶著猴子猴孫們，頂著種種山中的特產來拜訪依天夫婦。

一來二去的，兩人也默許了猴子們的行動，好在山中靈氣充沛，植物茂盛，不論春夏秋冬瓜果從來都不缺，任何動物都不缺吃的。

猴子們邁著蹣跚的腳步，將各自的貢品都送進了城堡裏。老猴吹了聲哨子，眾小猴們在幾隻機器狗的注視下，從城堡中出來連蹦帶跳地躥到森林中去，一眨眼功夫就不見了蹤影。

珍珠道：「師娘，下面的貯藏室都快放滿了，這些瓜果怎麼辦？」

藍薇微微笑道：「傻丫頭，不記得前些天，師娘跟你說過，要釀些果酒出來嗎，這些瓜果還未必能夠呢。」

石頭兄妹是依天從異時空帶回來的徒弟，來到這裏已經七年，早已適應了這裏生活，兩兄妹每日裏修煉武道，倒也過得愜意。

「媽媽，猴猴呢？」一個赤著腳丫的小女孩揉著惺忪的睡眼從樓上走下來，嘟囔著粉嘟嘟的小嘴問藍薇。

藍薇道：「小懶蟲，你的小夥伴給你送好吃的來了，看你不在，就都回森林裏去了。」

粉雕玉琢般的小女孩剛滿五歲，是藍薇和依天的女兒，自小便喜歡猴子，隨著年齡長大，更是與滿山的猴子們結爲了朋友，小猴子們大多與她撚熟。

小女孩失望地噘著小嘴，走下樓來，看到大廳裏擺滿了好吃的，抓起一個果子開心地吃起來。

依天夫婦對她很是溺愛，連石頭兄妹也很寵她，小丫頭天生是修武道的胚子，剛滿一歲，依天就給她築了基，再加上山中靈氣充沛，小傢伙的武道精進很快。

「弟弟呢？」小傢伙吃著吃著，忽然停下來問道。

藍薇取笑她道：「弟弟可比你勤奮多了，他一早就起來了，跟著你父親修煉了一會兒，就跟著紅棗出去玩了。」（紅棗，藍薇的寵獸，第四行星飛馬王的孩子）

「太狡猾了，竟然不叫上我。」小女孩有些生氣，說完放下手中沒吃完的果子，一抹嘴巴，衝出屋子。

藍薇忙道：「寶貝，你洗了臉再出去玩。」

「不嘛，」小傢伙邊往外跑，邊回頭興沖沖道，「我要去山裏洗溫泉。」臉上滿是興奮的神色。胖胖的小手在空中張開，白色的裙擺隨風吹拂。

「這孩子。」藍薇無奈地搖了搖頭。

依天擁著藍薇，望著在草地上飛奔的女兒，眼中充滿了寵愛的笑意，「讓她去玩吧，猴寵們會照顧她的。」

珍珠兩兄妹也笑看著向森林中奔跑的小女孩，這一幕，五年來，他們看多了，早就見怪不怪了。

小傢伙好像絲毫沒有感覺到大人們對自己的擔憂，像是無線的紙鳶，在天空裏自由自在地飛翔。

小傢伙來到森林中，陽光照下，留下塊塊碎金。小女孩閉上眼睛長長地吸了口氣，再吐出來，臉上洋溢著快樂的笑容。彎腰做了幾下體操動作，來到一棵樹下，雙手抱著大樹，速度極快的蹭蹭爬了上去。

雙腳並用，竟比雙手還要靈活，動作敏捷比起猴子們不遑多讓。

小傢伙來到樹頂找到一根綠藤，使勁拽了拽，挺結實。她聳了聳那小巧的鼻子，天真的眼神露出點點狡黠的笑意。忽然張嘴發出尖細的聲音，那聲音雖稚嫩，卻很悠揚。

聽到熟悉的聲音，方圓百里的猴子們頓時激動起來，原本寧靜的森林，突然變得躁動，「吱吱」的猴聲響遍森林。

圍坐在桌前吃早餐的四人，聽到聲音，面面相覷，露出會心的微笑。

藍薇搖頭苦笑：「小丫頭又發瘋了。」

小傢伙突然縱身躍下，嬌小的身體隨著綠藤在森林中高高揚起，從一棵樹漾到另一棵樹，猴子們也動員起來，在枝頭翻滾跳躍，跟著小傢伙一起在叢林中耍樂子。

此時，在城堡的另一邊，這是被叢林包圍的一片開闊的綠草地，春天一到，這裏便成了一片綠色的海洋，長長的青草在山風中蕩起一片綠波，在高低起伏的綠草中，隱約可看到一群十幾匹的高頭大馬在愜意的卷食青草。

循著山風向前，有一片幾十棵荔枝樹組成的小林子，鮮嫩的白花在風中競相開放，香氣四溢，尋香而來的蜜蜂在空中嗡嗡作響。

一個三歲大的小男孩正坐在一棵荔枝樹下，鼻下流著半截鼻涕泡泡，呆呆地注視著遠方的馬群。

小男孩頭上有一頂草編的帽子，帽子中竟然待著幾隻小老鼠，細看去，這並非是一般的老鼠，乃是低級的鼠寵，白黃色的毛髮，機靈的小眼睛四下打探，鬼頭鬼腦的樣子惹人喜愛。

這是一窩喜食荔枝的荔花鼠，也是依天從前在寵獸市場買回來的小東西，現在也於城堡中安了家，這片人工荔枝林就是專爲牠們設計的。

小男孩踮起腳，從樹上摘下一片荔枝花，一隻圓頭圓腦的小東西倏地跑來，呆頭呆腦的小男孩把荔枝花一點點餵給牠。

小男孩光著身子，只穿了條內褲，上身圍了個肚兜，他是藍薇和依天第二個孩子，只有三歲而已，在家裏非常受寵愛，連那個瘋丫頭一樣的姐姐也很疼愛他。

小傢伙也在滿一歲的時候築了基，跟著父親修煉九曲十八彎的家傳絕學。也許是因爲山中靈氣十分充沛的緣故，小傢伙又天天吃靈藥，竟然以三歲之齡神奇地度過第一曲一劫，令依天瞠目結舌，不敢置信。

小男孩又摘下另一片荔枝花，胖胖的手臂伸到腦袋上抓下一隻荔花鼠，吸了吸鼻涕，道：「鼠鼠，吃這個。」小手撫摩著牠的腦袋。

森林中，小女孩已經從樹上下來，潔白的裙子並沒有一絲被樹枝劃破的地方，不禁令人驚歎小女孩樹梢蕩漾的動作純熟。

此刻有一隻猴子站在她面前，指手畫腳的好像在敘述什麼事情。

只見牠一會兒張牙舞爪，故作兇狠，一會兒又踉蹌跌倒，作驚嚇狀。在那猴子齜牙咧嘴說了半天後，小女孩一拍胸脯道：「我幫你們。」然後又摸了摸那猴子的腦袋，道：「猴猴不怕。」

那猴子享受地瞇著眼睛，蹭蹭小女孩的手。

接著一大群猴子，帶著小女孩飛快的向前奔去，叢林中又掀起一陣騷動，久久不得平靜。

此情此景不禁令人感歎：「山中無老虎，猴子稱大王。」

猴子們很快就把小女孩帶到一片開闊地，草色蔥郁，鮮花盛開點綴在草叢中，彷彿一匹鮮豔的絨布。

本在草叢中悠閒吃草的馬群，忽然有所警覺，打頭的那匹，抬起腦袋向前看了看，甩了甩腦袋，嗚嗚的叫起來。一群馬聽到叫聲，都停止了吃草，轉頭就要跑走。

「不准走！」小女孩奶聲奶氣地喊了一聲。

一群馬彷彿接到聖旨，真的站住了，小女孩走過來，只及馬群小腿的高度，卻仰著頭望著那匹打頭的棗紅色大馬，道：「你不乖哦，怎麼可以欺負我的猴猴，以後再欺負牠們，我就告訴媽媽，讓她打你屁股。」

棗紅色大馬無可奈何地刨著蹄子，打了幾個響鼻。

此馬乃是依天從第四行星帶回來的飛馬王的孩子，七年後的今天已然是一方馬王了，長長的鬃毛彷彿一團火般在山風裏飛揚。

雖然牠身爲七級野寵的高貴身分，但是在小女孩面前，仍然顯得十分無奈。

猴子們在小女孩後面齜牙咧嘴的對著馬群扮鬼臉。前幾天猴子們與馬群起了衝突，可惜，在空曠的草原上，馬群們又會飛，猴子們吃盡了苦頭，所以才會找小主人來給他們出頭。

荔枝樹下，突然小男孩頭頂上的荔花鼠不安地叫了幾聲，小男孩忽地向著馬群跑過去。

猴子們是方舟山一霸，連這些小老鼠也吃盡了苦頭，所以一嗅到猴子們的氣味，立刻不安起來。

小男孩來到馬群時，小女孩還在罵馬王。

馬群中一匹小馬看到小男孩立即跑了過來，親熱地舔著他的臉頰。

小男孩走過去，抱著馬王的腿，望著自己姐姐，吸了吸鼻涕，道：「我的馬馬。」

小女孩看到弟弟，頓時沒了剛才的氣焰，跑過來摸了摸小男孩的頭，臉上露出燦爛的笑容，勸道：「牠欺負猴猴。」

小男孩抱得更緊了，依舊堅持道：「我的馬馬。」

一女孩儼然一副稱職的姐姐模樣，小女孩最終作出了讓步，點了點頭，轉過頭來，指著猴子們道：「誰讓你們欺負弟弟的馬馬？」

本來還在幸災樂禍的一群猴子，突然反被自己的小主人罵，一時沒反應過來，抓耳撓腮搞不清楚，事情怎麼突然轉了個彎。

罵了會，小女孩轉過頭望著弟弟，和顏悅色道：「姐姐帶你去洗溫泉好不好，溫泉可舒服哦。」

小男孩吸了吸鼻涕，緊緊抱著馬腿，看著姐姐搖了搖頭。

小女孩無奈地轉身自己走了，還狠狠地擰了帶頭那隻猴子的耳朵。來時氣勢洶洶的猴子們灰溜溜地走了。

方舟山原有幾座沉靜了幾百年的小型死火山，因此山中倒也不乏溫泉。

小女孩輕車熟路地找到了溫泉，白色蒸汽溢滿四周，帶著淡淡的硫磺味，小女孩脫了身上的裙子，又把裙子整齊疊好，顯得很珍惜身上這件母親親手做的裙子，這才泡進溫泉。

溫泉四周三五隻猴子守著，彷彿是公主的衛兵，盡忠職守。

小傢伙愜意地躺在溫泉中，不時的還在不大的泉池裏游上一圈。

突然，森林遠處驟然傳出一聲尖細的聲音，小女孩警覺的陡然從溫泉中站起，注意地傾聽遠處的動靜。

直到又傳來兩聲猴子們的報警聲，小傢伙倏地從溫泉中跳出來，套上衣服，向著聲音傳來的方向快速的奔去。後面緊跟著幾隻猴寵。

草地上，小男孩正趴在地上，聽著遠方的動靜，忽然一下躍起，抓著馬王的長鬃上了馬背。

馬王好像很清楚小男孩的意思，雙蹄一踏，向著怪聲發出的方向飛奔而去，兩隻龐大的肉翼搧了幾下，一人一馬便飛到空中。

在山中一片樹木稀疏的開闊地，有兩人正把一隻暈了的猴寵往氣墊船上運。

「喂，你們爲什麼偷我的猴猴？」

兩人先是一驚，看到竟然是一個幾歲的小女孩在質問自己，不禁啞然笑出來。

兩人一邊笑一邊繼續把猴寵往氣墊船裏抬。小女孩鼓著腮幫，嬌聲道：「我問你們話呢。」

一個人漫不經意地道：「小女孩，你家大人呢？」

小女孩見他們不理自己，突然從石頭上跳起，如同閃電一樣，踢在一個人臉上，又從容地落回到原位置，看著那人驚怒地望著自己，驕傲地哼了一聲，撇了撇嘴，故意不看他們。

其中一人的臉上印了一個清晰的腳丫子，他怒道：「小鬼，你找死啊，滾遠點。」

兩人知道這裏住著一個很厲害的人，因此只想趕快再抓兩隻猴寵就走，不想再生枝節，那人只道小女孩，只要嚇唬她一下，還不是就輕易把她趕走。

沒想到小女孩見他們仍舊不放自己的猴子，又向兩人踢來。這次兩人有防備，雖然擋住了，卻仍被踢了個趔趄。

小女孩站在兩人面前驕傲地望著他們，撅著嘴巴道：「我才是牠們的老大！放了我的猴猴。」

其中一人突然伸出手來要抓住她，卻不想，人沒抓住，臉上又多了個腳丫子，小女孩做了個鬼臉哼道：「你們是壞人。」

一人道：「你去把她抓起來，省得壞我們好事。」另一人於是撲了上去，想把搗亂的小女孩給抓住。

小女孩比泥鰍還要滑，動作靈敏，那人使出了全身力氣也抓不住。

那人大怒，也不顧及面子，馬上合體，穿著一身黃色的鎧甲去抓小女孩。

小女孩望了望後面的猴子群，向其中一隻小猴子勾了勾手指，這隻猴寵是火猴的孩子，一隻三級的野寵。小猴子高興地咧著嘴巴出來與小女孩合體，火光閃耀，小女孩變成了半人半猴的樣子，手中多了一條紅色的絲帶，在小女孩手中宛如一條靈蛇，不時吐出驚人的火焰。

另一人眼看半天過去，自己的同伴也無法把那女孩抓住，於是想要偷偷過去，從小女孩背後偷襲。

突然驚駭地發現眼前不知何時出現了一個更小的小男孩，鼻子上還流著一截鼻涕泡，此刻正呆頭呆腦地望著自己。

他心中不禁升起一種不祥的念頭，把心一橫突然伸手想把眼前的小男孩給抓住，卻抓了個空，腳上傳來鑽心的疼痛。

他低頭望去，卻發現小男孩竟然站在自己的腳上，再伸手去抓，小男孩又消失了，另一隻腳也傳來鑽心的疼痛。

幾次後，那人的腳已經腫了起來。他望著眼前表情呆呆的小男孩，一咬牙忽然合體向小男孩撲去。

小男孩機靈地躲過去，一匹棗紅的小馬倏地從天空飛下。

男人驚歎地望著那匹飛馬，這種極品飛馬可是難得的寵獸，眼中不由得興起貪婪的目光。

小紅馬是之前和小男孩親熱的那匹，是馬王的孩子。

一道紅光閃過，小男孩已與小紅馬合體。

誰也沒注意到，此刻在森林中有兩雙慈愛的眼睛在注意著兩個孩子與兩個大人戰鬥。

依天自從買下這片山脈後，又引來地球的猴寵，自己的寵獸也隨意地放在森林中，山中的各類寵獸逐漸增多，附近的修道之人有時會來這裏選一兩隻寵獸，當然也都在寵獸自己願意的情況下。

時間長了，一些武道學校也會來這裏尋覓合適的寵獸，但是沒想到，竟然有一些卑鄙的人，用不法手段偷山上寵獸，令依天十分震怒。這些寵獸像是他的朋友一樣，他絕不會讓人傷害牠們。

依天與藍薇在森林中密切地注意著兩個偷盜者，防止他們傷害到自己的孩子。

兩個偷盜者與兩個小傢伙戰鬥正酣，沒注意到四周不斷有陣陣騷動。

小男孩手中握著一柄彎角匕首，面對比自己三四個大的偷盜者，一點也不驚慌，匕首青光掠動，竟比偷盜者的武藝還要純熟，只是力量有限，戰鬥了一會兒，有些氣力不支的徵兆。

小女孩忽然舞出朵朵火焰，逼退偷盜者，又幫助弟弟打退另一個偷盜者，關心地道：「弟弟累不累？」

小男孩吸了吸鼻涕泡，忽然一屁股坐在地下，呼哧呼哧地喘著大氣，顯然剛才的劇烈運動讓他累壞了。

兩個偷盜者見一個小孩體力不支了，嘿嘿的獰笑著望著剩下的小女孩。

小女孩白了他們一眼，忽然解開合體，坐在自己弟弟身邊，也大喘著氣。嬌憨地指著偷盜者道：「你們兩個大壞蛋，跑不掉了。」

兩個偷盜者一怔，下意識的往四周望去，陡然發現，四周的樹木上掛滿了各種猴子，森林中更有一雙雙油綠的眼睛惡狠狠的盯著自己，像是一群兇狠的狼。

幾群大鳥從林中飛出，盤旋在自己頭上，另有一些高級寵獸飛馬在天空拍著翅膀。

一隻龐大的黃色毛髮的大熊人立而起，忽然發出一聲吼聲，嚇得兩人魂飛魄散。

這些寵獸從小就與兩個小傢伙玩得撚熟，小傢伙遇到危險，牠們一個個從森林的四面八方趕來。

兩人恐懼地望著四周，背靠著背，驚懼萬分，心中甚至來不及想這兩個小孩究竟是何方神聖。

依天適時走了出來，兩個小傢伙看到依天，興高采烈地道：「爸爸！」

依天向兩個偷盜者走去。

兩個偷盜者戰戰兢兢地看著依天越走越近，爲依天的氣勢所震，不敢有所舉動。

依天望著兩人，徐徐舉起一手，偷盜者的氣墊船忽然也浮起到半空。

依天一攥手，兩偷盜者震駭地目睹自己的氣墊船被無形的大力給壓扁成一個無用的鐵片。

兩人再也無法強裝鎮定，癱倒在地上。

依天望著兩人，淡然道：「以後不准再上方舟山。」

依天轉身離開，四周聚集的寵獸也逐漸散去。兩個偷盜者望著依天的背影，心中只留下兩個字：「強大！」

這是方舟山春季的某一天發生的事情。

《馭獸齋傳說》全書完

【同場加映】

出場寵獸特色簡介

豬豬寵：粉紅色的皮膚，嬌小精緻的身體，不具有任何攻擊力，是一種輔助性質的寵獸，平常喜睡，但是因為其憨厚的模樣受到女孩子們的喜愛。可以進行時間和空間的跳躍，非常神奇的寵獸。因為有了這隻寵獸，依天才能安然穿過時空隧道，不至於死在強大敵人的手中，雖不具有攻擊力，卻不可缺少。

小白狼：一個驕傲的狼族公主，依天體內的狼之力凝聚而成，天生的神獸，擁有非凡的力量，可以離開依天獨立存在，最後成長為依天最強大的三種力量之一。

小樹人：植物系寵獸，處幼年期，看不出有何功用，寄居在主人的身體中。有四肢宛如人類，像是個木頭小人，具有一定的智慧，很害羞，不敢在陌生人面前露面，暫時不具有任何攻擊力。但是最後成長為依天最強大的三種力量之一。

小龍：半枚龍之魄在依天體內幾經輾轉，最後終於成長化龍，成為寵獸之王，但是由於尚在幼年期，力量並不成熟，幾次與遠古凶獸的戰鬥中都未能一展龍的威勢。是依天最強大的三種力量之一。

七小：七隻幼年狼寵，是飛狗與母狼王的孩子，聰明而強悍，擁有無窮的潛力，更從父親那裏繼承了龍丹的力量，是狼原中無數小狼的王，七個小傢伙調皮可愛，最喜歡吃魚，粉嫩的腳掌卻快速有力，連似鳳也深受七個小東西的虐待，粉嘟嘟的鼻子靈敏無比。最後隨依天離開了第四行星。逐漸成長為無可匹敵的天狼！

小黑：依天第一隻寵獸，得自一隻野生龜寵的卵，孵化後隨著依天一塊成長，為依天立下汗馬功勞，成就依天「鎧甲王」的尊號。乃是水中的霸者，後被依天煉為鼎靈，從奴隸獸進化至七級護體獸鼎級行列。在成長過程中屢次幫助依天渡過劫難。

似鳳：最接近鳳凰的種族，是鳳凰的旁支，體形嬌小，形似鳳凰而得名，身披鳳衣，在頭腹胸尾背分別有五種顏色鐫刻著「仁義禮智信」五字，善百音，可以將音樂轉化為克敵的強大武器，智慧無比，可懂人言，可惜貪玩、貪吃，是個狡猾的小東西。速度極快，任何一種寵獸都無法比擬。是讓依天又喜歡又頭疼的小傢伙，也是依天極為重要的寵獸之一。

大地之熊：熊系寵獸中最強大的一種熊寵，赭黃色的皮毛，形象憨態可掬，平常像是個可愛的孩子，但是發起怒來，足以使大地震顫，為了脫離神劍的控制，動用龐大的力量使自己恢復到幼年時代。五大神劍之一土之厚實的劍靈，具有汲取大地力量的本領，號稱只要踩著大地就永遠不敗的上古神獸，後為依天收服。

火猴：依天從第四行星獲得的猴寵蛋所孵化而出的火屬性猴寵，機靈可愛，愛欺負大地之熊，但卻又經常被似鳳欺負。

血靈獸：血色的長毛在水中飄蕩，頭若獅子，兩隻眼透露出兇狠的光芒，看起來頗為兇悍。乃是東海十凶獸之一，被依天收服。

分水獸：這隻凶獸長相十分奇特，龐大的身體，長著一顆大大的像是麒麟一樣的腦袋，兩眼不時閃動著金光，四蹄踏動時，水波自動的向兩邊分開。

蝙蝠小惡魔：一隻類似蝙蝠的小怪物，長相奇特，模樣可愛，像孩子般喜歡吐別人口水，善於玩火，與小火猴交情頗好。可以指揮「龍宮寶藏」的機關和一切凶獸，乃是上古神器的劍靈。

【同場加映】

出場人物簡介

依天：依天以龍丹之力硬闖五大傳世神劍，在第四行星，歷經數次生死，在眾多朋友和寵獸的幫助下，斬殺魔鬼，蕩平邪惡城堡。在后羿星除掉為害甚大的魔羅，又幫助梅魁登上家主之位，除去為禍后羿人民數十年的飛船聯盟組織。歷經各種磨難，終於獲得藍薇的青睞，暢遊方舟星太陽海，卻意外的驚醒了一個絕世兇惡的人物……

妖精族一后四帝：一后四帝乃是妖精族最強悍的人物，聖王在時，這五人尚能安分守己。聖王一走，五人立刻覬覦聖王之位，摩拳擦掌搶奪龍宮寶藏。妖精族的千年和平由此結束。

狼精族：狼帝立刀，統一天下獸類，凡是在陸地上的妖精皆歸狼帝管轄，居住在石湯山，聖王在時小心翼翼，聖王破空而去，立刻站出來搶奪聖王之位，是一位兇悍絕倫的霸主。然而在他尚未見到聖王寶座的那一天，就慘死在樹帝手裏。

樹精族：樹帝木禾，獨霸雲陽谷，管轄天下植物類妖精，一身奇功異法十分厲害，是位野心勃勃，智謀無數的霸主，一心想謀奪聖王之位，聯合了狼帝與人族的力量妄圖奪下龍宮寶藏，最後血染龍宮寶藏，斃命於另一位大帝之手。

孔雀族：遮天大帝孔聖，居住在小西天，孔雀族的王，統管天下羽翼類妖精，善於玩弄風的力量。為人淡泊，雖能看破名利卻為愛情所累，一生跟隨在心愛女子左右，然而自己心愛之人卻另有所愛之人。一個讓女人感動，讓男人欽佩的悲劇英雄。

海人族：龍淵大帝虞天，居住在東海，海人族的王，天下水族皆為其子民，富可敵國，在一后四帝中實力最強，妄圖獨佔龍宮寶藏，成為人族和其他妖精族的共同敵人。在族譜中發現一個驚天秘密，為恢復本族的榮耀努力經營，最後被困在龍宮寶藏中，永世無法出來。

猴族：聖后蕭仙貞，居住在赤霞山，福天洞中，與聖王一脈，苦戀聖王，在聖王破空離開之後，由愛生恨，第一個發動篡奪聖王之位的戰爭，由此而拉開了妖精族內亂的序幕。

虞美兒：海人族的公主，長相嬌美，與人族藍家的大公子藍泰癡戀。不過因為龍宮寶藏即將出世，利益關係使海人族與人族藍家交惡，使得兩人姻緣多受折磨，最後終於苦盡甘來，美夢成真。

藍泰：人族藍家的大公子，脾性敦厚，深得父親「海浪搏岩」功的真傳，是下一代藍家家主的繼承人，卻因在龍宮寶藏出世在即之時，與海人族的公主產生戀情，遂為大家主不喜，甚至因此而遭到囚禁。和依天是好朋友，後在依天的幫助下順利繼承家主之位，圓了他的愛情夢。

蟠桃：猴族的小妖精，天真可愛的小女孩，上一代聖王之女，在聖王破空而去後成了聖族的小公主，但卻因聖后之亂，被迫從聖域中逃出，在人間流浪，後在一個意外的情況中，救下正為冰塔之光困擾的依天。

陰陽法王：陰陽教的教眾，因為出生時陰陽同體，家人以為是妖怪，將其扔在荒野，為陰陽教主所救，然而此人不思報恩，反而試圖篡奪教主之位，並與妖精族的樹帝搭上關係，成為樹帝成功的踏腳石。

金龍：龍族唯一留在該星球的龍，守護著「龍宮寶藏」，法力無邊，神通廣大。但是限於龍族、人族、妖精族三族的強大封印，無法出龍宮一步，終其一生只能守護在龍宮之中。後與依天合力將金龍印轉嫁在龍淵大帝身上，脫困而出，循著遠古龍的腳步破空而去。

幻獸志異 ⑨龍神覺醒 大結局（原名：馭獸齋傳說）

作　　者：雨　魔
發 行 人：陳曉林
出 版 所：風雲時代出版股份有限公司
地　　址：105台北市民生東路五段178號7樓之3
風雲書網：http://www.eastbooks.com.tw
官方部落格：http://eastbooks.pixnet.net/blog
信　　箱：h7560949@ms15.hinet.net
郵撥帳號：12043291
服務專線：(02)27560949
傳真專線：(02)27653799
執行主編：劉宇青
美術編輯：吳宗潔

法律顧問：永然法律事務所　李永然律師
　　　　　北辰著作權事務所　蕭雄淋律師
版權授權：蔡雷平
初版換封：2015年11月

ISBN：978-986-352-223-2

總 經 銷：成信文化事業股份有限公司
地　　址：新北市新店區中正路四維巷二弄2號4樓
電　　話：(02)2219-2080

行政院新聞局局版台業字第3595號
營利事業統一編號22759935

定 價：280元　特價：199元

國家圖書館出版品預行編目資料

幻獸志異 / 雨魔 著. — 初版. —
臺北市 : 風雲時代, 2015.07-
冊 ;　公分
ISBN 978-986-352-223-2(第9冊 ; 平裝) —

857.7　　104009473